Pour Joanne et Édouard.

*Dans ce monde, il faut être
un peu trop bon pour l'être assez.*

Pierre de Chamblain de Marivaux
(*Le jeu de l'amour et du hasard,* acte I, scène 2)

*Chaque individu est un sujet tellement
complexe qu'il est vain d'en prévoir le
comportement, davantage encore dans des
situations d'exception, et il n'est même pas
possible de prévoir son propre comportement.*

Primo Levi (*Les naufragés et les rescapés*)

I

Lyon, 1951

Ses yeux dans ses yeux. Deux yeux ouverts, surpris par la mort. Des yeux mélancoliques. L'assassin avait serré le cou avec une cordelette fine ou un fil de fer. La langue n'était pas pendante comme on le raconte dans les romans policiers. Seulement un collier rouge taillé dans la chair. Pas de trace de sang sur le béton crasseux du hangar réservé aux cyclomoteurs de l'usine voisine. La mort dans sa plus sèche expression.

Elle portait un manteau gris sur une robe aux couleurs vives, des chaussures fatiguées, pas de bijoux, mais un maquillage soigné et discret. Une vingtaine d'années tout au plus. Les premiers ouvriers de l'équipe du matin avaient découvert le cadavre en éclairant le hangar encore plongé dans la nuit noire à cinq heures.

Naturellement, Delmas ressentit un profond malaise, une envie de sortir, prendre l'air de l'hiver. Mais il attendait Marchant, qui était allé chercher l'appareil photographique dans la Traction. En l'absence d'un photographe maison, faute de crédits, il assurait avec passion cette mission essentielle en affaires criminelles : fixer sur le papier ce théâtre mortifère à la dramaturgie sans bornes. Pendant ce temps, le médecin légiste notait encore quelques observations sur un coin d'établi encombré d'outils :

— La mort remonte à cette nuit, sans doute avant minuit. Strangulation à l'aide d'un fil d'acier. Gorge tranchée. Le coup a été porté vite et bien. Elle n'a pas eu le temps de souffrir.

Le Dr Favre n'était pas un poète… Cependant, Delmas appréciait sa droiture et l'économie du cynisme trop commun chez ses confrères.

— Pas de marque de violences ?

— Non. Elle n'a été ni frappée ni violée. Et on ne l'a pas tuée dans ce hangar. Vous avez vu les traces ?

— Oui, l'assassin est entré par le portillon et l'a traînée par terre jusqu'au fond. Je me demande bien pourquoi… Pas de sac à main, pas d'identité…

— Bon, j'attends les photos, et nous enlevons le corps.

On entendit un grand bruit contre la porte en tôle ondulée suivi d'un juron.

— Tiens, Marchant est de retour, chuchota Delmas.

Son adjoint l'enchantait. Une nature sans détour, généreuse, avec toujours le désir de bien faire, mais une grande aptitude à la maladresse. Dans tous les sens du terme.

— On l'aime comme il est, n'est-ce pas ? ajouta-t-il à l'intention du Dr Favre, qui opina du chef en souriant.

Marchant débarla en poussant le portillon avec fracas. Il se massait le front.

— Bon sang de crotte, je me suis étalé en me prenant les pieds dans la bride de cette foutue sacoche… Patron, je vous le dis : je sens que c'est pas ma journée.

— Il y aura des jours meilleurs, Marchant. Souriez à la vie…

— … et elle vous sourira, oui, je sais, patron, je sais, mais, bon, quand je vois cette pauvre fille, là, j'ai pas vraiment envie de sourire…

— Vous avez raison, Marchant. Prenez vos photos, puis nous levons le camp.

Delmas parvenait de plus en plus difficilement à dissiper cet air sombre qui l'accablait chaque fois qu'une victime témoignait de la cruauté humaine dont il devait trouver la signature pour livrer son bourreau à la justice des hommes. Alors, il réserva cet air sombre à la lumière froide à travers l'unique fenêtre du hangar. De l'autre côté de la rue, une femme aux cheveux blancs levait le rideau de fer d'une épicerie porte-pot. Deux hommes attendaient sur le trottoir tout en roulant une cigarette. Le quartier engourdi s'étirait tranquillement, des enfants encore ensommeillés bâillaient et trottinaient, tirés par leur mère. Un autocar crachant une fumée grise les attendait avant de continuer sa tournée dans ce quartier ouvrier de Lyon, où les voitures particulières se faisaient rares. Des camionnettes de livraison étaient encore rangées en talon devant la silhouette inquiétante de la société frigorifique, un énorme bâtiment sans fenêtres, mais percé de petites lucarnes aveuglées par des persiennes. Il régnait un drôle de calme avant que tout ce monde de labeur ne s'éveille et ne s'agite.

Outre le ronron du diesel de l'autocar, on entendait seulement le claquement du flash, le bruit des ampoules qui tombaient sur le sol en béton et le remugle de Marchant qui écumait :

— Pauv'gamine, c'est pas Dieu vrai. Qu'est-ce qu'il avait besoin de lui couper la tête ?…

Exactement la question que se posait Delmas : on ne tuait pas une femme, a priori sans le sou, pour lui voler son sac. Et puis pourquoi l'avoir déposée là, dans ce hangar où les ouvriers allaient et venaient ? Cette affaire s'annonçait mal.

Delmas pensait juste…

— C'est une voiture des poulets en face ; ils sont là pour quoi, m'dame Verrière ?

— Nous sommes là pour un meurtre !

Delmas répondit avec un grand sourire au client du porte-pot attablé et qui ne l'avait pas vu venir en dépit du regard insistant de Mme Verrière. Il s'installa sur un tabouret et regarda avec envie le sandwich de son voisin.

— Vous me servirez la même chose, madame, s'il vous plaît.

— Jambon ou pâté de campagne ?

— Va pour le jambon avec une grande tasse de café.

Tout en coupant le jambon à l'aide d'une machine à main, Mme Verrière s'intéressait…

— On a tué qui ?

— C'est bien le problème : on ne sait pas.

— Ben, dites donc, ça s'annonce mal, votre enquête !

Mme Verrière aussi pensait juste…

Dès la fin de matinée, le rapport du Dr Favre confirmait l'absence de toute agression sexuelle et la mort de la victime entre vingt-deux heures et minuit. Aucune trace de violence à part la presque décapitation. Delmas, comme à son habitude, ajouta ces conclusions sur le tableau noir qui couvrait tout un pan de mur de son bureau. Il venait aussi de souligner ces mots en lettres capitales : JEUNE FILLE, IDENTITÉ INCONNUE. Marchant et Prévost tournaient déjà dans le quartier de la Vitriolerie pour montrer le portrait de la victime au voisinage du hangar.

Il faisait toujours un froid de canard. Delmas ajouta une pelle de charbon dans le poêle et regarda le tableau les mains tendues au-dessus du foyer. Il n'aimait pas ces débuts d'enquête avec le tableau noir de vide. Alors, il saisit une chaise, l'installa près du poêle, ferma les yeux et posa ses mains sur ses genoux, paumes tournées vers le ciel. Personne ne l'entendit répéter un mantra auquel il recourait quand l'énergie manquait. Peu de choses : juste répéter trois fois, respirer profondément et puiser les forces du rebond et de l'harmonie lucide. Plutôt facile après les années d'occupation, même si le pays n'était pas encore tout à fait remis six ans après le départ des Allemands. Chaque fois qu'il répétait ce mantra, Delmas repensait à cette longue période de mise à pied, puis d'emprisonnement. Le prix à payer pour avoir refusé de procéder à l'arrestation d'une famille juive dénoncée. Dans sa cellule, des heures durant, il prononçait cette phrase rituelle pour conserver l'envie de vivre en compagnie des hommes.

Réintégré dès la Libération et élevé au grade de commissaire, Delmas n'avait conçu aucune amertume après cette épreuve. Pour lui, l'humanité se débattait forcément avec ses vieux démons, que des âmes mal intentionnées se chargeaient d'exciter. Sous l'aile du maréchal Pétain, les Français avaient renoué avec les haines racistes et xénophobes qui sommeillaient toujours plus ou moins dans l'opinion publique. Pas une séance de cinéma sans les actualités qui stigmatisaient « la race juive et les bolchevistes », les coupables, les traîtres qui avaient englué le pays dans la paresse, puis l'avaient précipité dans le chaos et la honte. Durant ces années, de bons Français, délateurs zélés, avaient participé, à leur manière, à la révolution nationale, à la reconstruction du pays par le travail, la famille et la patrie en pratiquant un nouveau sport national : la dénonciation des « mauvais Français » en général et des Juifs en particulier. Abondant courrier trié par des fonctionnaires des préfectures, la police (puis la milice) se chargeant ensuite des basses œuvres. Avec la complicité d'une poignée de collègues révoltés par ces arrestations, Delmas, arrivant toujours trop tard, était devenu le champion des rafles ratées… La hiérarchie considéra d'abord avec indulgence cette maladresse mise sur le compte d'une âme de poète, efficace malgré tout. Avec des méthodes, certes atypiques, l'inspecteur Delmas avait résolu, avant la guerre, des affaires criminelles fort embrouillées… jusqu'au jour où il avait été dénoncé : un collaborateur, taupe efficace introduite dans son équipe par un commissaire agacé des performances déplorables de cet original, nonobstant sympathique. La préfecture ne cessait d'augmenter les objectifs de déportations (y compris les enfants) sans doute pour flatter les attentes d'une partie de la population. Mais tout le monde devait y mettre du sien ! La taupe rapporta que Delmas s'employait, au contraire, à saboter le travail. Mis à pied en septembre 1944, le traître avait été emprisonné au fort Montluc, où l'on enfermait, torturait, voire exécutait les mauvais Français dénoncés par les bons. Pourtant, Delmas considérait ces années de captivité comme providentielles. Il y avait rencontré celle qui allait devenir sa femme. Arrêtée en juin 1944, torturée par la milice française, puis la Gestapo, enfermée entre ces mêmes murs, Marianne, prise de malaise, était tombée dans ses bras, au sens propre, quand les Alliés avaient libéré le fort. Ils s'étaient épousés dès la Libération.

Marchant surgit dans le bureau et s'écroula sur le fauteuil de Delmas.

— Rien de rien et de rien ! Le chou blanc, la queue basse, la bérézina. Personne ne connaît, personne n'a rien vu, chacun pour soi et les vieux pour tous !

— Et les dieux pour tous, Marchant !

— Oui, bon, les dieux pour tous ; mais la victime n'est pas du quartier, c'est sûr.

— Et Prévost est revenu de la tournée des hôpitaux ?

— Non, il ne devrait pas tarder.

Vers dix-huit heures, Delmas décida de rentrer chez lui. Prévost n'avait rien trouvé. Une dizaine de personnes avaient téléphoné aux urgences des principaux hôpitaux de Lyon pour s'inquiéter du retard d'un ami ou d'un parent. Aucune de ces personnes « disparues » ne correspondait au profil de la victime. Pas un fil à tirer, pas un indice sur lequel travailler. Rien d'autre à faire que d'attendre un jour meilleur : demain de préférence. Il attendit le retour de Marianne. Professeur de lettres au lycée Ampère, elle donnait des cours d'alphabétisation deux fois par semaine à des travailleurs immigrés. Sa journée tirait aussi sur le gris au colorimètre quotidien. Dès son arrivée, ils décidèrent d'aller au cinéma voir *Casque d'or*. Jean avait le béguin pour Simone Signoret, et Marianne ne détestait pas la fragilité sombre de Reggiani.

Le lendemain matin, Delmas s'enferma dans son bureau et demanda qu'on ne le dérange pas. Il fixa la photographie de la victime sur le tableau noir. La prise de vue avait été retouchée au fusain, et le fond, détouré en blanc. À cette époque, on arrangeait les visages photographiés en leur donnant des allures de portraits d'artistes faits main. On les isolait du contexte aussi ; toutes ces misères de la guerre, de l'Occupation ; peut-être une manière de les oublier. Et puis, ce fond blanc inventait de la solennité. C'est vrai qu'elle avait quelque chose de Signoret, la petite. Un beau visage, mais qui respirait la bonté plutôt que la séduction agressive. Quelque chose d'alangui et, cependant, une formidable énergie dans le regard et même la forme du visage. Delmas aurait aimé avoir une fille comme elle... Un visage comme celui-ci, on ne l'oublie pas. Et personne ne s'inquiétait... Seule ? Ni famille ni fiancé ? Delmas avait besoin de revoir le corps tout entier et les quelques effets personnels pour se faire vraiment une idée.

— Allo Favre, c'est Delmas. Je voudrais revoir la petite du hangar.

— Pas de problème, répondit le médecin légiste

— Faites ressortir aussi son carton.

— Le limier veut s'imprégner ?

— Ce cynisme ne vous ressemble guère, Favre.

— Vous avez raison. J'ai du vague à l'âme aujourd'hui. Je vous attends.

Delmas saisit son pardessus en poil de chameau et son chapeau. En descendant au garage, il repensa au vague à l'âme de Favre et au sien. Les humains sensibles au vague à l'âme sont-ils victimes en même temps d'une houle ambiante qui chahute leur humeur ? Ce n'était pas la première fois qu'il partageait avec le légiste ce désarroi mou qui vous arrondit le dos, alourdit les épaules et déclenche des soupirs ridicules.

Comme il s'apprêtait à signer le bordereau de sortie du véhicule, Delmas aperçut Marchant au volant d'une Peugeot 202 portant encore les stigmates du gazogène pendant l'Occupation.

— Marchant ! Vous avez votre appareil photo ? Demi-tour, nous allons nous offrir une petite promenade.

Delmas monta à l'arrière.

— Au médico-légal, presto !

— Ah ! D'accord… Comme promenade, vous n'avez pas mieux ?

II

L'institut médico-légal glaçait le sang. Des murs blancs en faïence, le sol en béton laqué et cette odeur de produit d'entretien indéfinissable qui flottait dans les couloirs. Une odeur un peu trop forte pour faire oublier les exhalaisons de mort. Delmas ne craignait pas vraiment cette fréquentation ; c'était la mise en scène qui le gênait. Cette apparence d'hôpital où il n'y avait personne à soigner...

Favre surgit d'une porte, traversa le couloir et disparut aussitôt, happé par le bloc en vis-à-vis, puis débuula, à nouveau avalé par la porte d'en face. On l'entendit râlant après son assistant, puis il réapparut et aperçut Delmas.

— Ah ! Enfin, un vivant sage et harmonieux. Je t'ai préparé ton colis. Comment allez-vous, Marchant ?

— Comme un mardi, monsieur Favre, comme un mardi.

Les deux policiers suivirent le légiste jusque dans son bureau. Une pièce de dimensions modestes illuminée d'affiches touristiques de Grèce, d'Espagne, d'Italie, aux couleurs ensoleillées. Delmas ouvrit le carton dûment étiqueté et en étala le contenu. La robe blouse à carreaux rouge et jaune s'accordait au décor, le manteau sale, un peu

15

moins. Delmas recula comme pour observer un tableau. Favre le regarda avec le commencement d'un sourire :

— Que cherchez-vous ?

— Je ne sais pas trop. Hier soir, nous sommes allés voir *Casque d'or*, le nouveau film de Becker. La petite me fait penser à Simone Signoret… J'avais besoin de me refaire une idée… Vous croyez que votre secrétaire accepterait d'être photographiée avec ces effets.

— On va le lui demander. Mademoiselle, voulez-vous venir, s'il vous plaît ?

Une jeune femme apparut, tout sourire. Elle accepta au prix du sourire évanoui, s'empara de la robe avec précaution et partit se changer. Marchant prépara son appareil, vissa le support du flash et déposa une boîte d'ampoules sur la table. L'atmosphère était bizarre dans ce bureau de morgue déguisé en agence de voyages. Favre et Delmas se calèrent dans le coin opposé à la porte ; ils attendaient. La silhouette apparut, incertaine aux yeux de Delmas. Sans doute parce que la robe d'une morte ne changeait pas de peau aussi aisément. Marchant prit une demi-douzaine de clichés de son modèle, dont le visage se pétrifia de minute en minute.

— Ce n'est pas très agréable, mademoiselle. Je vous suis très reconnaissant d'accepter cette corvée. Tu penses pouvoir faire un montage avec ces photos et le portrait de la victime ?

Marchant acquiesça.

— Voulez-vous endosser le manteau, mademoiselle, s'il vous plaît ? Puis, nous mettrons fin à cette épreuve…

Elle l'enfila non sans une petite moue. De médiocre qualité, l'étoffe avait mal digéré le séjour en chiffon dans le carton. La jeune femme tenta vaille que vaille de redonner une forme à la triste loque en la secouant, en l'étirant de haut en bas, puis la relâcha subitement en poussant un cri d'effroi.

— Il y a quelque chose dans la doublure !

Delmas s'empara aussitôt du manteau. Favre lui tendit une paire de ciseaux. On sentait un objet de dimensions modestes et mou. La doublure fut proprement découpée (Delmas avait fait un peu de couture, enfant, avec sa mère), et un petit carnet broché apparut. Il avait dû glisser d'une poche trouée dans un ressac de la doublure en satin bleu qui faisait des vagues sous la toile abîmée. Les pages humides et cornées étaient surchargées d'une écriture fine. C'était un journal, ou plutôt un carnet de notes qui semblait hésiter entre le pense-bête et les pensées du jour ; des rencontres et petits événements aussi. Le silence régnait, et tout le monde regardait par-dessus l'épaule de Delmas, subjugué par ce malheureux carnet, seul lien avec la jeune morte aux couleurs de printemps.

— Je savais qu'il fallait le faire, je le savais.

Delmas murmurait, le visage lumineux, les yeux mi-clos. Favre le regardait, non sans admiration.

— J'emporte le carnet… Cela reste entre nous pour l'instant ?

Favre approuva en hochant la tête. Marchant regardait le plafond avec un sourire épanoui.

De retour à la PJ, Delmas feuilleta le carnet avec lenteur et recueillement, comme s'il tenait une rare relique. La lecture était difficile, l'écriture, décidément très resserrée, les lettres, stylisées, et pas le moindre blanc pour respirer, comme si la jeune fille avait voulu occuper tout l'espace. Une vingtaine de pages, tout de même, qu'il parcourut en diagonale, les yeux plissés, le visage tendu. Pas de nom, pas de prénom, rien qui identifiât clairement l'auteur. Pas de date non plus. Cependant, les faits consignés semblaient remonter à 1945. La petite évoquait son retour de captivité. Pour espérer dénicher quelque chose, il fallait le déchiffrer soigneusement de la première à la dernière lettre.

Après une demi-heure de labeur infructueux, Delmas ferma le carnet, le glissa dans une enveloppe et décida de rentrer à la maison. Assis dans le tram qui serpentait au flanc de la colline de la Croix-Rousse, il regardait les passants par la fenêtre, l'enveloppe contenant le carnet posé sur ses genoux, blottie dans ses mains. Delmas avait déchiffré quelques bribes de phrases qui racontaient des rencontres, mais apparemment sans indication d'identité. L'une de ces rencontres semblait particulièrement intéressante : sur son lieu de travail…, mais il était impossible de déchiffrer tous les mots, de localiser l'endroit. Marianne devrait y parvenir. Elle possédait l'intuition nécessaire pour interpréter ce témoignage que Delmas espérait providentiel. Il appréhendait cependant sa réaction. Après le décès de sa première épouse en 1938, il pensait ne jamais se remarier. Ils n'avaient pas d'enfant. Marianne ne pouvait pas : les séquelles des tabassages par la milice…

Elle ouvrit le carnet, l'étala soigneusement avec le plat des mains qu'elle avait fines et longues.

— C'est singulier pour une toute jeune fille ; une écriture aussi serrée, tout aiguisée, sans la moindre rondeur.

— Tu crois pouvoir en tirer quelque chose ?

— Il faudra me laisser un peu de temps.

Marianne parcourut les premières pages.

— C'est dérangeant, tout de même, de lire des impressions personnelles, intimes, à l'insu de son auteur.

— C'est surtout inespéré. Je compte beaucoup sur ces pages pour l'identifier et, qui sait, trouver une piste qui mènera jusqu'à l'assassin. Je suis convaincu que le vol n'est pas le mobile. Il a pris son sac et vidé ses poches pour que l'on ne puisse pas l'identifier. Il ne l'a pas violée non plus. Bref, il a voulu la supprimer. Pour l'empêcher de parler, peut-être. L'empêcher de dire ce qu'elle a vu ou entendu.

Marianne observait encore le carnet posé sur la table, misérable, tout tordu et un peu sale. Puis, elle regarda Jean assis juste en face. D'une voix détimbrée, elle déchiffra tout haut les premières lignes : *La première tête en descendant du train qui me ramenait du camp : celle d'un policier. Le même uniforme que ceux qui nous avaient arrêtés, en 1942, mes parents, mes deux frères et moi. Tous morts. Je suis restée figée sur le quai de la gare face au policier. Je l'ai regardé dans les yeux, comme ça, sans arrière-pensée sinon la peur d'être arrêtée et malmenée, traitée de sale Juive, jetée dans un camion, puis dans un wagon. Il m'a demandé ce que je lui voulais. Je n'ai pas su quoi répondre. Il m'a dit de circuler, de ne pas rester là.*

Marianne cessa la lecture, réprimant des sanglots. Puis, elle se reprit.

— Accorde-moi un jour ou deux. Je vais retranscrire tout ça à la machine à écrire. Tu viens ? On va faire un tour ?

Ils descendirent l'escalier comme s'il y avait urgence. Les quais de Saône étaient tout proches par les traboules qui traversaient de part en part les immeubles vétustes agrippés à la colline. Le fleuve faisait un coude à cet endroit. Une péniche s'insinuait lentement dans le paysage de ce jour d'hiver finissant et la grisaille mélancolique des façades salies par la suie. Marianne et Jean arpentaient les bords de l'eau cernés d'une ribambelle de vieilles bâtisses maquillées de traces noires vaguement égayées de quelques fenêtres allumées. La nuit semblait ne pas vouloir tomber vraiment.

— Si on allait au cinéma ?

Delmas répondit par un triste sourire, prit les mains de sa femme dans les siennes, y déposa un baiser, puis l'entraîna vers le Pathé-Palace en pressant le pas.

III

Deux jours pleins étaient passés, et l'enquête tournait à vide. Marchant et Prévost avaient montré le photomontage aux gens du quartier, mais sans succès. Aucun résultat, non plus, du côté de la société frigorifique. L'employée chargée des entrées croyait l'avoir vue quelques jours avant le meurtre en compagnie d'un bellâtre de l'usine. Mais le jeune homme nia farouchement ; elle revint finalement sur ses déclarations : elle n'était plus si sûre.

— Et puis, il n'est jamais avec la même, ce voyou !

— Vous avez bien raison, madame, approuva Marchant. Et puis, c'est bien connu : qui trop embrasse manque le train !

— Mal étreint, corrigea Prévost, fusillant Marchant du regard. Merci pour votre collaboration, madame.

Deux jours pour rien, mais des lendemains prometteurs. Marianne avait passé toute cette journée sur la transcription du carnet. Le soir venu, quand Delmas franchit le pas de la porte, elle terminait, affectant une mine réjouie, de taper à la machine les dernières lignes.

— Tu ne trouveras pas son nom, mais je pense qu'il y a des pistes intéressantes. Elle raconte surtout son retour en France en 45. Mais elle a ajouté quelques notes beaucoup plus récentes, comme si elle avait oublié ce carnet pendant quelques années. J'ai pensé que tu aurais envie de lire ça illico et tranquillement. J'ai téléphoné à Raymonde ; nous allons papoter. Bonne lecture, commissaire.

Jean pressentit un trop-plein d'émotion et une sensation de communion avec cette femme si forte et si vulnérable, si intelligente et si puérile, si volontaire et si influençable, si belle et... si belle. Ils se regardèrent en silence, en communion avec la neige muette que l'on devinait à travers les carreaux. Ils s'embrassèrent tendrement et regardèrent cette neige aphone métamorphoser la cité brumeuse en écrin de sucre d'orge immaculé. Marianne avait endossé son manteau de laine, ajusté son chapeau et tiré la porte avec douceur.

Deux années seulement se sont écoulées, et il me semble avoir vieilli de dix ans et même plus. Je n'ai plus de famille ici ni nulle part. [...]

On m'a dit que je pouvais récupérer mon violoncelle après être passée à la préfecture afin de décliner mon identité et obtenir de nouveaux papiers ; bureau 224. Mon violoncelle, c'est tout ce qu'il reste. Grâce à M. Chirat, mon professeur au conservatoire. La veille de l'arrestation, nous avons donné un concert en quatuor et, comme il était tard, mon maître m'a proposé de laisser le violoncelle dans son bureau. [...]

Ce matin, je l'ai récupéré. M. Chirat est mort. Dès les premières notes, j'ai pensé à lui plutôt qu'à mes parents et mes frères qui sont morts là-bas. Je ne sais pas si c'est bien normal. Après, j'ai pensé au camp, quand le commandant a demandé si quelqu'un savait jouer d'un instrument. J'ai levé la main aussitôt, sans réfléchir, et on m'a séparée des membres de ma famille. Je ne les ai jamais revus. [...]

Ils m'ont installée dans une chambre du secteur des femmes sous-officiers du camp. On m'a donné un violoncelle (un nom était inscrit sur l'étui), et j'ai passé une audition devant le commandant. Ensuite, j'ai joué chaque soir pour lui ou pour les autres officiers du camp. L'après-midi aussi. [...]

On a l'impression que les gens ont tout oublié, en France. Pourtant, on est morts par milliers. Sans doute n'ont-ils pas tous la conscience tranquille. C'est drôle ; nous vivions dans un monde très privilégié et, quand les événements ont mal tourné, pour nous les Juifs, ce n'est pas auprès de ce milieu que nous avons trouvé de l'aide, mais auprès des ouvriers de papa. C'était comme une révélation pour lui. Je ne sais pas qui nous a dénoncés. On m'a dit que le libraire Germeaux était au mieux avec les Allemands, mais je n'ai pas de preuves. [...] Le jour où on nous a arrêtés, il y avait un homme à l'écart des gens du quartier qui discutait avec un autre, bien habillé. Il nous regardait monter dans le camion. [...] Il ressemblait à Germeaux peut-être ; les souvenirs mentent parfois...

Mais l'immeuble dans lequel nous étions réfugiés n'a pas changé. [...]

J'ai voulu voir la maison de mon enfance, mais impossible de distinguer quelque chose derrière les hauts murs. [...]

En attendant que je trouve du travail, on me loge dans un hôtel. C'est triste. [...]

Le conservatoire m'a proposé de remplacer une répétitrice qui est enceinte. [...]

J'ai fait la connaissance de Géraldine, la fille d'un industriel dans la chaussure. Elle n'est pas très douée pour le violoncelle, mais elle est très gentille... C'est marrant : la France était en guerre, et, chez Géraldine, on a l'impression que la vie n'a pas changé durant ces années. Ses parents possédaient une propriété dans la Drôme ainsi qu'un domaine et deux fermes. Ils ont vécu les années d'occupation entre la ville et la campagne selon les événements. C'est comme si on n'avait pas vécu sur la même planète. [...]

J'avais complètement oublié ce carnet. Je le retrouve justement ce jour-là. C'est étrange tout de même. Je ne sais vraiment pas quoi faire...

Delmas ferma les yeux. L'image du cadavre s'était effacée. Le portrait d'une jeune fille vivante, courageuse et sans trop d'amertume se dessinait peu à peu.

Le lendemain, Delmas relut les confidences retranscrites par Marianne et nota quelques informations significatives sur le tableau noir : une famille d'ouvriers, Géraldine, une élève de la victime, Germeaux le libraire, et la piste du conservatoire. L'idée de connaître incessamment l'identité de la victime le rendait fébrile. Comme si cette part de mystère évanouie allait dissoudre le lien spécial qui l'unissait à cette enfant. Un simple appel téléphonique au conservatoire, et l'enquête prendrait un autre tour. Il recopia intégralement les dernières lignes énigmatiques notées avec la même écriture serrée : *... ce jour-là... Je ne sais pas quoi faire,* et il inscrivit au-dessous : *Quel événement, ce jour-là ?* En quoi cela incitait-il la victime à passer à l'action ? Chaque chose en son temps...

Avant de saisir le téléphone, il respira amplement afin de calmer l'excitation qui s'insinuait. Mais on frappa à la porte ; Marchant surgit, hilare, avec un bouquet de fleurs.

— Bon anniversaire, patron !

— Pardon ?

— C'est pas votre anniversaire, patron ?

— Pas du tout, mais c'est gentil tout de même.

— Santé divine ! Catherine s'est encore foutue de moi.

Je sais, c'est pas beau de rapporter, mais quand même, vous ne trouvez pas qu'elle est un peu… railleuse, la nouvelle secrétaire ?

Marchant s'écroula sur un siège. Delmas ferma les yeux, inspira amplement et saisit le combiné.

— Allo, le conservatoire de musique ? Commissaire Delmas. Je voudrais parler au directeur.

— Oui, veuillez patienter.

Marchant ricana :

— Vous allez suivre des cours de violon, patron ?

— Monsieur Germain, directeur du conservatoire. Que puis-je pour vous, monsieur le commissaire ?

— Bonjour, monsieur le directeur, je vous remercie de m'accorder quelques minutes de votre temps précieux.

Parfois, Delmas ne se refusait pas un soupçon de flagornerie afin d'optimiser les relations avec ladite élite…

— J'enquête sur le meurtre d'une jeune fille qui fut, sans doute, une élève de votre conservatoire, puis y donna quelques cours. Mais j'ignore son identité. Il semblerait que son professeur était un monsieur Chirat. Cette jeune personne fut déportée en 1942.

— Martha Lidac ? Martha Lidac est morte ?

— Vous l'avez vue récemment ?

— Non, pas depuis deux ou trois ans, me semble-t-il. Nous l'avions sollicitée pour remplacer une répétitrice qui était enceinte. L'enfant naquit, la mère revint et, subséquemment, mademoiselle Lidac nous quitta.

Delmas commenta par un « Certes ! » la prose ampoulée de M. Germain avant d'ajouter :

— Auriez-vous l'amabilité de nous recevoir, monsieur le directeur ? Je souhaiterais vous montrer la photographie de la victime afin de l'identifier avec certitude.

— Écoutez, je suis fort occupé, mais les circonstances

sont exceptionnelles, n'est-ce pas ? Annoncez-vous à la réception ; je vous accorderai un instant.

— Merci infiniment, monsieur le directeur.

Delmas répondit au regard interrogateur de Marchant :

— Elle s'appelle Martha Lidac. Enfin, nous allons vérifier cela tout de suite. Emporte un exemplaire du photomontage et attends-moi devant l'entrée dans la voiture.

Avant d'obtempérer, Marchant se leva et tendit les fleurs à Delmas :

— Vous les offrirez à vot' dame, patron.

— Merci, Marchant, vous êtes un ange.

Le conservatoire était perché au sommet de la colline de Fourvière face au commissariat. Ses bâtiments sévères entourés de hauts murs étaient cernés d'autres bâtiments guère plus gais : des congrégations diverses y avaient élu domicile au voisinage d'une basilique de style indéfinissable. La Peugeot peinait bruyamment dans la montée Saint-Barthélemy à la pente vertigineuse. Marchant tapotait sur le volant et émettait des petits bruits de bouche comme le font les cavaliers à l'oreille de leurs chevaux pour les encourager à donner le meilleur d'eux-mêmes. L'auto répondit par une petite pétarade du pot d'échappement. Delmas, concentré, dissimulait son impatience.

Monsieur Germain ne ressemblait pas au personnage suggéré par la conversation téléphonique. Le cheveu hirsute, une allure de garçon boucher, la cigarette maïs au coin des lèvres, il accueillit Delmas et Marchant par une poignée de main douloureuse et un « Bienvenue, messieurs » sonore et chaleureux. Ils gravirent sportivement l'escalier qui menait à son vaste bureau à trois fenêtres. Bizarrement, les volets étaient entrebâillés en dépit de la morne lumière d'hiver. La pièce était éclairée seulement par trois gros cierges plantés sur un monumental chandelier en métal noir.

— Montrez-moi donc cette photo ! Oui, c'est bien elle. Mon Dieu… C'est une photographie arrangée de son cadavre ?

— Savez-vous où elle habitait ?

— Vous passerez à l'administration en partant : on vous communiquera son adresse.

Silence pesant dans le bureau garni de boiseries sombres qui le faisait ressembler à un funérarium. Delmas respecta ce silence tandis que le grand escogriffe au cœur tendre allumait une cigarette. Marchant avait bien envie de stigmatiser le meurtrier, histoire de troubler ce silence qui le mettait mal à l'aise, mais il s'abstint sous la menace bienveillante mais ferme du regard de Delmas. Comme le lui avait dit un jour le patron : « Marchant, mon vieux, il faut surmonter vos angoisses et accepter parfois le silence. »

En conséquence, de longues minutes s'écoulèrent. On entendit même le crépitement infime de la flamme des cierges. M. Germain, les yeux perdus dans le vague, exhalait de grandes volutes de fumée.

Delmas se décida enfin :

— Vous connaissez, personnellement, tous les élèves de votre conservatoire, monsieur le directeur ?

— Non, mais le destin de la petite Lidac m'avait touché. C'est la fille des Lidac, les usines de filature. Je connaissais bien son père, excellent violoncelliste. Et j'habite toujours au voisinage de ce qui fut sa demeure. En juillet 1942, sans doute ne l'ignorez-vous pas, les Juifs n'avaient plus le droit de posséder une ligne téléphonique. Madame Lidac venait souvent téléphoner chez nous pour contacter son époux, qui se déplaçait durant la semaine dans ses usines. Oh ! ce fut bref ! Deux mois plus tard, son entreprise était entièrement confisquée par le commissariat général aux Questions juives. Lidac était désespéré. Un soir que nous rentrions, ma femme et moi, d'un concert prolongé d'un souper avec des amis musiciens, nous avons vu la famille Lidac entasser quelques affaires dans un taxi. Je n'ai pas eu le cœur de lui parler. Nous avons échangé un regard ; ce fut dramatique, monsieur. Je savais que je ne les reverrais plus. Cependant, après la guerre, la petite est venue récupérer son violoncelle. Elle m'a raconté qu'ils s'étaient cachés chez une famille d'ouvriers des usines Lidac avant d'être dénoncés, quelques jours plus tard, puis déportés et gazés. Elle évoquait toute cette misère d'une voix blanche sans la moindre rancœur. Pour répondre à votre question, commissaire, c'est sans doute pour cela que la petite Martha restera à jamais gravée dans ma mémoire. Pardonnez-moi cette emphase, car j'ai rarement connu une telle grandeur d'âme. Surtout après avoir enduré ces années noires.

— Mademoiselle Lidac était une bonne violoncelliste ? demanda Marchant.

— À dire vrai, monsieur, je n'en sais trop rien. Mais une telle âme ne pouvait pas ne pas sonner juste et clair… Souffrez ma pesanteur, monsieur le commissaire, mais… quel est le mobile du crime ? Le vol, le viol ?

— C'est justement l'excellente question que je me pose, monsieur. Ni l'un ni l'autre, et je m'interroge toujours sur le mobile du crime.

— Vous faites un rude métier, monsieur. Après ces années d'occupation dont plus personne ne veut entendre parler… C'est heureux pour vous, finalement. La police française, vous l'admettrez, ne fut pas sous son meilleur jour.

Marchant admira un peu plus encore son patron qui se contenta d'une vague approbation de la tête, mais ne dit mot sur son engagement en faveur des persécutés par le régime de Vichy. À la conciergerie, une vieille femme aux yeux minuscules avec une grande bouche leur communiqua l'adresse : Martha Lidac, 15, rue Vendôme.

IV

Rue Vendôme… Un drôle de souvenir…C'était au numéro 26 de la rue Vendôme quelques mois après la Libération. Le fils d'un industriel enlevé et une rançon considérable exigée. On avait demandé tact et discrétion à l'inspecteur Delmas. Le père de l'enfant l'avait reçu dans une sorte d'antichambre aux allures de salle d'attente. Ils étaient restés plantés debout durant cet entretien sous le signe de la distance. L'homme n'était pas antipathique, mais l'absence de douleur apparente et sa posture condescendante avaient fortement déconcerté Delmas. La quarantaine satisfaite, bien de sa personne, d'une élégance discrète, il affectait l'efficacité de l'homme d'entreprise qui sait gérer les crises. Il assurait ainsi les questions et les réponses, jeu coutumier chez ces gens-là, dont Delmas s'amusait beaucoup en d'autres circonstances. En l'occurrence, il s'était contenté de patienter, le temps que le jeu s'accomplisse. Après l'entretien, Delmas avait tenté vainement de résumer en quoi cela avait servi son enquête. Deux jours plus tard, le commissaire divisionnaire Lesage le convoquait dans son bureau pour lui annoncer que l'enfant était revenu au bercail contre rançon. Le père avait contacté directement le préfet, exigeant que la police s'abstienne de toute enquête. Affaire classée. Delmas n'avait fait aucun commentaire ; simplement un sourire, long sourire, assorti d'un silence et d'un regard, droit dans les yeux de son supérieur, puis glissant imperceptiblement jusqu'à la fenêtre. Lesage détestait cette attitude (ce n'était pas la première fois) de son subordonné. Mais Delmas s'interdisait tout commentaire, car il considérait qu'aucun mot ne convenait pour qualifier l'inégalité de traitement qui avait cours dans la police : obligeance et complaisance envers l'élite ; agressivité vulgaire envers les autres.

Bref, Delmas appréciait modérément de revisiter cet espace où flottait un air de contentement de soi. Et puis, comme disait Marchant : « Elle se mousse pas du coude, la donzelle ; les loyers doivent coûter bonbon ! » Il décida de faire un crochet par le commissariat. Marchant prendrait son matériel photo. Prévost se joindrait à eux. L'inspecteur Prévost était un collaborateur précieux. Froid, dépourvu de toute compassion, étranger à toute considération psychologique, doué d'un sens aigu de la rationalité, il avait le don d'observer des détails invisibles pour le commun des mortels. Par ailleurs, Lidac lui disait quelque chose...

— J'ai souvent entendu ce nom quand j'étais enfant. Ma mère était couturière pour le théâtre des Célestins. Lidac fabriquait des textiles communs, mais aussi des tissus précieux utilisés dans la haute couture et pour les costumes d'époque au théâtre ou à l'opéra.

— Vous m'épaterez toujours, Prévost ! Les usines Lidac ont été saisies par le commissariat général aux Questions juives en 42. Vous tâcherez d'en savoir plus, n'est-ce pas ?

— Pas de problème. Nous allons chez la petite, présentement ?

Delmas aimait bien cette manière de dire. Pas si froid que cela, Prévost... Il répondit par un sourire. Marchant se chargea du reste :

— Rue Vendôme ! Tu te rends compte ? Elle se moussait pas du coude, la donzelle !

— Tu le fais exprès ou quoi ?

— Exprès de quoi ?

— Non, rien !

Vaguement empruntés, ils s'approchèrent de l'immeuble solennel aux fenêtres étroites et hautes tendues de pesantes tentures comme pour dissimuler les existences bourgeoises aux yeux des passants. Puis, ils pénétrèrent dans une allée monumentale. Le rideau de la loge de la concierge s'agita. Une forte femme entrouvrit la porte :

— C'est pour quoi ?

— L'appartement de mademoiselle Lidac, s'il vous plaît.

— Qui la demande ?

— Commissaire Delmas et les inspecteurs Marchant et Prévost.

— Qu'est-ce que vous lui voulez, à mademoiselle Lidac ? Elle habite plus ici depuis un an au moins.

— Oh ! pas grand-chose vu qu'elle est morte.

La concierge s'affaissa sur les marches de sa loge tel un poids mort. Delmas et Prévost l'entourèrent aussitôt tandis que Marchant constatait les effets de sa tirade.

Très vite remise de son émotion, elle fusilla Marchant du regard et lui lança un « Bravo pour la délicatesse ! » Pas fier, l'indélicat contemplait ses chaussures.

Après avoir obtenu des informations sur les circonstances du meurtre de Martha Lidac, la concierge consentit à distiller quelques informations.

— Elle vivait dans une chambre de bonne sous les toits, porte 24. Très gentille. Je la voyais partir tous les jours avec son gros étui, un violoncelle, je crois. Elle manquait jamais de demander comment je me portais. Parce que j'ai eu quelques pépins côté santé ; mais ça ne vous intéresse pas peut-être ?

Delmas, tout contrit, lui répondit non de la tête. Elle poursuivit sans s'offusquer :

— Bon. Elle menait sa petite vie, toujours mignonne, toujours proprette avec l'air éternel de dire : encore une belle journée qui s'annonce. Vous savez, des locataires comme ça, c'est pain bénit. Surtout dans un immeuble bourgeois avec des propriétaires près de leurs sous et qui ont toujours peur qu'on les agresse.

— Pourquoi Martha Lidac a-t-elle quitté l'immeuble ?

— Je peux pas vous dire…, enfin, pas sûr. Mais attention : c'est mes impressions que je vous livre, là. Disons que je la trouvais un peu moins gaie, les derniers temps. Pas triste, mais – comment dire ? – moins légère, comme si elle avait eu des gros soucis.

— Vous ne lui avez jamais demandé ce qui n'allait pas ?

— Pas osé. Mais je lui ai demandé où elle allait emménager !

— Vous connaissez sa nouvelle adresse ?

Delmas prononça ces mots avec un soupçon d'incrédulité, sur l'air de : trop beau pour être vrai !

— Elle m'a pas répondu. Je me souviens bien parce que je n'ai pas bien compris. Il y a des gens qui se souviennent de ce qu'ils comprennent, moi c'est l'inverse parce que…

Delmas l'encouragea à venir au fait en dodelinant de la tête. Elle obtempéra à regret :

— En fait, elle a dit : « Emménager, ce n'est pas le mot tout à fait juste. »

La brave femme s'appliquait ; Delmas la trouvait touchante.

— « Depuis quelques jours j'ai plutôt la sensation de "réemménager" dans mon passé. J'ai retrouvé les gens qui nous ont protégés en 42, un ouvrier de papa. » Comme elle était sur le point de me donner l'adresse, voilà que monsieur Quignard me tombe dessus pour je ne sais plus quelle broutille. Vous ne pouvez pas savoir ce que c'est, la vie de concierge dans un immeuble comme ça avec que des gens importants et qui n'oublient jamais de vous le faire sentir. Oui, je sais…, ce n'est pas le sujet… Vous pensez bien que, lorsqu'elle a vu le bonhomme, la petite Lidac a pris ses cliques et ses claques ! Et je l'ai jamais revue.

— Elle est bien revenue chercher ses affaires ? s'étonna Marchant un peu brutalement.

— Vous direz à votre assistant de s'amadouer un brin.

Décidément fâchée avec l'indélicat récidiviste, elle l'ignora royalement, s'adressant à Delmas :

— Si je dis que je l'ai pas revue, c'est que je l'ai pas revue ! Le lendemain, deux gars sont venus avec une camionnette. Ils m'ont montré les clés en précisant que, leur travail accompli, ils les rendraient. Ils n'ont pas traîné ! Deux heures plus tard, ils fermaient les portes du camion et disparaissaient. Vous allez me demander s'il y avait un nom sur le camion ? La réponse est oui, mais je m'en souviens plus.

— Nous vous avons assez ennuyé, madame. Nous vous remercions pour votre collaboration efficace. Naturellement, si d'autres détails vous reviennent, pensez à nous.

Delmas pressa chaleureusement la main de la concierge entre les siennes. Elle avait été charmée par Martha, comme le directeur du conservatoire et comme lui-même l'avait été à la lecture de son petit carnet. Cette unanimité lui faisait plaisir. Mais, simultanément, elle accentuait la révolte qui ne cessait de monter en lui. Révolte nuisible, il le savait bien. À aucun moment il ne devait céder à des émotions susceptibles de troubler son jugement. Martha était morte. Elle était la victime ; il devait trouver le coupable, un point, c'est tout.

Les trois hommes se retrouvaient, penauds, devant la porte, plantés là sur le trottoir, puis Marchant traversa soudain la rue, au risque d'être renversé par un tram. Delmas et Prévost le regardèrent, éberlués, en train de farfouiller dans la Traction, puis, tout occupé à fixer un flash sur un boîtier photographique, franchir à nouveau la rue.

— Attention, Marchant !

Une motocyclette arrivait à toute vitesse. Le conducteur, fin pilote, l'évita de peu.

— Je vais faire une photo de la chambre de Martha !

Il s'engouffra dans l'allée. La pluie se mit à tomber. Delmas et Prévost l'attendaient, silencieux dans la voiture. Dix minutes plus tard, Marchant revint tout dégoulinant. La pluie avait redoublé, et le tintamarre était impressionnant dans l'habitacle. Contrairement à son habitude, Delmas éleva la voix :

— On y va, Marchant. Vous vous sécherez au commissariat, puis nous nous retrouvons dans mon bureau. Il est urgent que nous parlions !

La famille d'ouvriers, le libraire Germeaux, Géraldine l'élève de Martha, le dossier Lidac au commissariat général aux Questions juives : Delmas organisa les quatre fils de l'enquête en quatre colonnes sur le tableau noir. Prévost prenait des notes tandis que Marchant lissait ses cheveux encore humides. Il régnait une drôle d'atmosphère. Les trois hommes restaient silencieux ; on entendait seulement la pluie qui claquait sur les vitres, le tout dans une lumière jaunasse qui dessinait leurs ombres sur les murs gris. Delmas n'était pas à son aise dans cette affaire, et ses hommes non plus. Surtout Marchant.

— Nous devons remettre les choses à plat.

Delmas saisit une chaise et s'assit en face de Prévost et Marchant, tout près.

— Dans un premier temps, nous devons concentrer nos efforts sur la victime avant d'espérer découvrir son meurtrier. Mais j'ai bien dit la victime, et non Martha, n'est-ce pas, Marchant ? En d'autres termes, nous ne devons à aucun prix nous laisser attendrir, moi le premier, je l'avoue. C'est nuisible à la justesse du jugement et non professionnel. Je sais, je n'ai pas l'air de croire à ce que je dis, mais faites semblant de ne pas vous en apercevoir ! À partir de maintenant, nous allons accélérer le mouvement sur les quatre fronts notés au tableau. Prévost, comme convenu, nous devons absolument obtenir des informations sur les conditions dans lesquelles les Lidac ont été spoliés. Le passé…

— … éclaire toujours le présent ! lança Marchant en gloussant.

— Si je radote, vous me le dites, les enfants. Tu vois ça avec la préfecture. Ils n'aiment pas trop que l'on mette le nez dans ces affaires nauséabondes, mais je compte sur votre pugnacité.

Prévost ne broncha pas.

— Marchant, vous allez vous adonner à la lecture, mon petit !

— Un tien vaut mieux que deux tu liras, patron !

Delmas et Prévost échangèrent un regard atterré.

— Trouver des témoins qui acceptent de parler des années d'occupation et surtout d'aborder le champ douloureux des dénonciations ne sera pas aisé. Trop de gens se font passer pour des résistants de la première heure. Je pense que personne n'est dupe, mais, vu le nombre d'individus dans ce cas, personne n'a intérêt non plus à dénoncer une usurpation, le dénonciateur s'exposant à être lui-même dénoncé. Vous me suivez, Marchant ? Avec les précautions de rigueur, vous enquêterez donc du côté du libraire Germeaux. La victime le cite sans l'accuser, mais cela mérite d'être vérifié. Vous devrez donc éviter le style éléphant dans un magasin de porcelaine. Vous commencerez par fréquenter assidûment la librairie, repérer le patron, engager la conversation… Votre faconde fera le reste.

— Vous êtes trop bon, patron.

— Reste à retrouver Géraldine, l'élève de Martha, et la famille qui a caché les Lidac.

Prévost faisait la moue. Cette enquête dans laquelle on ne recherchait pas le coupable le déconcertait :

— Mais qu'est-ce que vous espérez ?

— Pourquoi l'a-t-on assassinée ? Nous n'avons aucune réponse. Il nous faut d'abord chercher d'éventuels mobiles en connaissant mieux la vie et la personnalité de la victime. Après qui, après quoi voulez-vous courir ? Aucun indice, pas de témoin, nous n'avons pas le choix, Prévost. De mon côté, je vais retourner au conservatoire. Peut-être ont-ils entendu parler de Géraldine… Quant à la famille qui a protégé les Lidac, j'ai demandé aux rédactions de publier un avis avec photo. Si, comme je le suppose, la victime est retournée chez eux, je suis étonné qu'ils ne se soient pas manifestés depuis sa disparition. Cela fait quatre jours, maintenant.

Le téléphone retentit au commissariat du VIIe arrondissement. L'agent de permanence nota sur la main courante : *Monsieur et madame Lenormant signalent la disparition d'une jeune fille qu'ils hébergeaient depuis plusieurs mois. Absents pour un mariage, ils ont constaté à leur retour qu'elle n'était pas rentrée depuis leur départ. Nom de la disparue : mademoiselle Lidac, Martha, vingt ans, un mètre soixante-cinq, yeux marron, corpulence moyenne.*

Le policier raccrocha et relut aussitôt l'appel à témoins du commissariat central daté du 23 octobre pour une affaire de crime concernant une jeune fille d'une vingtaine d'années non identifiée. Avant tout, prévenir le chef…

V

— Allo, Jean ? C'est Gilbert !

Delmas reconnut son collègue du VIIe arrondissement, mais il appréciait modérément cette familiarité confraternelle. Le commissaire Plassard n'avait pas précisément les mêmes préoccupations que lui durant les années noires. Affecté, à l'époque, à la sous-direction des affaires juives (rattachée plus tard à la PJ) Plassard aurait sans doute beaucoup à lui apprendre au chapitre des dénonciations. De quinze ans son aîné, fonctionnaire zélé, il n'avait jamais rechigné à exécuter les consignes de la préfecture. Il ne s'en souvenait pas (ou feignait sûrement de l'avoir oublié), mais ils s'étaient rencontrés, il y a presque dix ans déjà, dans un immeuble de l'avenue Sébastopol où des familles juives avaient trouvé refuge. Prévenue sur dénonciation par lettre anonyme, la police avait organisé une opération d'envergure sous l'autorité de Plassard. Delmas était arrivé sur les lieux dix minutes avant. Suffisamment pour sauver une mère et ses trois enfants qu'il avait enfermés dans les toilettes de l'étage. Adossé à la porte, occupé à rouler inlassablement la même cigarette, il saluait ses dévoués collègues affairés à cette tâche patriotique qui consistait à envoyer des familles entières à la mort. Plassard, sans prêter attention à lui, ne cessait de monter et descendre l'escalier, l'air important, surveillant son escouade, demandant à son adjoint le score, provisoire, espérait-il, de cette rafle glorieuse. Une heure plus tard, Delmas faisait mine de fermer la marche, puis faisait demi-tour afin de délivrer ses trois miraculés, terrorisés.

— Oui, qui demandez-vous ?

— Allons, Jean, c'est Gilbert, Gilbert Plassard !

— Bonjour, Plassard, que me vaut… ?

— Je t'apporte des nouvelles, mon gars : on a retrouvé des gens qui ont hébergé ta gamine, Martha Lidac. Hier, ils ont déclaré sa disparition chez nous. Je suis allé vérifier sur place. Je leur ai annoncé la mort de la fille. Ils ont été secoués. Apparemment, des communistes ou quelque chose comme ça. Ils la logeaient chez eux en souvenir de ses parents, des youpins, qu'ils ont cachés pendant la guerre.

— Vous n'avez pas changé, vous.

— Qu'est-ce que tu me chantes là ?

— Rien.

— Et qu'est-ce que tu as à me vouvoyer comme ça ?

— L'adresse ?

— Lenormant, 12, rue d'Anvers, et j'aimerais que tu me parles sur un autre ton, s'il te plaît !

— Merci, Plassard.

Delmas raccrocha, à la fois satisfait par cette nouvelle et malheureux de constater la bêtise poisseuse qui rampait toujours quelques années seulement après la révélation de la « solution finale ». Dans tous les cinémas, aux actualités, on avait vu des images effroyables tournées dans les camps. Ces visions de l'horreur avaient eu un grand retentissement chez la plupart des gens en France. Naturellement, on était abasourdi par une telle barbarie, mais, sans se l'avouer, on avait honte aussi. Delmas avait été bouleversé par *Nuit et brouillard* d'Alain Resnais. Révolté aussi quand il avait appris que la première image du film avait été censurée parce qu'on y voyait un gendarme gardant le camp de Pithiviers.

Dès 1946, dans le langage administratif, on ne parlait plus de « déportés », mais de « rapatriés ». On réclamait la justice, mais on avait envie d'oublier. Après les excès de « la justice au coin du bois » et son lot d'exécutions sommaires (un collègue de promotion de Delmas, commissaire à Dijon, avait été lynché en février 45), l'heure de l'épuration judiciaire et administrative avait sonné. À la Libération, Plassard n'avait guère été inquiété. Son attitude était banale dans les rangs de la police, à l'époque. Condamné à une lourde peine de prison, il avait été libéré rapidement et réintégré avec avancement compte tenu de son ancienneté.

Delmas enrageait quand il voyait ces plaques commémoratives « fleurir » sur les façades d'immeubles : ICI FURENT ARRÊTÉS… PAR LA GESTAPO quand il fallait lire PAR LA POLICE DE FRANCE ! De fait, les amnisties successives ne provoquaient plus guère d'émois dans une société française empêtrée dans ses paradoxes.

Au tableau noir, dans la colonne « la famille d'ouvriers », Delmas nota les noms et adresse des Lenormant, qui avaient risqué leur vie pour sauver les Lidac. Prévost et Marchant n'étaient pas encore arrivés à cette heure matinale. Il décida de s'y rendre seul en prenant l'autobus, de prendre le temps de relire la transcription du carnet sans rester entre ces quatre murs. Trop d'impatience… Et puis, la ville était souriante de si bonne heure. Le soleil matinal nimbait son morne bureau de reflets mordorés. C'était très beau, très harmonieux, sans compter la qualité du silence que Delmas appréciait tant.

— Bonjour, patron !

Catherine déboula comme à son habitude, frappant à la porte et l'ouvrant avec la même vigueur que sa mère quand il était gamin, pelotonné au fond de son lit avant de partir pour l'école.

— Bonjour ! C'est la forme, dites-moi. Je sors. Vous direz à Marchant et Prévost de me rejoindre au 12 de la rue d'Anvers, chez monsieur et madame Lenormant.

— Laurel et Hardy avant midi, 12, rue d'Anvers. C'est noté, patron !

Delmas, enchanté par la bonne humeur de cette nouvelle recrue au physique d'athlète de décathlon, descendit l'escalier, traversa la rue et patienta à l'arrêt de bus en compagnie de deux vieilles femmes plantées face aux rayons chaleureux. L'une retira son fichu, le fourra dans son cabas et s'ébouriffa les cheveux telle une starlette du festival de Cannes. L'autre la regardait, interdite, jetant un œil furtif vers Delmas, puis elles pouffèrent toutes les deux comme des gamines. C'était un moment de douceur de vivre comme il les aimait : savouré en compagnie d'hommes ou de femmes inconnus tout simplement heureux de vivre. Un moment partagé qui vous donnait envie de vous réconcilier avec la nature humaine parfois si sombre, si maléfique.

La rue d'Anvers était bruyante à cette heure-ci. Le marché de la place Jean-Macé, toute proche, battait son plein. Delmas se fraya un chemin parmi une foule familiale les bras chargés de victuailles. La porte du numéro 12 était grande ouverte. Deux gamins jouaient aux billes dans l'allée ; on entendait la concierge qui balayait l'escalier et une voix d'homme qui chantait à tue-tête, singeant un air d'opéra au timbre aigrelet d'un gramophone qui résonnait dans les étages. Le chanteur surgit dans l'allée, manqua de bousculer Delmas, mais l'évita tel un toréador.

— Bonjour, madame. Les Lenormant, quel étage, s'il vous plaît ?

— Cinquième, porte gauche et attention aux cendres de cigarette !

— Je ne fume pas.

— Ça me regarde pas ! Je viens de faire l'escalier et je veux que ça reste propre au moins la matinée.

Delmas la gratifia d'un large sourire et, mal à l'aise, entreprit l'ascension. Derrière la porte, on entendait les roucoulades d'un oiseau dans un silence total. Un premier coup de sonnette resta sans effet. Après une ou deux minutes, un œil se risqua à travers le judas. On entendit :

— Qui êtes-vous ?

— Commissaire Delmas. J'aimerais que nous parlions de Martha, Martha Lidac.

Quelques secondes silencieuses accentuèrent le malaise. Delmas songea à décamper ; la porte s'ouvrit enfin. Mme Lenormant avait l'air grave et triste. Elle ne prononça pas un mot, lui tourna le dos et l'invita implicitement à la suivre dans une vaste cuisine. D'un geste, elle lui proposa de s'asseoir, fit de même et le regarda fixement les poings sous le menton, toujours sans rien dire.

— Je suis désolé de vous déranger, madame Lenormant. Je devine votre douleur…

— Nous n'aimons pas beaucoup la police, monsieur, ni la façon dont elle s'est conduite dans le passé. Mais je ne suis pas en mesure de refuser de vous entendre. En revanche, j'aimerais bien que vous évitiez ce genre de banalités. C'est consternant, hypocrite et sans effet. Que nous voulez-vous ?

Delmas resta sans voix. Il observa ce visage ridé autour de deux yeux sombres et intenses. Ce regard le traversait, le niait et le paralysait en même temps. L'envie de fuir le submergea plus que jamais. Il fourra ses mains dans les poches de son pardessus tout en reculant imperceptiblement sa chaise. Sa main tomba sur la transcription du carnet. Sans réfléchir, il la posa sur la table, la défroissa avec soin et la fit glisser à l'autre bout de la table :

— Martha a écrit cela sur un petit carnet que nous avons trouvé dans la doublure de son manteau.

Elle jeta un coup d'œil sur la petite liasse de papiers, lui lança un regard un rien étonné, entreprit la lecture et se leva presque aussitôt :

— Je vais aller chercher mon mari.

Delmas perçut un chuchotement, puis des pas très lents sur le parquet. M. Lenormant précédait son épouse : un colosse. Il portait admirablement une soixantaine largement révolue. Les deux hommes se regardèrent sans dire un mot. Après avoir lu les confidences de Martha Lidac, il plia le papier en quatre, le montra à Delmas et fit mine de le mettre dans la poche de sa chemise.

Delmas fit oui de la tête.

— Nous allons répondre à vos questions. Vous semblez moins con que votre collègue, sauf le respect que je ne vous dois pas. De toute manière, je sais que nous ne pouvons pas faire autrement.

Delmas soutint son regard en douceur, enchanté de ce qu'il venait d'entendre. Et cela se voyait. On pouvait lire aisément l'état d'esprit de Delmas sur son visage. C'était dans sa nature, et cela lui jouait souvent des tours, mais il ne savait pas faire autrement. Pour une fois, cette transparence non maîtrisée s'avérait positive, car Lenormant semblait déconcerté par l'attitude du policier.

Finalement, le colosse se déplia, ouvrit la porte du buffet, saisit trois verres et une bouteille de vin rouge entamée. Il remplit les verres à ras bord, leva le sien et lança un « Trinquons » solennel. Les trois verres s'entrechoquèrent, et l'on entendit la voix prête à chavirer de Lenormant :

— À Martha et à celui qui dénichera le coupable.

Les deux hommes et la femme se regardèrent tour à tour intensément.

— Je ferai tout mon possible et j'espère que vous pourrez m'aider.

Lenormant l'encouragea d'un signe de tête.

— D'abord, je voudrais que vous me racontiez comment vous avez repris contact avec elle.

Le colosse caressa tendrement la main de sa femme.

— Raconte-lui comment ça s'est passé.

— C'était l'été, l'an dernier. J'avais fermé les volets à cause de la chaleur. On est orientés à l'ouest, et c'est intenable quand le soleil tape fort. Je regardais à travers les claires-voies. Sur le trottoir d'en face, il y avait une jeune fille qui regardait justement chez nous. On occupe tout l'étage. Les deux appartements du palier appartenaient à mon beau-père.

— L'appartement des enfants servait d'atelier à l'origine. Mon père était luthier et réactionnaire. Il ne s'est jamais remis d'avoir un fils communiste, mais ne m'a pas déshérité. Et moi, je n'ai pas refusé l'héritage. Chacun ses contradictions !

— Donc, j'aperçois cette jeune fille, et sa tête me dit vaguement quelque chose. Alors, sans réfléchir, j'ouvre les volets, on se regarde et je la reconnais. C'était la petite Martha, la fille des Lidac que l'on avait cachés en 42.

— Vous vous rendez compte ? Un communiste qui cache son patron ! Mon père aurait été content.

— Je lui ai fait signe, je suis descendue aussi vite que j'ai pu et on s'est embrassées. Je ne l'avais jamais revue depuis le jour de l'arrestation. On avait été prévenus qu'un fourgon de la police française et un camion de soldats allemands arrivaient dans le quartier. Juste le temps pour les Lidac de tenter de fuir. Les voisins fermaient les yeux… Ils se sont fait prendre au bout de la rue. Un autre fourgon arrivait de l'autre côté. Nous avons tout vu de loin, impuissants. Il y avait une cohue de badauds tout autour. C'était ignoble. Nous n'avons pas été inquiétés… Nous étions bien entourés…

Delmas lui tendit son mouchoir, mais elle essuya ses larmes du revers de la main. Lenormant remplit les verres, but le sien et décida de poursuivre :

— Elle vivait dans une chambre de bonne et gagnait sa vie en donnant des cours de violoncelle. Elle avait l'air tellement contente de se retrouver chez nous ! Ma femme lui a proposé d'emménager dans le petit appartement des gars. On a eu trois fils ; ils sont tous en ménage. On était justement au mariage du dernier, ce dimanche. On voulait que Martha nous accompagne. Elle a pas voulu. Si seulement…

Delmas déposa un bloc-notes sur la table.

— Je peux ?

Les Lenormant se regardèrent et acquiescèrent.

— Nous avons interrogé la concierge de l'immeuble. Elle aimait bien Martha… Elle nous a déclaré ceci. Je cite : « Je la trouvais un peu moins gaie ces derniers temps. Pas triste, mais – comment dire ? – moins légère, comme si elle avait des gros soucis. » Comment l'avez-vous trouvée ?

— Je ne peux pas dire. Qu'en penses-tu, Charles ? On ne l'avait pas revue depuis la guerre.

— Elle ne vous a pas interrogés sur le passé, les circonstances de l'arrestation en 42 ?

— Si, bien sûr. Mais c'était bien naturel. Elle avait douze ans, à l'époque.

Les Lenormant échangèrent encore un regard. Delmas eut la nette impression qu'ils s'interrogeaient sans prononcer une parole. Devaient-ils faire confiance à un policier ?

Ne pas les brusquer. Il décida d'attendre, consulta ses notes des jours précédents. *J'avais complètement oublié ce carnet. Je le retrouve justement ce jour-là. C'est étrange tout de même. Je ne sais vraiment pas quoi faire…* Il s'était forcément passé quelque chose ce jour-là, il y avait un peu plus d'un an. Martha avait vu quelque chose ou quelqu'un qui l'avait bouleversée. Il ne s'agissait pas des Lenormant, mais d'autre chose. Ces retrouvailles avec ceux qui avaient secouru sa famille avaient été voulues par Martha, qui s'était manifestée clairement sous leurs fenêtres. Or elle ne l'avait pas fait avant. Pourquoi ne pas l'avoir fait dès son retour du camp ?

Dans ce grand silence, la sonnette retentit. Chacun semblait isolé dans ses pensées et personne ne bougea.

— Ce sont sûrement mes collaborateurs. Je leur ai demandé de me rejoindre pour l'examen de la chambre de mademoiselle Lidac. Naturellement, vous pouvez vous y opposer, car je n'ai pas encore prévenu le juge.

— Faites donc votre travail, commissaire. On a confiance en vous.

Lenormant ouvrit un tiroir pour en extraire un trousseau de clés.

— Je vous demande juste de passer par l'extérieur. J'ai fermé la porte de communication entre les deux appartements. Pour nous, cela restera le logis de la petite… Elle l'avait décoré à sa manière. C'était une artiste.

Le colosse ne put dissimuler plus longtemps les sanglots qui inondaient sa voix de rocaille. Il poussa délicatement Delmas vers la sortie. Pendant tout ce temps, « Laurel et Hardy » étaient restés de marbre sur le palier, conscients d'une relation particulière entre le commissaire et ses interlocuteurs. Ils avaient l'habitude.

Marchant saisit les clés, ouvrit la porte et s'effaça devant Delmas qui demeura figé sur le seuil. Prévost et Marchant, dans le même état, regardaient par-dessus son épaule. La pièce était encombrée de grandes jetées de tissus aux couleurs passées. Elles dégoulinaient du plafond jusqu'au sol, installées sans logique apparente. L'espace relativement exigu ainsi fractionné laissait entrevoir une ouverture (on avait enlevé la porte) vers ce qui devait être une chambre. On devinait le lit sur lequel reposait un étui de violoncelle étendu tel un gisant du Moyen-Âge. Captivé, Delmas progressa avec une lenteur exagérée dans cet endroit aux allures de sépulcre. Il écarta une à une les tentures. Les plus lourdes s'emmêlaient aux plus légères. Elles suggéraient un ballet qui laissait entrevoir des rais de lumière. « Mais qui es-tu, Martha Lidac ? » songeait Delmas. Le temps de reprendre ses esprits, Marchant installa son appareil photographique sur un trépied. Prévost avait déjà enfilé ses gants. Il entreprit l'examen des lieux méthodiquement en dépit de la fantasmagorie ambiante.

Delmas saisit l'unique chaise et s'installa au pied du lit comme pour une veillée mortuaire.

— Excusez, patron. Vous pouvez vous pousser un peu ? Vous êtes dans le champ.

Delmas s'exécuta sans quitter des yeux le gisant, puis revint à son poste d'observation tandis que Marchant poursuivait son panoramique des lieux. Prévost, imperturbable, explorait les moindres recoins, auscultait les cloisons, observait les petites étagères garnies de quelques livres qu'il ouvrait et feuilletait un par un, vidait lentement les tiroirs de la commode, puis remettait tout en place scrupuleusement. C'était son habitude. Puis, ce fut le tour d'un petit secrétaire à secrets. Delmas le regarda faire et attendit. Cela ne tarda guère. Deux minuscules compartiments apparurent sous les doigts experts de l'inspecteur : vides.

Sans prononcer un mot, Prévost montra le résultat de ses recherches à Delmas : un bloc de papier à lettres à en-tête des Établissements Lidac, la photo jaunie d'un couple avec deux enfants, deux partitions anciennes, un cahier de musique composée par la petite (chaque œuvre était signée de sa main).

— La pièce a été visitée avant nous, patron.

Il chuchotait comme dans une église.

— Dépôts de poussière incohérents sur les étagères et disparition probable de documents, si j'en crois le système de rangement de la demoiselle.

Delmas observa longuement la photographie. Les parents souriaient, regard droit vers l'objectif. Les enfants riaient aux éclats. Au dos de la photo, une simple inscription à l'encre noire : juin 1937.

VI

Le lendemain matin, il faisait encore nuit noire lorsque Delmas pénétra dans son bureau. Après l'examen de l'appartement de la victime, les Lenormant l'avaient invité à rester déjeuner. Il avait accepté. Mme Lenormant rapporta les propos de Martha Lidac le jour de leurs retrouvailles. Et Delmas en fut troublé. Comme si elle se trouvait là et racontait elle-même cette incroyable histoire de tableau, et puis cette crise de larmes convulsives après avoir évoqué une sonate de Fauré...

Plus tard, Delmas raconta tout à Marianne. Ils conversèrent longuement, tous les deux ; de Martha Lidac et de l'enfant qu'ils n'avaient jamais eu... Dans cette atmosphère de jour naissant, Delmas « écoutait » encore Martha, en quête d'un détail qui le mettrait sur la piste de son assassin.

J'ai d'abord réappris à vivre libre. Des tas de décisions à prendre, les journées qui ne se ressemblaient pas. J'étais anéantie par la douleur d'avoir perdu ma famille, mais je n'ai pas vraiment souffert à Birkenau. J'avais seulement peur de ne plus bénéficier de mon régime de faveur à cause d'une fausse note, d'une interprétation qui ne plairait pas au commandant ou d'un autre musicien qui aurait pris ma place. On perd beaucoup d'humanité dans ces cas-là. À part ça, je ne pensais plus trop à rien, je ne me projetais dans aucun avenir. Je voulais seulement survivre !

Depuis mon retour, je dois décider de ce que je dois faire aujourd'hui, demain... C'est dur, au début.

Donc, Martha Lidac réapprenait à vivre et gagnait sa vie en donnant des cours au conservatoire, puis à domicile. Elle racontait une existence paisible, insouciante, jusqu'au jour de l'histoire du tableau.

Parmi mes élèves, j'aimais bien Géraldine. C'est devenu une amie. Elle ne m'a jamais posé de questions sur les camps. Elle préfère me raconter comment elle a traversé les années d'occupation sans le moindre tracas. Comment elle séjournait de leur résidence urbaine à leur demeure à la campagne, suivant le climat ; pas seulement les saisons ! J'éprouvais tout sauf de la révolte ou de la jalousie quand elle me parlait de cette époque durant laquelle ma famille a été assassinée. En fait, je rêvais que j'aurais pu vivre la même chose avec mes parents et mes frères et que rien n'aurait changé.

Ils habitent une vaste maison dans laquelle Géraldine dispose d'une chambre, d'un salon et d'un bureau-biblio-thèque. Je venais chaque semaine, généralement le lundi matin vers dix heures. Et puis, il y a eu ce jour qui a tout bouleversé. Ce tableau qui m'a précipitée dans un passé que je voulais oublier, je crois. Un jour, on s'est mise à parler de la Sonate pour violoncelle et piano *de Claude Debussy. Et Géraldine me raconte que son père en possède une partition annotée de la main du compo-siteur. Son père était justement absent, ce jour-là, et elle me propose de descendre dans son bureau, où se trouve le document. Nous voilà parties à déambuler dans*

*d'interminables couloirs jusque devant une porte monu-
mentale à doubles battants. Géraldine a ouvert et je me
suis aussitôt évanouie. Ensuite, je me suis réveillée à
demi écroulée sur un fauteuil, j'ai aperçu le visage de
Géraldine penché sur moi et, derrière elle, accroché sur
un mur tendu de soie vert sombre, le portrait de ma grand-
mère que j'avais toujours vu dans le bureau de mon père.
C'était d'autant plus troublant qu'à l'époque, ma grand-
mère devait avoir le même âge que moi. On se ressemblait
beaucoup. C'était un peu comme si je me voyais aussi.
Mon grand-père avait rencontré Claude Monet par l'intermédiaire d'amis communs. Le peintre avait accepté de
faire le portrait de la mère de maman...*

Ensuite, Martha rapporta la conversation avec
Géraldine : la douleur que cela réveillait, la déflagration
que cela venait de provoquer en elle après ces années à se
refonder en dépit du passé. À passer ces années à oublier,
à enfouir la douleur. Et comment ce tableau était arrivé
là, l'inacceptable douleur d'entendre qu'il était trop tard
pour récupérer la seule trace de jadis. Un vieux fonctionnaire aigri qui, en quelque sorte, lui reprochait de ne pas
avoir entrepris de démarche avant. Les restitutions étant
closes depuis deux ans, il ne lui restait plus qu'à entamer
une longue procédure. Avec quel argent ? Et quel espoir
de gagner ?

Les jours se sont succédé, puis les semaines et les mois ;
Martha semblait retrouver un peu d'envie de vivre, puis
elle a rechuté. Peu de temps avant sa mort. Un soir, profondément bouleversée, voire paniquée, selon les Lenormant,
elle avait parlé de préludes, « damnés préludes », avant
d'éclater en sanglots. Les Lenormant l'avaient réconfor-
tée comme ils avaient pu, sans lui poser de questions.
Mme Lenormant l'avait accompagnée jusqu'à son lit

(« La petite ne tenait pas debout, elle était comme secouée par des convulsions »), puis Martha était restée invisible deux jours durant.

Delmas ressentit encore une fois un bouillonnement intérieur comme la veille avec les Lenormant et durant la soirée avec Marianne, revivant ce récit pour la troisième fois sans pouvoir demander à la jeune fille ce qui s'était passé ensuite. Car c'était bien le plus frustrant : Martha ne parla plus jamais de Géraldine, ni du tableau ni des préludes. Ils n'osèrent jamais l'interroger. Pourtant, Mme Lenormant sentait bien qu'il se passait quelque chose.

— Elle semblait de plus en plus sombre, au fil des jours ; elle se montrait de moins en moins ou seulement quand elle pouvait afficher une humeur fréquentable… Parce que, par-dessus tout, c'était quelqu'un d'aimable, cette petite. Elle ne voulait pas embarrasser les gens avec ses tracas… La pauvre petite.

Delmas, affalé sur son fauteuil, contrairement aux habitudes, se leva subitement comme en colère : comment ce tableau était-il arrivé là ? Et le père de Géraldine… Comment s'appelait-il ? Delmas enrageait que les Lenormant n'aient pas eu la curiosité d'interroger Martha sur ces « damnés préludes ». En même temps, c'était tout à leur honneur, il le savait bien ; mais, tout de même, qu'est-ce que cela voulait dire ?

Il ouvrit la fenêtre sur l'aube glaciale pour expirer sa mauvaise humeur quand Catherine déboula sans crier gare.

— Vous ne pouvez pas frapper ?

Catherine le considéra, étonnée, fit la moue, esquissa un demi-tour gracieux et ferma doucement la porte derrière elle. Naturellement, Delmas s'en voulut d'avoir hurlé ainsi. Alors, il expira encore la mauvaise humeur jusqu'au retour du calme intérieur. Le temps que son bureau se transforme en glacière. Le jour se leva enfin ; on entendit frapper à la porte.

— Entrez.

Prévost le gratifia d'un large sourire et s'installa à la table de réunion devant le tableau noir. Delmas ferma la fenêtre et rejoignit Prévost qui ne dit rien sur la température glaciale. Il avait compris. Puis, Marchant apparut à son tour.

— Brrr ! Un vrai frigo ici. Vous avez pris un coup d'chaud, patron ?

Delmas et Prévost échangèrent un air entendu.

— J'ai dit quelque chose que je devais pas dire ?

— Pas du tout, Marchant, asseyez-vous. Il y a du nouveau. Prévost, vous avez retrouvé la trace de Géraldine ?

— Non. Rien pour l'instant. Inconnue au conservatoire. J'ai commencé à chercher à la chambre de commerce dans le secteur de la chaussure, mais cela va demander du temps. Les registres n'indiquent pas les prénoms des enfants des chefs d'entreprise !

— Il va falloir trouver et vite !

Delmas leur raconta l'épisode du portrait de la grand-mère de Martha tout en notant les progrès de l'enquête au tableau noir.

— Pour résumer : depuis la constatation du crime, nous avons trouvé l'identité de la victime ainsi qu'un carnet dans lequel elle indique qu'elle revient du camp de Birkenau. Sa famille a été décimée. Elle a vécu de cours de violoncelle, logé dans une chambre de bonne, puis chez les ouvriers qui ont caché la famille Lidac pendant les rafles. Apparemment, son logement a été fouillé.

Prévost confirma en hochant la tête.

— Pour chercher quoi ? Des partitions ? Une photo de famille de 1937 ?

Marchant lui tendit un jeu de photographies de

l'appartement de Martha. Le violoncelle gisait sur le lit. Delmas les punaisa au tableau tout en poursuivant :

— Elle s'est confiée aux Lenormant, qui nous ont appris pourquoi elle a été bouleversée et ramenée dans son passé comme nous l'avait rapporté la concierge de la rue Vendôme. En fait, elle a reconnu le portrait de sa grand-mère chez l'une de ses élèves, Géraldine, dont le père est industriel dans la chaussure. On ne sait pas comment ce tableau a atterri là. Par ailleurs, il s'agit d'une toile d'une valeur marchande considérable. Autre chose, l'évocation d'une partition, « damnée », précise-t-elle, a provoqué chez Martha une grave crise de désespoir. Pourquoi ? De quoi s'agit-il ? En conclusion, nous devons trouver au plus vite l'identité du père de Géraldine. Ensuite, nous devons répondre à un tas de questions. Comment s'est passée la spoliation des usines Lidac ? Par qui ont-ils été dénoncés ? À propos, Marchant, vos impressions concernant la librairie Germeaux ?

— Franchement, ça ne sent pas la délation, dans cette librairie. Au contraire. Gaston Germeaux règne en paternel parmi ses employés, qui ont l'air de l'apprécier. Et puis, un ancien collabo qui conseille à ses clients *L'homme révolté*, de Camus, ou *Spectacles*, de Prévert… Franchement, patron…

— D'accord, Marchant, mais vous qui aimez les proverbes : « On ne juge pas un crapaud à le voir sauter. » J'aimerais que vous vous intéressiez discrètement au passé de Gaston Germeaux. On ne sait jamais.

— Et du côté des Lidac, quoi de neuf ?

Prévost se trémoussa sur sa chaise. Cela voulait dire que rien n'allait comme il le voulait, songea Delmas.

— Les usines Lidac ont été rachetées à la Libération par un certain Pierre Gagnant. À qui ? On ne le sait pas encore. Gagnant aurait négocié le rachat par l'intermédiaire d'un notaire, maître Duquerroy. Je ne l'ai pas encore interrogé. Par ailleurs, Hervé de Bellac, le directeur de la délégation du commissariat général aux Questions juives, a complètement disparu de la circulation. J'ai interrogé Richard à la préfecture.

Chef du service des cartes grises, ce vieux garçon à la cinquantaine bien sonnée avait rendu bien des services à Prévost durant l'Occupation.

— On ne sait pas ce qu'il est devenu depuis la Libération. Un bruit court selon lequel il serait installé à Paris. Il aurait, paraît-il, monté une sorte d'agence qui produit des films de réclame diffusés dans les cinémas. À vérifier. Du côté du petit personnel, Richard reste coi. Les quatre fonctionnaires des affaires juives ont été intégrés dans des services de la préfecture, mais, pour reprendre ses mots : « Je ne veux pas remuer la boue. Après tout, ils n'ont fait que leur boulot pour gagner leur croûte. » Bref, je n'ai pas insisté.

— Il doit tout de même y avoir un moyen d'en savoir plus !

— Justement, Richard, bon prince, m'a donné l'adresse d'un collègue qui vient de prendre sa retraite. Il a fait un court passage aux affaires juives en 42, paraît-il. Pile la période de mise sous tutelle des usines Lidac. Apparemment écœuré par toutes ces affaires, il avait demandé à être muté. De Bellac ne s'y serait pas opposé pour placer un collaborateur de ses amis plus coopératif et plus discret, selon Richard. Le retraité habite une petite maison en banlieue. J'ai pensé que vous voudriez l'interroger vous-même.

Delmas nota aussitôt cette nouvelle piste au tableau. L'enquête prenait enfin une tournure positive. Voilà cinq ans qu'il travaillait avec Marchant et Prévost. Et cela se passait toujours ainsi. Comme au début d'un concert. D'abord, les instruments s'accordent sans faire l'économie d'une courte cacophonie dans laquelle chacun fait entendre sa voix en panne de partition et de direction. Puis, les musiciens entrent en harmonie. Et cette quête de l'harmonie ne cesse de se perfectionner au fil du temps qui passe parce que chacun connaît les talents de chacun et fait en sorte de s'exprimer au moment où il le faut et avec l'intensité juste nécessaire à la cohésion du groupe. Une quête collective et sans détour dédiée à la réussite du concert.

— Bon, la séance est levée. Au travail, les gars. Prévost, on se retrouve au garage. J'espère qu'il reste une voiture disponible.

Une bonne heure avant de réussir à faire démarrer une vieille Peugeot d'avant-guerre… Comme dans la plupart des commissariats du pays, les moyens manquaient cruellement en ce début des années 1950. L'approvisionnement des poêles à charbon était déjà un problème, de même que les rubans des machines à écrire et le papier. Alors, quand il s'agissait des automobiles…

Maurice Valmont les reçut avec un bon sourire. Richard l'avait prévenu de la visite de la police, ou plus exactement de Prévost, qu'il connaissait de réputation quand il travaillait encore à la préfecture. Sa maison respirait la quiétude. C'était un petit homme à la voix fluette. Au début, Delmas dut tendre l'oreille pour entendre ce timbre doux. Mais, au-delà de l'apparence si précaire, on devinait très vite une force paisible. Pas étonnant que de Bellac ait consenti à sa mutation à la préfecture.

— Il paraît qu'il fait de la réclame pour les cinémas ? Ça lui va bien… Je préfère le savoir occupé à vanter les mérites des lessives et cirages. Ce genre de personnage a une telle capacité de nuisance, et avec un tel contentement de soi, une telle tranquillité de conscience. Plutôt effrayant, non ?

— Sur quel prétexte vous a-t-il fait muter ?

— Comptable de formation, j'étais chargé d'établir des sortes de tableaux de synthèse sur les entreprises mises sous tutelle. Cela permettait à de Bellac de donner l'impression de connaître parfaitement le tissu économique de la région et de paraître crédible auprès des futurs administrateurs de biens juifs. Franchement indisposé par ces vols légalisés, je faisais – comment dire ? – une grève du zèle. C'est un sacré boulot de ne rien faire quand on aime son métier. Bref, un jour, il m'a convoqué dans son bureau et m'a demandé ce qui n'allait pas. J'ai répondu que ce travail me dégoûtait. C'est curieux, ça l'a fait rire, un petit rire spontané, de bon ton, et il a ajouté, en souriant, que, si je n'aimais pas mon travail, il ne m'aimait pas non plus. Puis, il m'a demandé de sortir. J'ai rejoint mon bureau, et, trois jours plus tard, je recevais un courrier m'affectant à la préfecture.

— Vous n'avez souffert d'aucunes représailles ?

— Non. Rien. Je peux vous dire que je ne brillais pas après cet entretien. Je me suis longtemps demandé pourquoi je lui avais lancé ma vérité à la figure.

— Vous souvenez-vous d'avoir travaillé sur les Établissements Lidac ? Ils fabriquaient notamment des textiles de luxe. Ils ont été spoliés justement pendant votre passage aux Questions juives.

— Non, ça ne me dit rien. Et ma mémoire me fait rarement défaut.

— Pourtant, ce dossier est forcément passé entre vos mains ?

— Non, pas forcément.

Valmont se leva, se dirigea vers une armoire et en sortit des verres qu'il déposa sur une petite table basse.

— Cognac ?

Delmas n'osa pas refuser, et Prévost avait un faible pour les alcools forts. Ils trinquèrent et dégustèrent sans piper mot. Valmont décida enfin de rompre le silence d'une voix encore plus secrète :

— Vous savez, la réalité est souvent plus complexe dans ces affaires-là. En fait, il y avait deux sortes d'administrateurs des biens juifs – ou plutôt trois. Les premiers saisissaient simplement l'opportunité de gagner de l'argent. Les seconds assouvissaient leur haine des Juifs, à qui ils attribuaient tous les malheurs de la France en particulier, et du monde en général. Enfin, je crois pouvoir dire qu'il existait quelques malfaisants, particulièrement bien vus du pouvoir à Vichy, à qui l'on réservait les affaires les plus juteuses. Pour services rendus, en quelque sorte.

— Dénonciations, arrangements pour faire accuser des opposants politiques ?

— Je vois que monsieur a été confronté à ce genre d'activités bien en vogue il n'y a pas si longtemps. Ces personnages n'ont généralement connu aucun désagrément à la Libération, mais c'est une autre histoire…

— Pardonnez-moi, monsieur Valmont, mais où voulez-vous en venir ?

— À plusieurs reprises, de Bellac a reçu un personnage de cette troisième catégorie. Avec mes collègues, nous étions quatre en tout et pour tout. Nous le surnommions le « Kaiser », rapport à son allure raide et sournoise. Je ne l'ai jamais vu que de dos, quand il partait. De Bellac le recevait très tôt le matin avant notre arrivée.

— Pour en revenir aux Lidac, vous pensez donc que ce… « Kaiser » a récupéré l'affaire ?

— Je dis simplement que c'est possible. Vous savez, commissaire, nous parlons de fortunes considérables qui ont changé de main. Les quelques malfaisants qui ont bénéficié de ces spoliations ont tout fait pour que cela ne s'ébruite pas. Et, croyez-moi, ils sont prêts à tout, encore aujourd'hui, pour qu'on en reste là.

Valmont avait prononcé ces mots en baissant encore le ton et en martelant ses propos le doigt levé juste devant son nez. En savait-il plus qu'il ne voulait le dire ou répétait-il un lieu commun qui circulait dans les conversations de comptoir ? Delmas choisit de changer de sujet.

— Est-ce que le nom de Duquerroy, maître Duquerroy, notaire, vous dit quelque chose ?

— Oui, vaguement. C'est une grosse étude. Mais je n'ai jamais eu affaire à lui.

— Il aurait représenté le nouveau propriétaire des usines Lidac au moment de sa revente à la Libération.

Valmont sourit bizarrement avant d'ajouter :

— Le mieux est sans doute de le demander à l'intéressé.

Cette réponse sembla vaguement narquoise à l'oreille de Delmas, ce qui troubla brutalement la quiétude qu'il avait ressentie en entrant chez Valmont, ex-comptable rebelle de la délégation du commissariat général aux Questions juives. Le téléphone sonna dans le hall de l'entrée. Le petit homme se leva en souriant, comme pour s'excuser. La conversation dura quelques secondes, et il revint visiblement remué. Prévost eut très envie de lui demander la raison de ce trouble, mais il s'abstint. De toute manière, il était temps de mettre fin à l'entretien. Maurice Valmont ne les retint pas.

VII

Dans l'auto, durant le retour, Delmas resta silencieux. Prévost était concentré sur sa conduite ; une petite couche de neige tapissait le macadam, et de gros flocons s'épanchaient dans le jour gris. Mais tous deux pensaient la même chose : le meurtre de Martha Lidac les replongeait, décidément, dans une période noire de leur vie. Cependant, ils allaient devoir patauger dans cette gadoue collante que tous les Français avaient décidé, eux aussi, d'oublier.

D'humeur maussade, ils déjeunèrent à la Brasserie des dauphins. Un petit salé aux lentilles avalé sans appétit en évitant de parler de l'enquête. Puis, ils se séparèrent. Delmas n'avait pas le courage de rejoindre son bureau et d'affronter le tableau noir avec tant de questions et si peu de réponses. Il avait besoin de se promener sous la neige, d'affronter la bise anesthésiante pour refouler les images qui s'insinuaient malgré lui. La police qui s'engouffrait dans les allées d'immeubles où des familles juives survivaient en dépit de lois françaises destinées à leur rendre l'existence impossible. Emplois perdus, sorties interdites le soir, TSF confisquée, téléphone coupé, regards mauvais, regards gênés, pitié gênante... Accumulation de douleurs petites et grandes dans la crainte d'une rafle. Et puis, les cris des mères, les hurlements des enfants, le son mat des coups, le fracas d'une fenêtre brisée par un homme qui se jette dans le vide, le bruit flasque de sa chair éclatée. Ainsi, Delmas se hâtait sans but, histoire d'atténuer les griffes hivernales et surtout de chasser ces horreurs. La rue commerçante attirait des passants nombreux, mais toute cette foule se déplaçait dans un silence ouaté, seulement dérangé par le crissement de la neige et le souffle du vent. Soudain, il modéra son allure, sans savoir pourquoi, et ressentit un pincement au cœur. Il ralentit encore, hébété, désorienté, ne sachant ce qu'il faisait là. Il finit par s'arrêter et se retourna. Le jour faiblissait à vue d'œil, mais, parmi une multitude de silhouettes sans histoires, il distingua une forme inconnue, cependant familière. Une gamine devant la vitrine d'un vendeur de pianos, hypnotisée par un Steinway de concert, dont le noir rutilant narguait la blancheur ambiante. On aurait dit Martha. La petite violoncelliste étranglée, traînée sur le sol crasseux de l'usine, semblait plantée là comme pour lui souffler quelque chose. Mais il n'entendit rien, ne vit que la surimpression de son regard troublé dans la vitre qui reflétait l'image de Martha ou de son double. Leurs regards finirent par se croiser. Leurs reflets échangèrent un sourire, puis elle disparut. Delmas resta figé devant la vitrine jusqu'à frissonner violemment. Mais rien ne vint sinon le désir de rentrer chez lui.

Un brin coupable, Delmas décida tout de même de passer à son bureau avant de retrouver Marianne. Comme il franchissait le seuil du commissariat, le planton l'informa que Marchant le cherchait de toute urgence. Delmas le trouva en grande discussion avec Prévost.

— Ah ! vous voilà, patron. On se faisait un sang dingue. Le père Valmont a téléphoné. Il était aux quatre cents coups.

— Des révélations à faire ?

— Non, on lui a kidnappé son chien !

— La SPA serait plus indiquée, non ?

Vaguement agacé par la tournure que prenait la conversation, Prévost raconta comment les choses s'étaient passées. Quand le téléphone avait sonné ce matin au cours de leur visite chez le retraité, un inconnu avait menacé Valmont. Du genre : « On te conseille de la boucler ! » Rien d'autre. Valmont n'avait pas reconnu la voix et ne voyait pas à quoi il pouvait faire allusion. Naturellement, il avait fait le rapprochement avec la visite des deux policiers qui l'interrogeaient à cet instant précis, mais cela sous-entendait qu'on le surveillait. Cependant, il avait choisi de ne rien leur dire. Et puis, vers deux heures de l'après-midi, il était sorti pour promener son chien, comme d'habitude, mais il avait disparu.

— Il a cherché dans les alentours. Aucune trace. Ensuite, il a repensé à la voix au téléphone, il s'est affolé et nous a appelés. Je l'ai écouté raconter son histoire, j'ai essayé de le réconforter ; sans succès. Il m'a demandé de venir tout de suite ; en souvenir du passé… Bref, j'ai cédé. Marchant est allé chercher Toby, son teckel surdoué, puis on s'est rendus sur les lieux…

Apparemment stupide, Toby était doté d'un flair étonnant. Il allait le prouver une fois encore. Ayant flairé la niche du disparu, il s'était dirigé aussitôt vers un immeuble en construction dans une rue adjacente. À l'abri des regards, des planches manquaient à la palissade qui interdisait l'accès au chantier. Toby tirait de plus en plus sur sa laisse. Ils avaient trouvé, les quatre fers en l'air, le cadavre du chien de Valmont derrière un tas de gravats. Prévost tendit une photographie à Delmas :

— Ce n'est pas évident, mais, si vous observez bien, le chien a été étranglé avec une cordelette fine ou un fil de fer. Valmont est dans mon bureau, effondré. Il a peur et demande qu'on le protège. Par ailleurs, j'ai appelé Richard, qui a tenu à venir réconforter son collègue. Il assure qu'il n'a communiqué à personne notre entretien à la préfecture. Évidemment, il regrette de nous avoir parlé de Valmont. Il se sent responsable…

Delmas poussa un infime soupir et regarda sa montre : il allait devoir prévenir Marianne qu'il rentrerait tard.

— Je vais interroger Richard. Si la fuite ne vient pas de la préfecture, cela vient de chez nous. Prévost, dès demain, il faudra inventorier les noms des personnes qui étaient au courant et enquêter discrètement. Marchant, voyez si Valmont a de la famille susceptible de l'héberger. Vous passerez chez lui récupérer une valise et vous le mettrez au vert. S'il y a un problème, venez me chercher. Vous avez fait du bon travail.

Dans le bureau de Prévost, Richard, si jovial d'ordinaire, affichait une triste mine. Delmas saisit une chaise et s'installa en face de lui. Cela lui rappela des moments intenses, durant l'Occupation, en compagnie de cet orfèvre en faux papiers. Combien de vies avait-il sauvées ? Il ne savait comment le réconforter et se sentit coupable à son tour. Richard se leva brusquement, excédé :

— Mais pourquoi cette menace ? Valmont t'a révélé le nom du coupable ou quoi ?

— Assieds-toi, ne t'énerve pas, cela ne changera rien. Non, rien de précis. Plutôt des impressions, des souvenirs de son passage aux Questions juives. C'est tout. En revanche, quelqu'un doit penser qu'il sait quelque chose d'important. Mais quoi ?

— Et si ce quelqu'un était celui qui a dénoncé les Lidac ? Souvenez-vous ce qu'elle a écrit dans son carnet : *Ce jour-là… Je ne sais pas quoi faire…* Et si ce jour-là Martha avait retrouvé, par hasard, le délateur ? Et si elle avait manifesté son intention de le dénoncer à son tour. Et si c'était lui l'assassin ?

Adossé à un mur dans un coin de son bureau plongé dans l'obscurité, Prévost avait prononcé cette série de questions d'une voix blanche. Une voix qui semblait ne venir de nulle part et qui glaça tout le monde. Delmas et Richard se retournèrent en pointant le coin obscur, puis se regardèrent sans rien dire.

— Germeaux, le libraire ?

— Je suis d'accord avec Marchant, patron : ce n'est pas crédible. Ou alors, il s'agit d'un dissimulateur doublé d'un comédien exceptionnel qui a grugé tout le monde ! La petite signale cette possibilité, mais si je me souviens bien elle écrit : *On m'a dit que le libraire Germeaux était au mieux avec les Allemands...* Mais cela date de son retour de déportation. La rencontre qui l'a fortement troublée est beaucoup plus récente : au moment où elle a remis la main sur son carnet.

— Prévost a raison, confirma Richard. Je connais Germeaux de réputation. Et je suis même étonné que l'on puisse le suspecter. À un certain moment, on recevait plusieurs dizaines de lettres par jour à la préfecture. On avait repéré des champions de la délation, notre sport national ! Un certain nombre d'entre nous était écœuré, d'autres moins. Mais toujours est-il que Germeaux passait au contraire pour un mauvais Français, à l'époque ; un traître à la patrie plus ou moins marxiste. Non, vraiment, ça ne tient pas debout.

Delmas ressentit une grande lassitude. Encore une fois, une piste se profilait et se dérobait aussitôt. Pourtant, Valmont avait bien été menacé. Cela signifiait qu'ils avaient touché un point sensible, qu'ils avaient effleuré la vérité. Mais où ? Mais quand ? Il n'avait qu'une envie : rentrer chez lui et oublier tout cela en écoutant Marianne jouer un petit air d'accordéon diatonique, dont les inflexions et le timbre rustique avaient des effets miraculeux quand il était tendu. Valmont savait quelque chose de dangereux pour quelqu'un. Mais quoi ? Valmont semblait ne pas le savoir lui-même !

Comme mû par un ressort, Delmas sortit du bureau de Prévost. Et, contrairement à l'habitude, on entendit retentir sa voix dans le couloir :

— Valmont est toujours dans nos murs ?

Le planton se pencha à l'embrasure de sa porte :

— Il est avec moi. Marchant est allé chercher son bagage.

Delmas le reçut dans son bureau. On voyait la neige tomber à gros flocons. Le poêle ruminait ; il faisait bon.

— Où partez-vous ?

— Chez mon cousin. Je viens de l'avoir au téléphone. Il m'attend, il se couche tard. Il habite dans le sud, un village tranquille. Je serai bien là-bas, loin de ces histoires de fous. Seulement, je n'ai pas le permis.

— Ne vous en faites pas. De toute manière, Marchant vous accompagne dès ce soir… Vous ne voyez toujours pas pourquoi on vous a menacé ?

— Non, je ne comprends rien à rien. Franchement, je ne vous ai rien dit de compromettant. L'histoire du « Kaiser », tout le monde la savait au bureau. Et puis, je suis incapable de vous dire qui c'est ! Quant à de Bellac, il se fout de moi comme de l'an quarante ! Non, je ne comprends pas !

— Peut-être avez-vous oublié quelque chose d'important ; seulement, celui qui vous menace ne sait pas que vous l'avez oublié !

Le petit homme harmonieux était méconnaissable ; ses traits tirés lui donnaient dix ans de plus, et sa voix était devenue plus aiguë. Il se massait les mains sans cesse et respirait profondément comme pour retrouver un rythme vital qu'il semblait avoir perdu. Delmas était désolé de le harceler ainsi. Il fallait se résoudre à renoncer. Cela ne donnerait rien. Comment révéler quelque chose que l'on a oublié ou plutôt que l'on n'a pas repéré ? C'était comme si cela n'existait pas. Et puis, Marchant apparut avec un grand sourire et une petite valise jaune. Delmas décida d'épargner le petit homme, espérant qu'il retrouverait vite cette harmonie intérieure qui l'avait tant impressionné la veille.

Marchant déposa la valise.

— J'ai votre bagage, monsieur Valmont.

Il sortit son mouchoir, s'épongea le front et, s'adressant à Delmas :

— Prévost m'a dit pour Germeaux. On est tous d'accord, décidément. C'est tout sauf un collabo, ce type-là. Sa librairie a toujours été un vrai repaire de socialistes et de bolcheviques, comme disaient les collabos.

— Oui, je sais, je me rallie à vos avis. Encore une piste sans lendemain.

Il afficha la mine d'un homme résigné, mais provisoirement.

— En attendant, on ferait bien d'aller se coucher. Vous avez une bonne heure de route, Marchant. Soyez prudent avec cette neige. Prévenez Prévost qu'on se réunit demain matin à neuf heures dans mon bureau et remerciez encore Richard ; on l'informera de la suite.

Il se tourna vers Valmont et lui prit la main entre les siennes :

— Ne vous faites pas de soucis, reposez-vous et… prévenez-nous si toutefois quelque chose vous revenait.

Delmas endossa son pardessus et s'engouffra dans la nuit neigeuse. Sa voiture était déjà toute recouverte. Après dix bonnes minutes, le moteur se décida enfin à ronronner. Parvenu près de chez lui, il mit plus d'un quart d'heure pour trouver une place de stationnement. Dans l'escalier, la minuterie était en panne. Il avala une assiette de potage, puis Marianne n'eut guère le loisir de jouer plus de vingt mesures d'une ballade irlandaise : le voisin du dessus, insensible au charme du diatonique nocturne, l'interrompit par un solo rageur au manche à balai. Ils regardèrent le plafond de concert, puis se regardèrent avec un sourire triste.

— Demain sera un jour meilleur, apprécia Delmas.

VIII

Le lendemain ne fut guère plus retentissant, ni les jours qui suivirent. La réunion du matin censée améliorer le moral des troupes confirma la déroute, et ce climat délétère persista deux semaines durant. Delmas ne quittait plus son bureau. Au commissariat, l'ambiance s'était dégradée après l'enquête de Prévost sur les fuites éventuelles dans « la maison ». Seul Marchant conservait un semblant d'optimisme dans ce contexte pesant.

Et puis, un beau matin, Delmas se dit que cela ne pouvait durer ainsi. D'ailleurs, ce matin-là, l'air semblait plus léger, la lumière, plus douce, et le soleil, épanoui. Dans l'escalier, il vit son voisin du dessus qui lui souriait. La première fois. En franchissant le seuil de l'allée, il ressentit un bien-être inconnu depuis trop longtemps. En arrivant au commissariat, il croisa Thibaud, brigadier soupe au lait d'ordinaire, qui lui montra l'azur en décochant un jovial « Bonjour, monsieur le commissaire. Ça fait plaisir, ce beau soleil », puis Delmas entendit dans le couloir, derrière lui, le cliquetis des talons aiguilles de Catherine qui hurlait :

— Commissaire ! J'ai trouvé votre Géraldine !

Delmas, en état de béatitude après la lyrique apostrophe du brigadier, lui répondit « Tant mieux » sans apprécier la nouvelle à sa juste valeur. Catherine, déçue, le dépassa, se planta devant lui, tapa du talon et lui répéta vivement deux tons plus hauts :

— J'ai trouvé votre Géraldine, bon sang !

Ce jour-là, oui, ce jour-là fut un jour meilleur. Une affaire de patience, se dit Delmas, comme toujours.

— Ma sœur est venue chez moi pour quelques jours. Elle vient consulter son médecin une fois par an. Une santé de fer, mais c'est comme ça. Cette visite annuelle la rassure. Bref…

— Oui, Catherine, bref !

Catherine leva les yeux au ciel, dodelina de la tête et fit une drôle de mine, la bouche en cul de poule.

— Bref, disais-je, Simone revient de son rendez-vous, m'explique que tout va bien comme d'habitude et qu'elle est tombée sur une amie de longue date qui attendait son tour chez le docteur. Elle travaille chez des gros maroquiniers : les Reversat. Elle s'occupe du ménage, fait le repassage. Et elle lui raconte que madame Reversat est très malade : une tumeur ; on l'a hospitalisée. Et, je vous le donne en mille, leur fille Géraldine se morfond, seulette, dans cette grande maison en jouant toujours le même morceau au violoncelle ; même que ça lui donne le bourdon, à sa copine… Naturellement, j'ai fait le lien avec le dernier rapport récapitulatif sur l'affaire Lidac que vous avez donné à la frappe. J'aime bien l'histoire de Martha Lidac, qui s'évanouit en découvrant le portrait de sa grand-mère chez Géraldine. Je trouve ça très romantique.

— Il ne s'agit pas d'un roman, Catherine. S'il vous plaît, la suite, implora Delmas.

— Et vous, vous n'êtes pas très fleur bleue, commissaire… Alors, je ne fais ni une ni deux et lui demande s'il n'y aurait pas un grand tableau dans le bureau de monsieur Reversat, genre portrait de femme. Illico, elle a téléphoné à son amie pour lui poser la question. « Ah ! le Monet !

a-t-elle répondu. Première fois que je voyais un tableau de cette valeur chez un particulier. » Et voilà !

— Remarquable !

— Vous permettez que je vous embrasse ?

Sans attendre, Catherine joignit le geste à la parole, et lui lança :

— Passez à mon bureau, je vous donnerai l'adresse.

Elle tourna les talons qui entonnèrent fortissimo leur cliquetis sur le sol bitumeux. Delmas la regarda s'éloigner, abasourdi. Elle se retourna encore :

— Et n'oubliez pas de dire à Laurel et Hardy que c'est moi qui l'ai retrouvée !

Delmas, incapable d'émettre un son, fit oui de la tête.

La demeure des Reversat se dressait sur le boulevard des Belges, où l'on comptait la plus forte densité de grosses fortunes de la ville. Delmas contempla quelques instants cette architecture compliquée, agrémentée de colonnes et d'ornements néoclassiques. Puis, il se décida à tirer le cordon. Il n'entendit aucun son, ni bruit de pas derrière la lourde porte. Fallait-il sonner à nouveau, au risque de paraître impatient, ou attendre ? Delmas choisit la seconde solution. Plusieurs minutes s'écoulèrent. Une femme un peu sèche, la cinquantaine, en livrée de domestique comme il n'en avait vu qu'au cinéma, l'accueillit enfin avec grâce et distinction.

— Commissaire Delmas, police judiciaire. Je voudrais parler à mademoiselle Géraldine Reversat.

Elle le fit entrer, l'encouragea à se taire en murmurant « Chut ! » l'index dressé sur la bouche, puis lui demanda de la suivre avec le même index allant et venant dans sa direction. Déconcerté et amusé à la fois, Delmas traversa un long couloir jusqu'à l'office. Elle ferma soigneusement la porte derrière lui.

— Vous désirez une tasse de café ?

— Je veux bien boire une tasse de café en votre compagnie, répondit Delmas en souriant, mais je viens surtout parler à…

— Oui, je sais, monsieur le commissaire, mais je crois savoir pourquoi vous voulez lui parler. Aussi est-il de mon devoir de vous apporter quelques précisions qui vous éviteront de commettre – comment dirais-je ? – quelques maladresses.

— Je vous remercie pour votre sollicitude, s'amusa encore Delmas, mais je souhaiterais tout de même faire mon métier comme il se doit. Me permettrez-vous de vous encourager à faire de même ?

— Vous seriez presque vexant ; mais c'est vous qui avez raison. Je vous demande simplement de m'écouter quelques minutes. Ensuite, naturellement, vous ferez ce que bon vous semble. Je serai brève et directe. Géraldine ignore la mort de Martha Lidac et connaît encore moins les circonstances dramatiques de ce décès. Mademoiselle ne lit guère la presse, ne s'intéresse qu'à ses livres et à la musique, et monsieur Reversat a jugé bon de ne pas informer sa fille, déjà fortement troublée par la maladie de sa mère. Madame a été hospitalisée, et l'on craint pour sa vie.

— Je comprends bien la situation, mais j'ai besoin de l'interroger et je ne vois pas comment ne pas l'informer de la triste réalité. Il faudra bien lui dire la vérité à un moment ou un autre.

— Vous dites vrai. Mais accepteriez-vous de rencontrer d'abord monsieur Reversat afin de convenir avec lui de la meilleure attitude ?

— Je n'y vois aucun inconvénient, d'autant plus que je souhaite l'interroger également.

— À cette heure-ci, il est encore à son bureau.

Agitant de nouveau l'index, elle fit signe à Delmas de la suivre jusqu'à une crédence dix-huitième siècle dont elle ouvrit le tiroir pour en extraire une carte de visite.

— Vous y allez de ce pas. Je préviens monsieur de votre visite.

Elle ouvrit grand la porte. Delmas se retrouva sur le trottoir le petit carton à la main sans demander son reste. Il se retourna, contempla le considérable édifice de bas en haut, puis s'éloigna pris d'un fou rire. De ces rires excités qui masquent l'embarras, l'incompréhension, mais expriment aussi la sensation d'avoir été bluffé par une personne plutôt désagréable mais admirable.

Moins d'une heure plus tard, Delmas sortait du bureau d'Edmond Reversat, perché au dernier étage d'un immeuble avec vue sur un parc. Il respira à pleins poumons l'air limpide sous le soleil de midi et décida de marcher jusqu'à la brasserie de la gare des Brotteaux toute proche. Petite marche salvatrice après un entretien guère moins déconcertant que le précédent. Il choisit une table à l'angle de la terrasse vitrée baignée de lumière et commanda un pot-au-feu accompagné d'un pot de beaujolais. Il n'en fallait guère moins pour retrouver ses esprits. Les esprits d'un homme simple, accoutumé à fréquenter une humanité apparemment complexe, mais somme toute prévisible ; toujours les semblables alliages de quelques ténèbres et vertus. Mais ce profil commun souffrait parfois une exception. Reversat figurait parmi ces spécimens bizarres que l'on ne pouvait évidemment pas considérer comme exemplaires, mais qui ne se résumaient pas non plus à la catégorie assez courante des parfaits salauds. Il avait même quelque chose de pathétique, cet homme dégoulinant de superbe, inaccessible à toute idée d'empathie. Non, il ne trouvait pas choquant d'avoir profité de ses relations avec le commissariat général aux Questions juives pour acquérir, à vil prix, des œuvres d'art aryanisées :

— Je les ai payées le prix que l'on a bien voulu me les vendre… Et ne croyez pas que je partageais les idées de ces antisémites plus bêtes que méchants ; j'ai profité d'un contexte spécifique comme je l'ai toujours fait dans la conduite de mes affaires…

Ainsi, la conduite efficace de ses affaires l'avait amené à s'approprier un Monet « non répertorié mais absolument authentique » à la faveur de la spoliation de la famille Lidac. Apprenant que « la petite Martha », professeur de violoncelle de Géraldine, était une Lidac, il était « ravi qu'elle s'en soit si bien tirée », mais s'était bien gardé d'informer qui que ce fût de la provenance du tableau. La discrétion s'imposait un peu plus. En effet, Hervé de Bellac, directeur du commissariat général aux Questions juives, « un collègue de promo », lui avait signalé une très belle collection de tableaux dont les Allemands allaient prendre livraison pour la rapatrier chez eux. Un superbe lot dans le cadre de l'aryanisation du groupe Lidac. Parmi ces œuvres de maîtres, un tableau de Monet, dont il pourrait faire l'acquisition pour un prix modique.

— En fait, ce n'était pas donné, mais un Monet, cela ne se refuse pas !

Le tableau n'était pas concerné par l'ordonnance de 1945 déclarant la nullité des actes de spoliation :

— Il s'agissait d'une transaction, mon cher !

Delmas était partagé entre le souhait de partir sur-le-champ et l'envie d'exprimer sa colère. Puis, Reversat s'était montré sous un jour plus humain quand le commissaire lui avait raconté comment Martha s'était évanouie à la vue du portrait de sa grand-mère qui trônait dans son bureau particulier. Reversat avait déclaré ignorer totalement cet épisode.

— Mais je vous sais gré de me le rapporter, car je comprends mieux l'attitude de ma fille. Elle ne ratait pas une occasion de critiquer les affairistes, selon elle, qui ont profité de la confiscation des biens juifs. Cette prise de conscience m'avait paru aussi subite qu'inattendue de la part de Géraldine, dont la tête fréquente plutôt les étoiles.

Il s'était attendri aussi sur le sort de Martha Lidac, découvrant ainsi le portrait de sa grand-mère chez un étranger :

— Une situation absolument intolérable… Pauvre enfant, qu'a-t-elle pensé de moi… et Géraldine ? Son père profitant de la détresse de ces gens pour s'enrichir un peu plus ! Comme elle a dû être déçue !

Il semblait vraiment touché par cette histoire qu'il venait d'apprendre. Mais comme s'il s'agissait d'une histoire dont il était seulement spectateur. Pas la moindre remise en question, ni un soupçon d'embarras. Que quelques accents d'émotion bien tempérée. Il avait retiré ses lunettes, les avait nettoyées avec soin, puis avait regardé Delmas.

— Ce fut une triste époque, n'est-ce pas, monsieur le commissaire ?

— Cela dépend pour qui.

Reversat avait fait une drôle de moue.

Finalement, c'est « en tant que père » qu'il avait demandé à Delmas la permission d'annoncer le décès de Martha Lidac à sa fille.

— Je pourrai ainsi préciser les choses à propos du tableau.

Décidément, ces gens n'en faisaient qu'à leur tête. Reversat ne lui laissait guère le choix. Mais pourquoi accepta-t-il si facilement ? Il interrogerait Géraldine seulement après déjeuner. Cette rencontre s'annonçait capitale, et Delmas avait bien du mal à retrouver son équilibre dans ce contexte déconcertant. Rien ne se passait comme d'habitude. Et puis, tous ces jours perdus à chercher sans trouver l'avaient fragilisé. Delmas commanda un café, un second, puis fixa le soleil droit dans les yeux. En tendant l'oreille, on aurait pu l'entendre prononçant des mots qui résonnaient dans l'air et lui donnaient un surplus d'énergie, lui redonnait le bon tempo afin de réduire la disharmonie qu'il sentait monter depuis un moment.

Cette fois, le cerbère ouvrit la porte sans tarder. La dame regarda Delmas d'un air entendu et ouvrit la marche vers un petit salon. Géraldine Reversat, assise sur une petite chaise basse et apparemment inconfortable, l'accueillit avec un triste sourire. Delmas fut surpris par sa laideur. Une laideur sans concession, que le triste sourire ne savait pas dissiper. Des yeux rapprochés, un tout petit front, un nez aplati et trop volumineux au-dessus d'une bouche aux lèvres asymétriques. Elle lui désigna un canapé cossu.

— Papa m'a dit pour Martha. C'est horrible.

Cela ne sonnait pas vraiment faux, mais guère juste non plus. Décidément, il allait devoir apprendre à interpréter plus finement ses échanges avec les Reversat… Vêtue d'une longue robe rose pâle qui accentuait la blancheur de sa peau, Géraldine s'exprimait avec lenteur d'une voix très musicale, qu'elle modulait de telle sorte qu'on se laissait séduire malgré tout. Soudain, les mots de Martha lui revinrent en mémoire : *Elle ne m'a jamais posé de questions sur les camps. Elle préférait me raconter comment elle avait traversé les années d'occupation sans le moindre tracas.* Effectivement. Les propos de Géraldine ne sonnaient pas vraiment faux ni tout à fait justes ; ils sonnaient en écho avec l'univers particulier des Reversat qui avaient traversé l'une des pires tragédies de l'histoire de l'humanité *sans le moindre tracas*. Naturellement, les Reversat jouissaient d'une fortune qui leur avait permis, comme d'autres privilégiés, de vivre cette période sans privation. Mais Delmas comprenait mieux ce qu'avait voulu dire Martha. Les Reversat ne s'étaient pas non plus sentis concernés par l'Occupation, ni par les horreurs commises par les nazis. Comme si le chaos était de la responsabilité d'une humanité infantile, inconséquente, qui ne récoltait que ce qu'elle avait semé. Toutes ces agitations ne les intéressaient pas. Ce n'était pas vraiment de l'indifférence ; plutôt une incompréhension définitive accompagnée d'un renoncement à se mêler des affaires des hommes qui, décidément, renouvelaient indéfiniment la même danse macabre.

La voix de Géraldine, d'une rondeur subtile, exprimait bien cette posture dans un ailleurs loin des affres du monde. On s'en serait presque voulu de déranger cette petite musique harmonieuse. Cependant, Delmas dut se résoudre à rompre le charme :

— Nous cherchons à savoir pour quelle raison Martha a été assassinée. Cela nous mènera jusqu'à son assassin. J'ai donc la conviction que c'est dans le passé que nous trouverons ce mobile qui nous fait défaut…

Delmas motivait volontairement sa démarche. Il prenait souvent cette peine, car il pensait que cela pouvait motiver à son tour le témoin. Cette prévention lui paraissait d'autant plus nécessaire avec Géraldine Reversat. Elle ne dit rien, mais l'encouragea par un infime froncement de sourcils.

— Comment a-t-elle réagi en découvrant le tableau ?

— Elle s'est évanouie. Elle s'est effondrée sur le tapis. Mais ça n'a pas duré. Le temps que je me précipite, Martha a repris connaissance. Elle était captivée par le tableau. D'ailleurs, voulez-vous le voir ? Mon père m'a autorisée à vous le montrer si vous le désirez.

Delmas fut satisfait de ne pas avoir à le demander. Géraldine se leva prestement. Sa robe murmurait un son soyeux seulement troublé par les craquements du parquet. Sa silhouette frêle ondula dans un long couloir jusqu'à la porte du bureau de son père. Delmas ressentit un choc en découvrant le portrait de l'aïeule de Martha Lidac. *On se ressemblait beaucoup. Et c'était un peu comme si je me voyais aussi.*

— Elle m'a d'abord demandé comment ce tableau avait échoué ici. Je ne l'avais jamais vue en colère. Puis, elle s'est mise à pleurer. Elle était inconsolable, mais toujours en colère. Une colère impressionnante. Je me souviens d'avoir eu peur un peu. Je ne savais que faire… Je n'ai pas l'habitude de ce genre de situations… Je ne savais rien de l'histoire de ce tableau. J'étais abasourdie par cette coïncidence.

— Pourquoi n'avez-vous rien dit à votre père ?

— Je ne sais pas. Sans doute par crainte d'apprendre de mauvaises actions. Je ne voulais pas ternir l'image de mon père. Je suppose que vous êtes homme à comprendre cela, n'est-ce pas ?

Delmas trouva cette remarque à la fois curieuse et pertinente. Pas étonnant que Martha l'ait trouvée digne d'intérêt.

— Et ensuite, que s'est-il passé ?

— Comment vous dire ? J'étais incapable d'expliquer quoi que ce soit… Elle est restée un long moment sur ce fauteuil face au tableau. Elle avait encore des larmes, mais surtout une sorte de rage dans les yeux. C'était infiniment triste et embarrassant. Je n'ai su quoi dire. Elle a fini par me regarder comme si elle s'apercevait soudain de ma présence. Elle m'a embrassée – j'ai encore la sensation de ces baisers mouillés de chagrin –, puis elle est partie.

— Et vous ne l'avez jamais revue ?

— Non, jamais.

Delmas entendit une légère perturbation de la ligne vocale. Son excellente oreille musicale lui permettait de discerner le moindre trouble. Il était certain que Géraldine mentait. Dans ces moments-là, il éprouvait souvent de la difficulté à dissimuler son émotion. Le témoin devait à tout prix ignorer la mise en alerte. Il fallait rester impavide, relancer l'interrogatoire, ne pas laisser le temps de la réaction, produire un leurre. Delmas choisit un terrain émotionnel :

— Comment avez-vous réagi quand votre père vous a raconté la manière dont il avait acquis ce tableau ?

— C'est un peu personnel… Disons que j'ai compris qu'il n'y avait rien de malhonnête dans tout ça. Il m'a expliqué le contexte de l'époque. Le monde n'est pas tel qu'on le voudrait. Il est ignoble, mais je n'y peux rien. J'ai donc renoncé à attendre quoi que ce soit de ce monde.

Elle avait prononcé ces derniers mots avec une assurance appuyée. Delmas renforça l'impact émotionnel du leurre en ajoutant, admiratif :

— Une leçon de vie que vous a inculquée votre père ?

Géraldine reçut visiblement cette réflexion comme un hommage aux Reversat. Elle répondit par un subtil sourire entendu. Le silence s'installa. Delmas promenait son regard sur les murs du salon décorés de photographies encadrées avec soin. La jeune fille semblait le suivre des yeux :

— C'est une série sur les bancs publics. J'ai photographié quatre bancs publics aux quatre saisons et à des moments différents de la journée.

— Superbes !

Je suis meilleure photographe que violoncelliste…
Martha me le rappelait parfois en plaisantant…

Delmas comprit que l'entretien arrivait à son terme.
Il devrait revenir à la charge plus tard, car, il en était
convaincu, elle mentait. Géraldine Reversat en savait plus
qu'elle ne le disait.

IX

Delmas s'éveilla de bonne humeur. Marianne dormait encore profondément. Ce matin-là, il décida de prendre son petit-déjeuner avec elle ; comme si c'était un dimanche. Il descendit acheter des brioches, des croissants et le journal. C'était un jour de novembre tout à fait de saison : froid et sec. Les passants ne s'attardaient pas, les têtes rentrées dans les épaules, le pas pressé. Delmas préféra quelques enjambées nonchalantes. Il souffla de l'air chaud comme lorsqu'il était enfant. L'hiver, ces volutes de vapeur dans les frimas se substituaient aux bulles de savon estivales. À quarante ans passés, c'était un peu ridicule, mais pour rien au monde il n'aurait manqué ces occasions de remonter en enfance.

Cette humeur enjouée ne devait guère au hasard. Suite à l'entretien avec Géraldine Reversat, la journée s'était achevée sur une autre note positive. Après avoir rencontré Duquerroy, le notaire de la transaction Établissements Lidac/Gagnant, Prévost avait laissé un petit mot sur son bureau, dans lequel il expliquait que *le bonhomme ment comme il respire. Il assure ne pas connaître l'identité du vendeur. Mais, en le cuisinant un peu, on devrait aboutir à quelques révélations intéressantes. Rendez-vous demain vers onze heures pour compte rendu. Je dois revoir Pierre*

Gagnant, le repreneur de Lidac, en début de matinée. On avance, patron ! Haut les cœurs ! Quand Prévost devenait aussi lyrique, il fallait s'attendre, effectivement, à de fructueux lendemains. Ça ne pouvait tomber mieux : il devait rencontrer Lesage à quatorze heures. Encore un grand moment en perspective avec son cher supérieur.

Delmas prépara un café léger, disposa les bols, les croissants et brioches sur la table de la salle à manger, alluma les bougies et regretta de ne pas avoir acheté un petit bouquet. Le grincement de la porte de leur chambre annonçait Marianne. Il se posta dans le couloir, s'inclina sur son passage et lui signala d'un geste auguste que ce matin on ne déjeunerait pas en cuisine ! Elle se lova dans ses bras et lui baisa le bout du nez qu'il avait encore gelé.

— Alors, c'est dimanche ! Que nous vaut cette adorable surprise ?

— Je vis avec la plus adorable des femmes. Je ne me languis pas dans une existence morose et solitaire…

— Le genre affligé de tous les malheurs du monde, alcoolique forcément. C'est dans les romans policiers, mon chéri !

— L'enquête avance un tantinet, et Julien Gracq vient de refuser le prix Goncourt.

Il lui tendit le journal.

— Avoue que c'est une journée qui commence plutôt bien, non ?

— Bien fait !… Mais tu as lu ? On lui reproche de vouloir faire sa publicité, de jouer les anticonformistes ! De vrais nigauds, ces journalistes. Ils ont de la veine que l'on continue à acheter leurs journaux.

— C'est un beau métier. Il faut bien contribuer à leur subsistance.

— Tu es trop bon, Jean. Je suis d'accord avec toi. Mais avoue qu'ils sont vraiment très cons !

— Hou là là ! Tu es en colère, là.

— Mais oui ! Il faut méconnaître cet écrivain pour le soupçonner de calculs aussi mesquins.

— Bon, tu m'accorderas que l'auteur de cet article est plus mesquin que con.

— C'est du pareil au même. Allons, buvons à la santé de Gracq, et longue vie à l'auteur du *Rivage des Syrtes* !

Ils trinquèrent à sa santé. Leurs bols de café produisirent un son mat, un rien rugueux. Ils trouvèrent que cela convenait bien au destinataire.

À onze heures précises, Delmas était entouré de Prévost et Marchant. Il avait également demandé à Catherine de se joindre à eux. Elle rédigerait le compte rendu de la réunion en direct ; et puis, elle avait suggéré cette idée avec une bonne humeur qui ne souffrait aucune déception. La veille, Marchant avait rendu visite à Maurice Valmont. L'homme l'avait reçu assez froidement dans une pièce de ferme avec la grande table en bois près d'une cheminée où crépitait un joli feu. Son cousin était allé faire des courses, et Valmont ruminait la douleur d'avoir perdu son chien. Il ne comprenait toujours pas la raison de cette exécution, mais, selon Marchant, il semblait ne plus avoir peur loin de la ville. Pourtant, la maison était isolée du village, sans le moindre voisinage. Delmas lui demanda de renouveler sa visite dès la semaine prochaine, mais en reprenant, cette fois, l'interrogatoire sur les affaires juives depuis le début.

Puis, ce fut le tour de Prévost :

— Maître Duquerroy a dans les soixante ans ou guère moins. Des yeux fuyants derrière de gros carreaux, une voix nasillarde et la manie de commencer des phrases sans les terminer ou de lâcher des sous-entendus incompréhensibles. Il m'a confirmé ce que Pierre Gagnant m'avait annoncé au téléphone : c'est bien lui qui a négocié la transaction des Établissements Lidac. Mais pour le compte de qui ? Telle est la question. Il a refusé de me le dire, invoquant le secret professionnel.

— Dans le cadre d'une enquête sur un meurtre, il n'y a pas de secret professionnel qui tienne !

— C'est ce que je lui ai dit, patron. Je l'ai aussi prévenu que nous pouvions le convoquer et l'interroger selon des modalités moins… urbaines s'il persistait dans cette attitude. Mais, apparemment, il en faut plus pour émouvoir le bonhomme. Bref, Duquerroy a finalement accepté de livrer le nom du vendeur, mais pas avant d'avoir consulté son client. J'attends son appel dans l'après-midi, sinon je le convoque.

— Tu ne lui as pas parlé du fameux visiteur matinal évoqué par Valmont ? Il y a de fortes chances pour que ce soit le même homme.

— Non, je risquais de lui créer encore des ennuis. Autant préserver sa quiétude rurale…

— Bien raisonné. Patientons et voyons du côté de Gagnant. Lui non plus n'a jamais entendu parler de celui qui lui a vendu l'affaire ?

— Rien de rien. Tout s'est passé par l'intermédiaire de Duquerroy et de transactions par des comptes anonymes en Suisse. Il m'a même avoué qu'une partie du règlement a été versée en liquide dans une valise.

— Encore un gars de la haute qui s'estime au-dessus des lois ! pesta Catherine en prenant Delmas et Marchant à témoin.

Ils opinèrent du chef et de concert sans la regarder. Prévost poursuivit son récit :

— Catherine n'a pas tort. Cependant, Gagnant m'a paru plutôt sympathique. Il ne cache pas sa nature de prédateur, d'entrepreneur pour lequel les affaires n'ont rien à faire avec la morale. Jusqu'à un certain point tout de même. Il m'a assuré ne jamais avoir profité des spoliations durant l'Occupation. Il est vrai qu'à l'époque, il vivait en Argentine.

— Mais comment peut-il affirmer, sans rire, qu'il ne connaît pas le nom du vendeur des ex-usines Lidac ?

— D'après lui, c'est assez courant. Certaines transactions ne sont pas très nettes : blanchiment de capitaux, couverture de trafics divers… Ces repreneurs n'apparaissent jamais nommément à l'achat comme à la revente et recourent à des notaires, pas très nets non plus, tel Duquerroy.

— Il a beau te sembler sympathique, le sieur Gagnant, il semble mal placé pour donner des leçons de probité.

— C'est bien ce que je lui ai dit, patron. Mais il m'a répondu par un argument sans appel : avant de racheter l'affaire, il a demandé à ses comptables de vérifier si elle était saine et d'en éplucher les comptes afin d'évaluer si le prix demandé était justifié. Le fait de ne pas connaître le ou les noms des vendeurs lui importait peu. Il connaissait les produits Lidac, même si l'entreprise avait été rebaptisée SGTS (Société générale de textiles spéciaux). Par ailleurs, la complexité de la structure de la société fractionnée en filiales avec des regroupements compliqués de sociétés d'actionnaires ne l'a pas surpris. Cela facilite toutes les fraudes fiscales et les petits abus de biens sociaux…

— Même le lilas blanc a une ombre ! commenta Marchant, sentencieux.

— Justement, ajouta Prévost, Gagnant me semble, paradoxalement, assez fiable dans la mesure où il ne conteste pas sa part d'ombre. Apparemment, il jouit d'une excellente réputation dans les milieux d'affaires. De toute manière, ce ne sont pas des enfants de chœur…

— Admettons.

Delmas n'était pas convaincu.

— Mais d'où sort-il, ce Gagnant sans peur ni reproche.

— Il s'est installé dans la région à la Libération après avoir fait fortune en Argentine dans la production de cuir tanné pour les États-Unis. Il a tout vendu pour revenir s'installer en France. Bon, cela dit, naturellement, je l'ai prévenu qu'il serait convoqué prochainement pour confirmer ses déclarations.

— Bien. Nous l'interrogerons à la maison dès que Duquerroy nous en aura dit un peu plus.

Delmas traça son nom au tableau et le souligna.

— J'attends aussi des… révélations de la part de Géraldine. Je suis à peu près certain qu'elle a revu Martha Lidac tout récemment, mais elle ne me semble pas mûre pour s'épancher. Question de temps… Si elle a menti, il y a forcément une raison.

Delmas souligna le nom de Géraldine Reversat.

— Valmont aussi a des choses à nous dire. Seulement, lui ne semble pas les dissimuler. Ou, plutôt, je crois qu'il les dissimule à son insu.

Delmas souligna son nom, puis se planta devant le tableau et lança « Nous avons progressé » sur un ton qui hésitait entre question et affirmation.

— Loin de moi l'intention de doucher votre optimisme, patron, mais, quant à savoir le mobile du crime : bernique !

— Ça ne nous a pas échappé, Marchant, mais vous verrez. Le contexte se profile plus nettement. Il reste toujours un trou béant entre les premiers mois après sa libération du camp de Birkenau et les trois ans qui ont précédé sa mort, mais soyons confiants. Nous savons maintenant que Martha a vu ou entendu quelque chose qu'elle n'aurait pas dû voir ou entendre. C'est pour cela qu'on l'a tuée. Et je suis convaincu que… nos amis vont nous éclairer à ce sujet, conclut Delmas en contemplant encore le tableau noir de moins en moins funèbre.

Ils dînèrent ensuite à la Brasserie des dauphins. Dehors, le thermomètre affichait -8 °C. Delmas prit soin de ne pas trop abuser du côtes-du-rhône avant son rendez-vous au sommet.

— Le chien boit, la caravane trépasse, apprécia Marchant.

Delmas, préoccupé, sourit sobrement. Il appréhendait toujours les rencontres avec Lesage et déguisait cette aversion par la désinvolture. Élégante insolence afin de dédramatiser le climat. La simple vue de ce bonhomme satisfait déclenchait en lui une envie irrépressible de l'étrangler. Le genre de pulsions qu'il maîtrisait bien, d'ordinaire, car rien ne justifiait la violence, à ses yeux. Mais Delmas connaissait le passé écœurant de Lesage, si mal nommé, et il ne parvenait pas toujours à refouler ce ressort banal et brutal. Trente enfants arrêtés et livrés aux Allemands après deux mois de patience ignoble. En avril 1944, une vague de rafles sème la panique. La police française et surtout la milice se déchaînent afin de nettoyer la ville de la « racaille juive ». Lesage et son équipe ont repéré un réseau animé par le père Benjamin. Une dizaine de gamins cachés dans une abbaye. Avant de procéder à la rafle, ils attendront la « livraison » de vingt autres enfants provenant de la région parisienne… À la Libération, considéré, avant tout, comme un fonctionnaire ayant exécuté les ordres de sa hiérarchie, Lesage ne sera pas inquiété.

Delmas se résolut, enfin, à retourner au commissariat. Il grimpa les marches quatre à quatre jusqu'au dernier étage : se précipiter pour ne pas reculer. Il frappa à la porte, entendit « Entrez ! », puis le fit mécaniquement. Lesage, ostensiblement pensif, se tenait face à la fenêtre. Lui tournant le dos, il pointa du doigt le fauteuil à l'assise exagérément basse, qui lui permettait de dominer son vis-à-vis. Delmas s'assit et attendit sagement dans un silence de crypte. Monsieur le commissaire divisionnaire daigna enfin se retourner sans aller jusqu'à le gratifier d'un bonjour minimum. Il prit place sur son trône avantageux, posa les deux coudes sur son bureau, mains jointes, menton posé sur ce support aigu, et prononça un sonore « Alors ! » à la fois autoritaire et dubitatif.

Enjoué, souriant, Delmas répondit :

— Très bien, merci, et vous ?

Lesage sortit de ses gonds aussitôt, frappa des poings sur son vénérable sous-main doré à l'or fin et se leva brusquement. Delmas suivit le mouvement en levant la tête sans s'émouvoir plus que cela, ce qui eut le don de décupler l'irritation du grand homme et de ravir le petit commissaire bien calé dans son siège. Comme au spectacle. Mais en se gardant d'applaudir.

— L'affaire Lidac ne fait pas encore de vagues, mais ça ne saurait tarder, Delmas. Le préfet s'impatiente. Et puis, selon nos renseignements, un journaliste de *L'Humanité* doit descendre de Paris. Voyez le genre ?...

Delmas leva les yeux au ciel, puis regarda, comme à son habitude, par la fenêtre, histoire de s'évader en attendant la fin du monologue de son supérieur.

— Non, vous ne voyez pas, vous ne voulez pas voir ! Remuez-vous, Delmas, remuez-vous. Je peux vous retirer l'enquête, vous savez.

Il savait qu'il visait juste.

Delmas réagit aussitôt :

— Nous avançons à grands pas, monsieur. Vous aurez des résultats sous peu !

Il se leva, comprenant que l'entretien s'achevait : Lesage venait de le congédier d'un geste mou de la main.

Mais, tandis que Delmas franchissait le seuil de la porte, il entendit une voix lui demandant de revenir s'asseoir. Ce n'était pas la voix coupante qu'il venait de subir. Le timbre était sombre et faible en intensité. Delmas obtempéra. Lesage contourna son bureau et prit place à côté de lui.

— Vous ne m'aimez pas, Delmas. Je sais pourquoi vous ne m'aimez pas. Je ne vous aime pas non plus, mais pas pour les mêmes raisons… Je vais sans doute être nommé à Marseille, au début de l'an prochain. Je ne suis pas sûr de vous revoir beaucoup d'ici là…

Ce fut au tour de Lesage de regarder par la fenêtre.

— Je sais ce que vous pensez de moi.

Un silence.

— L'arrestation des gamins. Ils sont tous morts. Je vis avec cela sur la conscience. Quand je passe une nuit sans y penser, je m'en étonne sans en être ravi. Vous me considérez comme un salaud, jeune homme.

Delmas, déconcerté, le regardait intensément sans rien laisser paraître.

— Vous ne m'aimez pas parce que j'incarne le mal, à vos yeux. Eh bien, moi, je vous déteste parce que vous incarnez le bien. Et je n'y crois pas. Vous, comme moi, vous n'êtes qu'un alliage de bien et de mal…

Lesage attendit la réaction de son interlocuteur muet de stupeur. Quelques secondes, très longues, s'égrenèrent.

— Vous ne répondez pas, vous ne protestez pas ? Vous êtes encore un peu plus intelligent que je le supposais… Peut-être pensez-vous que je suis un peu moins con que vous le croyez… Mais là n'est pas la question. Cet alliage de bien et de mal réagit selon le contexte, selon la chimie de nos histoires, de nos vies, et vous n'y pouvez rien. Et je vous refuse le droit de me regarder de haut, même quand je vous installe au fond de ce siège que je domine derrière mon bureau. Vous n'êtes pas un héros et je ne suis pas un salaud. La vie vous a permis, à ce jour, de vous en tirer avec la panoplie de vos bons sentiments. Vous étiez jeune et seul. Moi, j'avais une famille, des enfants, des parents admirateurs de Drieu La Rochelle, des parents bien considérés, issus d'une bourgeoisie très catholique, habituée à concourir à la conservation des règles de vie qui fondent notre civilisation. Un monde hiérarchisé. Je sais que vous honnissez ce principe, dont le maintien est indispensable, pourtant, à la préservation de l'équilibre de la société. Bref, mon alliage me prédisposait à agir comme j'ai agi. Et le vôtre aussi : issu d'une famille ouvrière sans réelle conscience politique, mais forcément fâché avec les patrons, la hiérarchie. Vous n'y pouvez rien, je n'y peux rien non plus.

Delmas ne réagissait toujours pas.

— En revanche, vous avez raison. J'aurais pu ne pas arrêter ces enfants. J'aurais pu m'arranger pour arriver trop tard, les faire prévenir… Et j'ai failli le faire.

Lesage se leva et se planta de nouveau devant la fenêtre, tournant le dos à Delmas qui ressentit, lui aussi, le besoin de se lever.

— J'ai failli le faire, Delmas.

Sa voix devint crispée comme ses deux poings serrés.

— J'ai failli vous demander de le faire ! J'avais eu vent de vos interventions répétées avant les rafles : quelques-uns de vos collègues bien intentionnés… Bien avant votre arrestation en 44. Mais je n'ai jamais donné suite parce que je vous comprenais ; je savais que vous deviez agir ainsi. La veille de l'opération à l'abbaye, nos collègues de la milice, oui, nos collègues, je n'ai pas honte de le dire, nous ont prévenus qu'un second groupe était attendu d'ici une semaine ou deux. Le divisionnaire de l'époque m'a demandé de suspendre l'intervention, de surveiller l'abbaye et d'attendre la nouvelle livraison. J'ai obéi. Point final.

Lesage se retourna ; le ciel d'hiver s'était assombri, la pénombre dessinait une silhouette en contre-jour. Delmas le fixait sans distinguer son regard, et Lesage regardait intensément Delmas sans qu'il le voie.

— J'ai failli vous demander d'intervenir, Delmas. Vous ne le savez pas, mais vous vous souvenez peut-être de votre charge minable contre moi et mes collègues le soir du départ en retraite de l'inspecteur Vidard. Minable parce que Vidard ne méritait pas ça. Et imbécile parce que je n'ai pas osé vous en parler après cette sortie. Blessé aussi par votre discours à deux sous, je l'admets. Mais comment commettre un acte grave de désobéissance, une telle trahison, en me servant d'un homme comme vous, imbu de votre bonté dégoulinante et culpabilisante ! C'était deux jours avant l'arrestation des enfants. Que n'avez-vous tenu votre langue ce soir-là ?... Ma part de bien aurait submergé ma part de mal, Delmas. Et de salaud je serais devenu un héros. J'aurais sauvé trente enfants juifs des chambres à gaz. Et je ne l'ai pas fait.

Lesage devait s'attendre à ce que Delmas réagisse. Une phrase ironique du genre : « C'est ma faute finalement ! » Mais Delmas ne dit rien. Une quasi-obscurité, cette fois, inondait la pièce. On entendait vaguement le cliquetis d'une machine à écrire. Ce silence immobile était nécessaire. Puis, Delmas rejoignit avec précaution la porte signalée par un rai de lumière sur le plancher. Avant de tourner la poignée, ébranlé, il dit juste quelques mots hésitants :

— Je vous plains et... je regrette ma charge minable. Merci.

Puis, il sortit.

Delmas rejoignit le palier, un peu groggy, puis redescendit l'escalier comme il l'avait gravi : sans s'arrêter au premier, évitant de rencontrer quiconque. Avant tout, respirer un grand bol d'air glacial à grandes enjambées, comme s'il devait atteindre, très vite, une destination. Puis, il entra, en homme pressé, au Café de la place, commanda une verveine, demanda la permission de téléphoner et ressortit aussitôt. Mais pourquoi avoir dit merci ?

X

— Et, en partant, je lui ai dit merci.

— C'est grave, ricana Marianne. J'avais bien perçu ton trouble au téléphone, mais je ne m'attendais pas à ça : Lesage te gratifiant d'une leçon d'humanisme... C'est piquant !

Un épais nuage de fumée encombrait la véranda de la buvette du pont La Fayette, et la buée finissait de confiner l'espace en une sorte de bulle hors du monde. Delmas n'avait attendu Marianne qu'une dizaine de minutes, le temps qu'elle prenne congé de ses élèves. Ils étaient tassés dans un coin côté fleuve, comme ils aimaient, comme au début, avant qu'ils ne décident de se marier. Désormais, ils ne se retrouvaient plus guère dans ce bistrot qu'ils aimaient tant. Pourtant, ils étaient déjà en ménage avant leurs noces. Et ce n'est pas la nécessité de rentrer pour les enfants qui... L'arrivée de Marianne, tout sourire, avait stoppé net le fil de ses pensées vers de sombres rivages. Elle avait eu bien du mal à se glisser entre des brochettes de travailleurs en bleu et de cols blancs agglutinés autour des tables métalliques bringuebalantes.

— C'est piquant et pire : c'est plutôt juste. Ce que je ne comprends pas, c'est pourquoi j'ai accepté sans broncher son entreprise de culpabilisation. Parce que c'était son intention, non ? J'entends bien sa métaphore de l'alliage, mais de là à justifier les saloperies commises par de bons Français parce qu'ils étaient riches et qu'ils avaient donc beaucoup à perdre... Tu m'excuseras... En revanche, la résistance des pauvres coulait de source, en quelque sorte. N'importe quoi !

— Je me demande si je ne suis pas un peu contente qu'il t'ait mis en colère, ton Lesage. Je te trouve tellement sage, tellement imperméable à cette colère qui fait dire et faire des sottises, mais qui fait du bien aussi. J'en suis complexée, parfois. Toutefois, c'est dommage de ne pas avoir craché ton venin en sa présence.

— Mais oui, mon gars, écoute ta femme et sors de tes gonds ! Ça soulage toujours.

Un homme en bleu de travail, casquette crasseuse en équilibre sur le sommet du crâne, se pencha pour trinquer avec Delmas, dont le visage crispé se détendit aussitôt.

— Écoute ta femme, bon sang ! l'imita Marianne en trinquant avec son mari trop tempéré.

Du coup, toute la tablée se mit à trinquer au pic de colère de Delmas sans le savoir. Les cliquetis des verres à deux sous s'enchaînèrent ainsi que des rires et ricanements du grave à l'aigu.

— Savoure cette insouciance, Jean, prends garde au ressassement. Tu sais bien que la vertu est difficile, exigeante, même en temps de paix, même quand l'insouciance peut s'épanouir. Alors, en temps de guerre... Les années de guerre éveillent rarement la bonté et excitent plus sûrement les recoins les plus sombres de l'âme humaine. Nous le savons. C'est ainsi. Et ce n'est pas parce qu'un sale type a tenté de restaurer un peu son image que tu dois te laisser atteindre. Il fait comme il peut, ton Lesage.

Il en a sûrement marre de voir sa salle bobine en face de son miroir chaque matin. Tu te souviens de cette phrase du docteur machin, je ne me souviens plus de son nom, dans *Le corbeau*, de Clouzot ? Il disait, en substance : « Je rencontre une mauvaise bête chaque matin dans ma glace en compagnie d'un ange. » Il cherche et trouve des arguments pour se rendre présentable, ton Lesage, parce qu'il ne supporte plus sa bobine d'ange barbare. Sans compter que tu le cherches un tantinet chaque fois qu'il te convoque, non ? Et puis, tu respires tellement la vertu que ce doit être insupportable pour un homme comme lui. Tu devrais laisser transparaître plus souvent ton côté sombre. Au moins par empathie pour les autres…

Elle trinqua de nouveau avec son verre vide.

Delmas ne répondit rien. Il embrassa du regard cette foule laborieuse qui s'enivrait de vin et de rigolades. Il héla le garçon hissant son plateau en équilibre instable au-dessus des têtes :

— Un autre pot, s'il vous plaît !

Puis, il emmitoufla les mains de Marianne dans les siennes.

— Je t'aime. Que Lesage aille au diable avec ses alliages. Cette enquête sur le meurtre de cette gamine me mine, tu comprends ? Elle m'entraîne de force dans ce passé qui me fait encore frissonner quand j'y pense. Et je suis condamné à y penser, ces temps-ci.

— Ah ! c'est sûr. Un bon policier français est un policier amnésique. Ou alors, il faut qu'il s'offre une psychothérapie.

— Tu crois que je devrais changer de métier ?

— Tu veux vraiment mon avis ? Ma réponse est non. Il y a bien trop de loups dans la bergerie !

Delmas éclata de rire.

— Qu'est-ce que j'ai dit ?

— Tu me fais penser à Marchant et ses maximes et proverbes.

Ils trinquèrent encore, les yeux dans les yeux. L'homme en bleu de travail les observa, les yeux humides.

— Parle-moi de Martha.

Delmas fut pris au dépourvu par cette manière de dire. Comme s'il s'agissait de quelqu'un de proche. Marianne ne s'impliquait pas autant, d'habitude. Il avait coutume de lui raconter l'avancement de ses enquêtes, lui faisait part de ses interrogations, de ses angoisses, mais jamais Marianne ne s'était exprimée ainsi.

— Toujours pas de mobile ni de piste solide. On cherche dans le passé. Pour l'instant, on attend. On navigue dans le brouillard, un brouillard de silence. Mais ça va bouger, je le sens. Prévost attend qu'un notaire véreux vide son sac. Il a négocié la transaction des usines Lidac dans des conditions troubles. Les parents de Martha ont été spoliés par les affaires juives ; jusqu'ici rien de remarquable. L'entreprise a donc été confiée à un administrateur. Ensuite, elle semble avoir été vendue à un certain Gagnant, qui est passé par l'intermédiaire du notaire susnommé. Autrement dit, il y a quelqu'un qui s'en est mis plein les poches ; là encore, rien d'extraordinaire, mais je dois absolument creuser ce sillon.

— De toute manière, tu n'as pas vraiment d'autres horizons.

— Il y a aussi la piste du ou des délateurs. La petite a peut-être retrouvé ceux qui les ont dénoncées, elle et sa famille.

— Et alors ? Plus personne ne veut entendre parler de tout ça. En quoi ça expliquerait son assassinat ?

— Je ne sais pas, Marianne.

Quand il l'apostrophait ainsi, cela signifiait qu'il était agacé par ses questions.

— Je cherche sans savoir ce que je dois trouver. C'est pas facile, mais c'est une phase que je connais trop bien dans une enquête. On avance à tâtons, sans savoir où l'on va, mais avec la conviction que c'est dans la bonne direction.

Marianne suivait son idée.

— Je ne vois pas le délateur zélé prendre le risque d'assassiner la dernière survivante de ses victimes pour éviter le scandale. Encore une fois, plus personne ne veut entendre parler de ces années pourtant si proches. Trop de mauvaise conscience. Si je me souviens bien, ton ami Richard, à la préfecture, évaluait à cinq millions le nombre de lettres de dénonciation pendant l'Occupation. C'est fatal, dans ces périodes ; en tout cas, en France. Pendant la Grande Guerre, les lettres anonymes ont proliféré aussi, mais pour dénoncer des planqués, des femmes infidèles. C'est comme un sport national, Jean. Et tu n'y peux rien. Comme tu ne pourras empêcher les bons Français d'oublier très vite ces… péripéties…

— … qui ont brisé des milliers de vies !

— Et c'est comme ça ! Quand ils se sentent brimés, voire persécutés, certains vont trouver leur salut en persécutant leur semblable. Que veux-tu que je te dise de plus ?

— Rien parce que tu as raison et que ça me désespère quand même.

Ils se regardèrent en silence, l'air un peu triste. Mais pas autant que leur voisin en bleu de travail qui les fixa, yeux dans les yeux, l'un après l'autre, puis approuva, rien que pour lui, d'un lent hochement de tête.

Ensuite, ils vidèrent leur verre et gagnèrent la sortie en se faufilant difficilement entre les tables. Le jour faisait grise mine. Delmas était impatient de savoir si Duquerroy avait appelé sans avoir très envie de retourner au commissariat.

Ils marchèrent vivement, avant la fermeture, jusqu'à la grande poste de Bellecour. Après vingt bonnes minutes d'attente pour obtenir une cabine téléphonique, il s'entendit répondre que Prévost venait de partir. Delmas raccrocha avec douceur, comme s'il était satisfait de ne pas en savoir plus. Il verrait demain. Ce soir, ils iraient au cinéma, histoire d'oublier tout ça.

XI

— Mais avance, nom d'un chien qui fume !

— Du calme, Marchant, on arrivera bien assez tôt.

— Ah ! j'vous jure, patron, y a des jours, je regrette la guerre. Pas le moindre bouchon, juste le couinement des pédaliers et le concert de sonnettes… C'était plus reposant.

Contrairement à son habitude, Prévost haussa le ton :

— Tu ne te fatigues jamais de dire des inepties ? Écoute ce qu'on te dit et conserve ton flegme.

— J'en ai pas !

— Quoi ?

— Du flegme ! J'en ai pas ! Alors, pour le conserver, tu m'excuseras !

Tout le monde était agacé. Duquerroy n'avait pas donné de nouvelles. Au téléphone, la secrétaire de l'étude prétendait qu'il n'était pas disponible. Alors, Delmas avait décidé de se rendre immédiatement sur place et de lui tirer les vers du nez une bonne fois pour toutes. Mais, ce matin-là, un nombre improbable de citadins semblait avoir décidé de prendre leur voiture à dix heures vingt. Crispé au volant de la Traction, Marchant respira bruyamment, souffla de même et décida finalement de retrouver son calme.

— Après tout, rien ne sert de courir, il faut pointer à l'heure !

— C'est ça, mon grand, c'est ça ! lança Prévost, l'œil noir.

— Bon, suffit, tous les deux. Vous n'avez pas fini de vous chamailler ? Vous savez que Catherine vous surnomme Laurel et Hardy ? C'est vrai que…

Prévost et Marchant, vexés, se regardèrent, interdits.

Garé en double file devant l'étude, Marchant attendait en maugréant :

— Laurel et Hardy ! Je vais lui parler du pays, à la donzelle !

Moins de trois minutes s'écoulèrent avant le retour de Delmas et Prévost essoufflés.

— En route, Marchant, on va chez Duquerroy. Monsieur semble avoir décidé de faire le mort.

Prévost ne croyait pas si bien dire.

Quelques minutes plus tard, la Traction s'engouffra dans une allée en petits graviers blancs. Le portail en fer forgé, monumental, était grand ouvert. Il jurait avec la demeure, sans prétention, du notaire. Prévost sonna. Pas de réponse. Delmas fit signe à Marchant de faire le tour de la maison. Il leur livra le passage quelques secondes après :

— La porte du garage était ouverte. La voiture est là. À moins qu'il en ait une autre ?

Ils se retrouvèrent dans une entrée carrée, ouverte sur un vestibule. Pas un bruit. D'un signe de tête, Delmas ordonna à Prévost d'inspecter l'étage. Puis, ils se retrouvèrent tous les trois au rez-de-chaussée dans un salon sans caractère. Personne.

Delmas repéra un téléphone.

— Tu as le numéro de l'étude ?

Prévost sortit aussitôt son calepin.

— Allo, mademoiselle ? Commissaire Delmas. Je voudrais juste savoir si monsieur Duquerroy a plusieurs véhicules. Merci… Non, nous ne l'avons pas trouvé. Au revoir, mademoiselle.

Delmas se tourna vers Marchant.

— Une seule auto : une Ford Vedette verte.

Marchant confirma d'un mouvement du menton. Ils étaient mal à l'aise ; le silence était lourd. Prévost appréciait la qualité des nombreuses gravures dix-huitième qui encombraient les murs du salon. Une petite fortune, assurément.

En revanche, le mobilier semblait quelconque, posé là sans recherche. Comme si la maison n'était pas vraiment habitée. Outre le salon, un bureau contigu donnait la même impression d'abandon, tout comme la cuisine située de l'autre côté du couloir. Pas le moindre signe de vie domestique entre ces quatre murs, ni âme qui vive.

Delmas interrogea ses compagnons d'un hochement de tête, referma le verrou de la porte d'entrée, puis le trio se dirigea vers la porte du fond qui donnait accès au garage. C'était une annexe assez vaste édifiée plus tardivement que la maison. L'auto n'était pas fermée à clé. Une paire de gants en cuir traînait sur le siège du conducteur. On avait entassé une grande quantité de bois le long du mur. De l'autre côté, un établi et un panneau orné d'innombrables outils qui n'avaient pas dû être dérangés depuis bien longtemps.

— Le portillon était ouvert ou fermé quand tu es entré ? demanda Delmas.

— Il était poussé, mais pas complètement.

Marchant le positionna exactement comme il l'avait trouvé en prenant soin de ne pas laisser ses empreintes sur la poignée.

Ils sortirent dans le jardin et contournèrent la maison jusqu'à l'allée en graviers blancs. Prévost fermait la marche. Il semblait se déplacer à reculons. Quelque chose le retenait ; ou quelqu'un.

— On n'a pas regardé le coffre de la Vedette. J'y retourne.

Delmas et Marchant le suivirent des yeux, interloqués. Prévost avait déjà rebroussé chemin d'un pas vif. Ses intuitions étaient rarement sans fondement. Il possédait un sens à part, la faculté de flairer la présence d'un être ou d'un objet là où précisément il ne devait pas se trouver. Le temps leur parut long avant d'entendre hurler Prévost :

— Patron, vite !

Ils coururent jusqu'au garage : vide. La porte du coffre de la Vedette était grand ouvert. Vide aussi. Delmas et Marchant se regardèrent, inquiets. Ils crièrent ensemble :

— Prévost !

Ce dernier surgit enfin de derrière le panneau aux outils :

— Je suis là, patron. Il y a un escalier qui descend dans une sorte de cave. J'ai l'impression que notre notaire est là… Le corps d'un homme mort, récemment.

Prévost ressentit une profonde angoisse d'avoir encore perçu si fortement la présence d'un mort et de l'avoir vérifiée. C'était toujours comme ça. Mais cette fois un peu plus, car il n'avait pas encore vu « son mort » ; il ne l'avait que touché dans un noir de cercueil. Delmas connaissait bien cette phase durant laquelle son « devin » pouvait se trouver mal. Paternel, il lui tendit le bras, et ils regagnèrent bras dessus, bras dessous le salon du notaire. Prévost s'écroula dans un fauteuil et ferma les yeux. Pendant ce temps, Marchant était déjà au téléphone afin de demander une équipe de la police scientifique. Une heure plus tard, deux grosses lampes sur batterie éclairaient la scène : Duquerroy, le crâne fracassé, replié sur lui-même en bas de l'escalier d'une pièce de dimensions modestes, garnie d'étagères, de cartons et dossiers. Le sol en béton n'avait pas amorti la chute. Le Dr Favre estima que la mort remontait à une vingtaine d'heures, au plus. Apparemment, il s'agissait d'une chute accidentelle. Tandis que l'on procédait au relevé d'empreintes, Marchant se mit en quête d'une ampoule. Il ne lui fallut guère de temps pour trouver une boîte assortie d'une étiquette sur laquelle on avait inscrit avec soin : AMPOULES DE RECHANGE. Il en choisit une et la montra à Delmas. Tous deux pensèrent la même chose. Mais pourquoi le notaire s'était-il risqué à descendre dans le noir ? Prévost, qui avait retrouvé ses esprits, installait une grosse bûche en guise d'escabeau afin de changer l'ampoule. En équilibre instable, il inversa son geste et, au lieu de la dévisser, vissa la lampe qui s'alluma aussitôt. Le Dr Favre fixa la lumière et se dit qu'il allait devoir modifier le sens de son rapport. Après examen, l'assassinat de Duquerroy ne faisait aucun doute : le notaire avait dévalé les marches la tête la première. Mais on avait achevé la victime en fracassant son crâne sanguinolent sur l'angle de l'avant-dernière marche. Favre repéra d'infimes hématomes sur les tempes : la trace (sans empreintes) des doigts de l'assassin. De plus, le sens des plaies béantes sur le crâne ne concordait pas sans l'intervention d'un tiers.

Le lendemain, le moral avait grise mine au sein du trio. Depuis leur dernière réunion, de nouvelles questions sans réponses encombraient le tableau, et un témoin-clé venait de disparaître. Pourquoi Duquerroy avait-il éprouvé la nécessité de se rendre dans cette cave plongée dans l'obscurité ? On ne le saurait jamais ; en tout cas, pas avant d'avoir retrouvé le ou les assassins. Cependant, les enquêteurs de la scientifique avaient trouvé des traces sur le sol. Des marques prouvant que plusieurs caisses ou cartons avaient été enlevés tout récemment. Que pouvaient-elles contenir pour justifier la mort du notaire ?

Prévost rêvassait, sondant sa tasse de café, et Delmas restait planté bras croisés devant le tableau. Seul Marchant affichait un optimisme de façade :

— Au moins, ça prouve qu'on est sur la bonne piste. L'administrateur des usines Lidac tient à se faire oublier au point de zigouiller Duquerroy. Ce n'est pas rien !

Prévost sondait toujours son café, et Delmas lui tournait le dos.

— Pourquoi se jeter à l'eau avant que la barque n'ait chaviré ! lança Marchant. Voilà comment je vois les choses : ils déboulent chez le notaire, le cuisinent pour savoir où se trouvent ses archives, se rendent à la cave sous le garage, déménagent tout le stock et suppriment Duquerroy en simulant un accident. Autrement dit, ils craignaient que nous découvrions quelque chose ; autrement dit, ils connaissaient parfaitement le cours de notre enquête. C'est la deuxième fois. Souvenez-vous : le chien de Valmont ! Ils savent parfaitement où nous en sommes. Et moi, je vous le dis, c'est pré-o-ccu-pant !

Prévost leva la tête de son café, et Delmas se retourna, l'air grave :

— Vous avez raison, Marchant. Cette fois, il n'y a plus de doute. Cela dit, il suffit de venir consulter le tableau. Mais qui ?

Il ferma la porte, toujours ouverte d'ordinaire.

— Dorénavant, cette pièce restera fermée à clé. Prévost, dès que nous aurons fini, demandez à Catherine le nombre de clés en circulation et récupérez-les toutes ; j'ai bien dit toutes. Je vous en donnerai un exemplaire à chacun et conserverai le troisième. Ensuite, je vous demanderai une discrétion absolue. Pour l'instant, je n'ai pas très envie d'en référer à Lesage.

— J'approuve, patron. D'autant que…

— Prévost, n'en rajoutez pas, s'il vous plaît. Vous n'imaginez pas que Lesage…

Delmas balaya l'espace d'un geste de la main tout en faisant la grimace.

— Je préfère écarter ce genre de pensées. Contentons-nous de verrouiller autant que possible. Il sera toujours assez tôt pour recourir à l'inspection générale des services. J'ai bien entendu votre petit résumé, Marchant. Concis, mais juste, à mon avis. Malgré tout, la disparition du notaire nous ramène bel et bien au point mort. Nos pistes de travail ayant une fâcheuse tendance à se dissoudre, vous allez faire un tour à la campagne rendre visite à Valmont. Histoire de vérifier s'il a retrouvé quelques souvenirs…

— Et puis constater s'il est toujours en bonne santé ! ricana Marchant.

— Exactement. Prévost, quand vous en aurez fini avec nos petits problèmes de serrures, vous convoque-rez Gagnant pour un interrogatoire serré. Lui aussi savait que nous attendions des révélations de la part du notaire. Il ne faut pas le perdre de vue. Nous le recevrons tous les trois. Et s'il traîne les pieds, dites-lui bien que nous irons le chercher, ajouta Delmas avec le sourire figé d'un bouddha menaçant. Quant à moi, je retourne faire une petite visite à mademoiselle Géraldine Reversat, qui nous cache quelque chose.

Delmas serrait les dents, et l'on voyait saillir les veines de ses tempes.

— Vous êtes en colère, patron ! C'est rare et c'est bon signe. Vous verrez, le temps révèle tout. C'est un bavard qui parle sans être interrogé.

— Si vous n'existiez pas, Marchant !

— Je sais, patron, je sais…

XII

Trois heures du matin. L'heure du foie, selon la pendule chinoise de l'énergie. Delmas se glissa hors des draps en douceur afin de ne pas réveiller Marianne. La lune dessinait un joli croissant en forme de « D ». « D » comme « décroissante », mais « la lune est menteuse », lui disait sa mère. Et donc elle croissait, comme le malaise sinueux qui avait troublé son sommeil. Comme l'angoisse qui l'étreignait en sortant de chez les Reversat. D'abord, Géraldine avait semblé presque soulagée en le recevant. Si bien que Delmas s'était trouvé embarrassé par la mine menaçante qu'il s'était forgée durant le trajet. Il ne savait pas se mettre en colère naturellement. De plus, l'art de vivre qu'il s'était choisi l'encourageait toujours à se mettre à la place de son interlocuteur. Deux bonnes raisons pour le comprendre, même s'il menaçait par son silence l'accomplissement de sa profession. Cependant, il fallait bien que Géraldine dise la vérité, qu'elle révèle enfin ce que Martha avait découvert. Car Delmas était convaincu qu'elle savait quelque chose. Il ne pouvait en être autrement. Ce n'était pas une raison pour le commun des mortels, mais elle était suffisante pour lui. Était-ce la pénombre qui régnait dans le même petit salon où elle l'avait reçu quelques jours avant ? Delmas l'avait trouvée moins disgracieuse. Comme si le crépuscule mettait en valeur le timbre de sa voix. L'obscurité complice lui avait permis d'ajuster le message de son visage. Il s'était détendu instantanément au discours on ne peut plus conciliant de cette même jeune fille qui n'était plus sur ses gardes comme la première fois :

— Je ne savais pas quand vous reviendriez, mais je savais que vous alliez m'interroger de nouveau. Vous ne m'avez pas crue quand je vous ai assuré que je ne l'avais jamais revue ?

Delmas avait simplement dodeliné de la tête.

— En fait, nous nous sommes retrouvées par hasard lors d'un concert, durant l'entracte. Salle Rameau, au Grand Foyer, le 16 octobre. J'ai recherché la date, sachant que vous me la demanderiez. J'ai vu Martha la première, mais je ne me suis pas manifestée, car je restais sur le malentendu, selon moi, qui nous avait séparées. Je ne supporte pas les conflits. C'est elle qui s'est approchée. Elle semblait vraiment heureuse de me revoir. J'en étais bouleversée. Elle m'a présenté le jeune homme qui l'accompagnait. Je ne me souviens plus de son nom. Je n'avais guère de choses à lui raconter : ma vie me paraît tellement ennuyeuse. En revanche, Martha entamait une carrière de chambriste avec un quatuor semble-t-il prometteur. Leur première prestation avait été bien accueillie, notamment par la presse. Elle était transformée, radieuse.

À ce moment précis, Géraldine n'était pas parvenue à contenir son émotion. Cela avait mis un certain temps à venir. Comme un éternuement qui se fait désirer. Et puis elle s'était mise à pleurer sans retenue : des sanglots lourds et convulsifs. Delmas, penaud, ne savait que faire. Il l'avait prise dans ses bras sans bien réaliser ce qu'il faisait. Il avait senti l'humidité chaude des sanglots suinter le long de sa joue, puis de son cou. Cette intimité partagée le gênait. Une gêne profonde. Son attitude lui semblait déplacée, mais en même temps il ne se sentait pas le cœur d'être le simple spectateur de cette tristesse sans en prendre une petite part, sans soutenir Géraldine dans sa détresse. Elle s'était enfin levée pour saisir un mouchoir, s'était essuyé le visage devant un miroir, puis avait repris sa place comme si rien ne s'était passé.

— Et c'est alors que tout a basculé. Nous nous souriions, silencieuses, heureuses de retrouver notre amitié intacte. Puis, juste derrière moi, et donc face à Martha, une voix a retenti, une voix d'homme aigre, cinglante. Je n'ai pas bien compris ce qu'il disait, mais j'ai clairement entendu le mot « youpin » suivi de rires démonstratifs. Et je l'ai vue regarder ces gens par-dessus mon épaule avec une terrible colère dans les yeux. Subitement, son regard est passé de la colère à l'effroi, à la terreur. Je vous assure que je n'exagère pas.

Géraldine avait raconté ensuite leur fuite, une véritable fuite : elles étaient sorties précipitamment du Foyer, Martha entraînant le jeune homme par la main. Géraldine avait emboîté le pas sans réfléchir une seconde. Ils avaient marché jusqu'à la place des Terreaux, puis Martha avait décidé de faire demi-tour.

— Je veux le revoir, je veux être sûre.

Elle tremblait ; il ne faisait pas si froid. Ils s'étaient dissimulés sous la véranda d'un café dans l'angle d'une petite rue adjacente. De cet endroit, la vue était excellente sur la sortie de la salle Rameau, illuminée par deux réverbères. Une bonne demi-heure s'était écoulée avant que le public ne commence à sortir.

— Quand elle l'a revu, elle s'est raidie, comme saisie par une décharge électrique. Ils étaient deux. L'homme à la voix cinglante, et un autre bien plus âgé. Ils ont discuté un moment. On pouvait bien distinguer le visage du bonhomme qui était tourné dans notre direction, mais il ne pouvait pas nous voir. C'était quand même très angoissant. Au bout d'un moment, le plus vieux est monté dans une voiture, et le second est parti dans l'autre direction. J'ai eu horriblement peur qu'il vienne vers nous !

Ensuite, elles étaient rentrées en taxi. L'ami de Martha avait pris congé.

— Ils se sont embrassés comme des amis, mais je me suis dit qu'il était amoureux.

Géraldine avait proposé à Martha de dormir chez elle. Cette nuit-là, elle lui avait raconté combien la destinée de sa famille lui pesait. Un destin inéluctable de victime sans avoir commis la moindre faute, sinon celle d'exister, sinon celle d'être juif. Ce destin qui la poursuivait.

Elle n'en était pas sûre, mais, selon Géraldine, la sensation que l'homme du concert l'avait reconnue ne la quittait plus.

— Ce n'était pas possible au bout de toutes ces années. Mais elle était encore bouleversée. Ensuite, je n'ai pas bien compris ce qu'elle disait. Je crois qu'elle revivait l'arrestation de sa famille…

Martha n'en avait pas dit plus sur l'identité ni sur le rôle de cet homme dans cette destinée mortifère. Comme s'il s'agissait d'évoquer le diable en personne.

— Mais, ce dont je suis certaine, c'est que cette vision l'avait à la fois terrorisée et avait réveillé en elle une formidable colère. Il y avait dans son regard le reflet de la mort subie, mais aussi un éclat funèbre… de meurtre.

Quelques jours plus tard, Martha lui avait téléphoné. Elles s'étaient donné rendez-vous au bord du lac du parc de la Tête d'or.

— Prends garde de ne pas être suivie, lui avait-elle recommandé.

Il pleuvait, ce matin-là, mais elle s'était installée sur la terrasse protégée par un abri en bois.

— La pluie claquait tellement fort que je devais tendre l'oreille pour comprendre ce qu'elle me racontait. Elle avait peur. Elle avait l'impression d'être surveillée. Je lui ai demandé pour quelle raison on l'espionnerait, mais elle n'a pas répondu. Martha était ainsi. Et ce n'était pas la peine d'insister. Je lui ai demandé ce que je pouvais faire ; elle m'a regardée, l'air perdu : « Je ne sais pas. C'est le destin. Mais je ne suis pas certaine de l'accepter. » Puis, elle a saisi mes mains dans les siennes ; elle a dit « Ne m'oublie pas » et elle s'est enfuie en courant sous la pluie.

Les derniers mots de Martha... Trois jours avant le meurtre. Mais ce n'était pas la dernière fois qu'elle voyait son amie.

Martha lui avait livré son angoisse, comme un appel, mais sans vouloir de son aide. Alors, Géraldine avait décidé d'agir à sa manière : un peu romanesque. Un matin, munie de son Leica, elle s'était postée dès neuf heures dans une allée juste en face de chez son amie. Une lourde porte en fer forgé et vitrée la dissimulait des regards ; un observatoire idéal. Moins d'une demi-heure plus tard, elle apercevait son amie qui sortait « comme une voleuse », épiant à droite, puis à gauche avant de surgir sur le trottoir et de marcher d'un pas vif. Géraldine avait attendu sans bouger. Et il s'était passé ce qu'elle redoutait et attendait tout autant.

— J'ai vu, sans avoir pu voir d'où il venait, un homme qui lui emboîtait le pas.

Puis, Géraldine était sortie à son tour, fébrile, suivant le suiveur durant quelques minutes. Le temps de prendre quatre photos à la volée et de renoncer.

— J'ai eu peur de me faire repérer… Je le regrette.

Delmas étala les photos sur son bureau. Éclairées seulement par le rayon lunaire, elles paraissaient encore plus mystérieuses. On distinguait la silhouette de Martha, puis celle d'un homme assez grand, le cheveu court, qui faisait mine de regarder à droite ou à gauche, mais jamais dans la direction de Martha. Les autres passants regardaient droit devant eux. Le malheur, c'est que les images étaient cadrées de telle sorte que l'on ne distinguait aucun trait de son visage. C'était peut-être l'assassin, mais on ne distinguait que son dos, et l'esquisse de sa figure vue de trois quarts arrière. Autant dire rien. Géraldine était incapable de dire s'il s'agissait de l'homme du concert.

— Il me semble qu'il avait les cheveux nettement plus longs.

Pourtant, Delmas avait souhaité que Géraldine lui confie les négatifs afin de les donner à Marchant et qu'il en tire des agrandissements. Il alluma sa lampe de bureau pour observer encore les photographies. À trois heures vingt du matin, la sonnerie du téléphone retentit. Delmas n'aimait pas ça.

XIII

La Traction filait dans la nuit. Prévost négligeait les feux rouges et parlait gravement, à voix basse.

— On l'a retrouvé vers vingt-deux heures dans un sentier qui relie le Champ-de-Mars à un plan d'eau. Apparemment, la blessure n'est pas mortelle, mais il a perdu pas mal de sang.

— Mais que faisait-il hier soir à cet endroit ? Il était censé s'assurer que Valmont n'était pas menacé. Je ne comprends pas… L'hôpital est encore loin ?

— Ils ont préféré le transporter au chef-lieu du coin. Quand ils m'ont appelé, Marchant était sans connaissance, épuisé. On y sera dans quarante-cinq minutes environ.

Le temps leur parut interminable. Les deux hommes refoulèrent leur angoisse dans le silence. On entendait seulement le rugissement du moteur en surrégime et la cacophonie du mécanisme de la boîte de vitesse. Prévost n'avait jamais su conduire. Pire que Marchant, il brutalisait les autos. Mais, cette fois-ci, Delmas ne s'en souciait pas.

Comme ils approchaient de l'hôpital, Prévost rompit le silence :

— J'ai demandé à la gendarmerie de se rendre immédiatement chez Paul Brun, le cousin de Valmont. Mais je n'ai pas de nouvelles depuis.

Delmas fut reconnaissant à Prévost de s'en être inquiété. Il était incapable de penser à l'enquête en cours, accaparé qu'il était par le sort de Marchant. Un médecin les reçut aussitôt. Sa mine contrite contrastait avec son allure généreuse : cela ne présageait rien de bon. Il ne pouvait pas se prononcer pour l'instant. Marchant était toujours sans connaissance. Il avait perdu beaucoup trop de sang. Delmas et Prévost s'effondrèrent sur l'unique banquette de l'entrée. Abrutis de sommeil et d'inquiétude, ils attendirent ainsi le lever du jour. Vers sept heures, Delmas informa Marianne de la situation avant qu'elle ne se rende à son travail. Elle aimait bien Marchant et son ingénuité généreuse. Pourvu qu'il s'en sorte… Puis, on leur expliqua que l'état du blessé restait stationnaire. Ils décidèrent de se rendre à la gendarmerie.

L'adjudant les reçut dans un bureau exigu qui sentait le saucisson à l'ail et le café. La cinquantaine fatiguée, le nœud de cravate desserré sur son col de chemise ouvert, il semblait légèrement agacé par cet événement qui perturbait la quiétude de sa campagne provinciale. Il s'enquit tout de même de l'état de santé du policier :

— Comment il va, le collègue ?

— État stationnaire, diagnostic réservé, répondit laconiquement Delmas. Vous avez pu vous rendre chez monsieur Brun, son cousin ?

Le gendarme prit le ciel à témoin en levant les yeux et écarta les bras.

— Voyez dans quelles conditions on travaille… J'ai dû remplacer un homme, cette nuit. On a fait équipe avec le petit jeune que vous avez vu à l'entrée. Voilà tout l'effectif disponible… Après la nuit qu'on a passée… J'attends la relève d'ici une demi-heure et j'irai me coucher. Mais maintenant que vous êtes là…

— Oui, comme vous dites, répondit Delmas, accablé. Vous allez nous montrer où Marchant a été retrouvé, puis vous nous accompagnerez chez le cousin de Valmont.

— Mais… c'est que…

Delmas le regarda droit dans les yeux. Avec un regard qui ne laissait aucun doute sur la suite des événements si le gendarme n'obtempérait pas. L'homme maugréa des mots incompréhensibles tout en rajustant sa cravate et sortit vivement de son bureau.

L'herbe était couchée et tachée de sang. Un air étonnamment doux inaugurait le jour sous le soleil déjà vigoureux. On entendait des chants d'oiseaux, le froufrou des taillis sous la brise et le clapotis du ruisseau tout proche. Tandis que Delmas scrutait le sol, Prévost inspectait les alentours. Le gendarme, les pouces agrippés au ceinturon, observait ce commissaire qui ne respectait pas le sommeil des hommes. Il s'en voulait de ne pas l'avoir envoyé paître tout seul. Après tout, il n'avait pas d'ordres à lui donner !

— Patron ! Venez voir, s'il vous plaît !

Cette formule de politesse agaça un peu plus le gendarme qui resta planté dans ses terres tandis que Delmas rejoignait Prévost, presque invisible derrière un fatras de buissons. L'herbe était couchée, à l'abri des regards :

— Il y a des traces de lutte à cet endroit.

Delmas observa :

— Peut-être a-t-il surpris quelque chose qu'il ne devait pas voir. Ou peut-être est-il intervenu… Mais qu'est-ce que Marchant est venu faire là ?

L'herbe était comme fripée sur une vingtaine de mètres. Souillée aussi : quelques traces de sang. Marchant s'était traîné jusqu'au chemin. Sans cela, on ne l'aurait jamais trouvé. Il aurait succombé. Delmas fut parcouru d'un frisson. Ils marchèrent encore à travers un fouillis de ronces dans lequel on avait tracé un chemin étroit qui s'enfonçait dans un bouquet de résineux. Il leur fallut moins de deux minutes pour découvrir une cabane, étrangement proche, mais à l'abri des regards. Vide, mais le sol jonché d'un matelas de paille fraîche. Ils décidèrent de lever le camp et d'interroger Valmont chez son cousin. Le gendarme les guida jusqu'à un portail en fer rouillé, puis prit congé. Prévost tira sur un fil de fer au bout duquel pendait une grosse cloche. Un chien, genre berger allemand, aboyait sans férocité, mais avec constance. Au bout d'un long moment, Paul Brun, petit et chauve, l'air contrarié, vint à leur rencontre. Prévost lui montra sa carte. Il ouvrit le portail sans poser de questions. Le chien cessa aussitôt de s'égosiller et rejoignit sa niche d'un pas nonchalant. Ils s'approchèrent d'une grande maison en pisé, assez délabrée à l'exception des volets en bois peints en vert wagon. Une peinture récente. Toujours sans un mot, il s'effaça pour laisser Delmas et Prévost pénétrer dans une vaste cuisine. Il posa des tasses sur la grande table pétrin, y versa un café très chaud, puis rompit enfin le silence :

— Valmont ? Je sais pas ce qu'il est devenu.

Il avait prononcé ces mots sans émoi particulier.

Du coup, Delmas réagit mollement à ce qui constituait une mauvaise nouvelle de plus.

— Depuis quand ?

— Hier, en fin d'après-midi. C'est ce que j'ai raconté à votre inspecteur, hier.

— Que s'est-il passé ?

— Rien. Il est sorti vers six heures.

— Mais pour faire quoi ? Pour aller où ? Il fait déjà nuit à cette heure-ci, intervint Prévost, agacé par cette manière de livrer les informations au compte-gouttes.

Le petit homme souffla très fort et lâcha :

— Courir le guilledou.

— Pardon ?

Pour toute réponse, il se leva et d'un mouvement du menton les invita à le suivre. Un escalier pentu menait à un corridor. Paul Brun ouvrit une porte, une fenêtre et désigna une grosse bâtisse blanche :

— L'Hôtel de France… Quand il est parti, j'étais dans cette pièce. Il m'a appelé d'en bas pour me prévenir qu'il rentrerait tard. Je l'ai suivi des yeux ; il est allé directement à l'Hôtel de France.

— Courir le guilledou ? Vous voulez dire retrouver une femme à l'hôtel ?

Paul Brun souffla encore très fort pour lâcher :

— Maintenant, je crois que j'en ai assez dit. Je serais vous, j'irais me renseigner à l'hôtel. Si ça se trouve, il est encore là-bas. Encore que…

Delmas l'encouragea du regard sans rien dire.

— Encore que je l'aie vu ressortir de l'hôtel quelques minutes plus tard.

— Seul ?

— Non. Mais… je serais vous, j'irais me renseigner à l'hôtel.

— Bon, nous vous remercions… Si Valmont refait surface, vous voudrez bien prévenir la gendarmerie ? Nous voulons savoir s'il se porte bien.

— Il est en danger ? demanda Paul Brun sans exprimer la moindre émotion.

— Je ne sais pas, répondit Delmas. Mais on a retrouvé l'inspecteur Marchant, que vous avez vu hier, grièvement blessé d'un coup de couteau. Alors, on s'interroge…

Le cousin Brun hocha la tête, l'air grave, ajoutant :

— J'espère qu'il s'en sortira.

À l'Hôtel de France, ils ne trouvèrent personne à la réception et durent patienter cinq bonnes minutes. Prévost appela sans succès. Une vieille femme surgit d'un petit salon contigu, les regarda par-dessus ses petites lunettes et disparut. Un certain temps s'écoula encore.

— Drôle d'endroit pour… le guilledou, observa Delmas en souriant, histoire de détendre l'atmosphère.

Prévost, déjà éprouvé par l'inertie de Paul Brun, montrait des signes de colère contenue dans ce climat bizarre.

Une belle femme, quarante ans environ, aux cheveux roux permanentés, apparut enfin.

— Bonjour, messieurs. Quel bon vent vous amène ?

— Commissaire Delmas et inspecteur Prévost. Bonjour, madame.

— Décidément, c'est la série. J'ai déjà eu la visite d'un de vos collègues hier soir. Vous vous intéressez aussi au cousin du père Brun ?

— Il semble être venu retrouver quelqu'un dans votre hôtel.

— Ça recommence, fulmina-t-elle. C'est pas une maison de passe ici. Je l'ai déjà dit à votre collègue. Votre bonhomme est reparti comme il est venu. C'est tout.

— Mais il n'est pas reparti seul.

— Ce ne sont pas mes affaires, monsieur le commissaire. Chacun sa vie privée !

— Vous avez tout à fait raison, répliqua Delmas sur un ton accommodant. Mais nous voudrions simplement connaître l'identité de la personne avec laquelle ce monsieur est ressorti.

— C'est que mon livre n'est pas très à jour. En cette saison, je n'ai que quelques pensionnaires, des ingénieurs qui travaillent à la reconstruction de l'usine de câbles. Le monsieur dont vous parlez est arrivé il y a deux jours et ne savait pas trop pour combien de temps. Alors, je ne l'ai pas inscrit tout de suite et puis il est parti hier.

— Le monsieur… Mais de qui parlez-vous ? demanda Delmas, interloqué.

— De la personne qui est repartie avec le cousin.

Elle avait prononcé ces mots à voix basse comme si elle évoquait l'innommable.

— Le cousin, c'est un inverti. Vous ne saviez pas ?

Prévost, interdit, fixa la photographie du calendrier des postes posé sur le comptoir de la réception. Deux chats lovés dans un panier :

— Valmont aime les hommes. C'est la meilleure.

Le silence qui suivit fut troublé par la sonnerie du téléphone.

— Oui, je vous le passe. C'est pour vous : la gendarmerie.

Delmas saisit le combiné et raccrocha aussitôt.

— Marchant a repris connaissance !

Une odeur écœurante de cuisine et d'éther flottait dans l'air. Quand il ouvrait les yeux, c'était comme si quelque chose de rugueux se boursouflait, poussait les parois de son crâne. Très douloureux. Cependant, cette douleur lui accordait la sensation de se sentir vivant. Alors, il soulevait tout de même ses paupières, très doucement, afin d'atteindre le juste équilibre entre la souffrance et la jouissance de renaître à la vie. Puis, il les refermait pour récupérer.

Ainsi de suite, très lentement. Imperceptiblement, il allongeait le temps d'ouverture et réduisait celui de fermeture, si bien qu'il s'accoutumait à la douleur. Il eut même l'impression que ce changement de cadence lissait souffrance et jouissance, de telle sorte que le contraste entre ces deux sensations, si contraires, virait au gris. La banale grisaille de la vie quand on oublie de la considérer comme précieuse.

Il entendit le souffle de la porte de sa chambre, souleva lentement ses paupières et devina la silhouette de Delmas. Son corps tout en douceur et rondeur, de taille harmonieuse. Puis, il distingua son visage qui flottait, hésitant à s'approcher, sa bouche qui dessinait un sourire, ses yeux bleu canard qui encourageaient la quiétude. Il ferma les paupières et lui rendit son sourire. Sourire de soulagement aussi ; petite pause nécessaire pour renouer avec la cadence convenable. Un, deux, trois, quatre… Quelques secondes s'égrainèrent dans le sablier de douleur, puis il distingua, cette fois, les contours plus secs de Prévost. Il n'avait jamais remarqué à quel point Prévost était peu avenant. En quelques secondes si précieuses, si douloureuses, il venait de comprendre pourquoi les gens craignaient Prévost ou bien ne l'aimaient pas. C'était toute sa personne qui n'était guère aimable. Lui, Marchant, ne s'en souciait pas. Il avait renoncé, depuis bien longtemps, à se soucier des apparences, trop conscient qu'il était de son image de naïf chez les bienveillants (rares !) et plus sûrement de nigaud chez la plupart de ses collègues. Lui, il aimait bien Prévost, sentiment complexe qu'il avait déjà éprouvé, gamin, envers une fille godiche et ingrate. Rien à voir avec de l'amour ou de l'amitié, plutôt de l'attachement pour un semblable, comme compagnon d'infortune.

Marchant ferma les yeux et choisit de prononcer quelques mots. C'était l'un ou l'autre. Ainsi, Delmas n'eut pas besoin de lui poser de questions. Conscient qu'il se fatiguerait vite, il pointa l'essentiel : il avait suivi Valmont et son ami. Les deux hommes sortaient de l'hôtel. Ils se parlaient comme un couple d'amoureux récents. Après avoir cheminé dans le village, il avait dû interrompre sa filature sur le Champ-de-Mars pour ne pas se faire repérer. Il était retourné à l'hôtel afin d'interroger la patronne. Finalement, il s'était aventuré dans les chemins qui mènent du Champ-de-Mars à l'étang. Tout un réseau de sentiers qui tissent leur toile autour de ce plan d'eau cerné de bouquets de roseaux. La nuit était claire sous la pleine lune. Il allait renoncer, cependant, quand il avait entendu une conversation et des rires complices. Il s'était approché sans voir les deux hommes qui devaient être sous les arbres que l'on devinait à quelques dizaines de mètres. Marchant n'osait pas bouger. À un certain moment, le ton avait monté. Il avait reconnu la voix de Valmont qui semblait terrorisé, entendu l'autre lui crier « Ta gueule », et Valmont qui râlait comme quelqu'un qu'on étrangle. Alors, Marchant avait décidé d'intervenir. Tout s'était passé très vite. L'obscurité soudaine sous les arbres, la réaction instinctive de l'autre qui brandit un couteau, la lame qui pénètre juste en dessous de sa poitrine. Ensuite, plus rien. Le trou.

Épuisé, Marchant se tut, esquissa un sourire, puis battit lentement des paupières. Il sentit la main de Delmas dans la sienne et son timbre apaisant :

— Repose-toi, mon vieux. J'ai vu le médecin. Tu devrais reprendre des forces rapidement. Le couteau n'a rien touché de vital. Les maux de tête vont disparaître d'ici deux ou trois jours. Ensuite on te transférera en maison de repos. Je repasse te voir très vite.

Il entendit aussi Prévost murmurer :

— Courage.

Il y avait comme un sanglot dans cette voix. Marchant entendit la porte se refermer avant de sombrer dans un demi-sommeil. Un entre-deux assez agréable qui anesthésiait la douleur sans évanouir la conscience. Dans cette torpeur, Marchant eut l'impression de revivre au présent ses derniers instants lucides avant le trou noir. C'était un état proche de l'hypnose ; comme s'il remontait dans le temps et s'observait se vidant de son sang. Cet homme pour qui il ne pouvait rien faire. « Je presse mes deux mains sur mon ventre, je panique. Le sang coule abondamment. J'entends un hurlement. C'est moi ? Oui, mais pas seulement. Une autre voix hurle, toute proche. Quelqu'un qu'on égorge, que l'on saigne comme une bête. Ma voix qui appelle au secours est couverte par celle de l'autre agonisant... Je n'en ai plus pour longtemps. » Simultanément, Marchant ressentit l'incroyable soulagement de vivre avant de s'endormir profondément.

XIV

Sa décision était prise : Delmas ferait procéder à de nouvelles recherches sur les lieux de l'agression. On n'avait toujours aucune nouvelle de Valmont. Il n'avait pas disparu dans la nature. Ou peut-être que si, justement. Restait à persuader Lesage du bien-fondé de cette idée qui n'allait pas plaire à la gendarmerie. Lesage détestait les problèmes, et cette investigation sur les plates-bandes champêtres des gendarmes allait forcément faire quelques vagues. Alors qu'il s'apprêtait à décrocher son téléphone pour demander audience, on frappa à la porte. Lesage en personne déboula dans son bureau. Dissimulée par la lourde silhouette, Delmas devina une présence. En fait, c'est son regard qui le frappa aussitôt. Un regard d'une surprenante assurance chez quelqu'un d'aussi jeune.

— Bonjour, Delmas, je vous présente Guy de Mons. Vous l'avez peut-être aperçu dans les couloirs depuis quelques jours déjà. Il vient de terminer son stage de fin de cycle de l'École nationale de police.

Delmas l'avait remarqué, en effet, servant le café, portant de lourdes piles de dossiers ou classant des fiches au sommier avec sa jeunesse apparente et son élégance racée.

— À partir d'aujourd'hui, vous l'intégrez dans votre équipe.

— Patron, pardon ? Je veux dire : pardon, patron ?

— Je vous avais promis un renfort avant la fin de l'année ; le voici. Avec l'absence de Marchant, j'ai pensé qu'il ne serait pas inutile de précipiter un peu les choses. Mes relations avec les personnes qui comptent chez nous ont fait le reste.

Pour la première fois depuis qu'il était sous les ordres de Lesage, Delmas subissait la mise en scène de leurs relations. Il apprécia modérément cette désagréable sensation, ce que Lesage savoura à sa juste valeur. Pour une fois qu'il menait la danse…

— Très heureux de faire votre connaissance.

De Mons lui avait tendu la main sans détour. La voix était grave, bien placée, contrastant avec son apparence si juvénile. Le ton d'un jeune homme de la bonne société qui avait coutume d'être considéré comme tel dans un monde vénal peu enclin à la subtilité. Mais cette attitude ne lui parut pas déplacée, ni inconvenante. Il lui répondit par un sourire où il perçut, sans doute, une pointe d'étonnement ravi. Il resta droit comme un i dans son costume élimé, mais d'une coupe impeccable, le revers du pantalon s'évanouissant avec élégance sur des mocassins luisants, mais usés. Delmas resta silencieux. Lesage, dont le triomphe s'avérait décidément de courte durée, se balançait d'une jambe sur l'autre. Il finit par sortir en marmonnant « Bon, je vous laisse » tandis que Delmas, reprenant ses esprits (et l'avantage) le rappelait :

— Je voudrais votre autorisation pour envoyer une équipe scientifique sur les lieux de l'agression de Marchant. Et puis Valmont a disparu de la circulation. Bref, je veux absolument que l'on examine les environs.

Delmas s'était bien gardé de faire la moindre allusion

aux investigations de leurs collègues de la gendarmerie. Surtout, il pariait sur la volonté de Lesage de faire bonne figure devant sa nouvelle recrue.

— Je vous fais confiance, commissaire. Faites le nécessaire.

Puis, se tournant vers Guy de Mons :

— Vous verrez, jeune homme : ici, nous travaillons en équipe sans les lourdeurs administratives que vous avez apprises à l'école. Je sais manier l'autorité que ma fonction me confère tout en lâchant du lest quand c'est nécessaire.

Le « jeune homme » mima une admiration déférente à peine appuyée, et Lesage sortit enfin, ivre de satisfaction. De Mons n'avait guère pris de temps à jauger le bonhomme. Presque au garde-à-vous face à Delmas, il semblait hypnotisé par la tache de café du matin qui ornait la chemise blanche de son nouveau patron.

— Bienvenue parmi nous, de Mons.

Il l'invita d'un geste à s'asseoir tout en regagnant son fauteuil.

— Mais je vous suggère de changer de chaussures et… de tenue. D'autant que nous nous apprêtons, cet après-midi, à effectuer une sortie en territoire rural, si vous voyez ce que je veux dire.

— Ne vous faites aucun souci, monsieur, ce sera fait.

Il lui avait répondu sur le même ton jovial qu'avait choisi Delmas. Et…, si je peux me permettre, on avait coutume de m'appeler Mons à l'école de police, mais si vous préférez de Mons… C'est vous qui voyez, naturellement.

Delmas lui répondit du tac au tac en riant :

— Alors, je choisis Mons. En attendant, j'aimerais bien que vous fassiez la connaissance de Prévost, votre futur collègue, outre Marchant qui est à l'hôpital. Désolé de vous accueillir dans un contexte aussi agité.

— Désolé pour Marchant, monsieur.

Un vent anormalement doux agitait les herbes hautes. À l'écart du sentier, l'endroit semblait intact depuis l'agression. Prévost progressait à quatre pattes dans une sorte de couloir d'herbes aplaties. Valmont, l'agresseur et Marchant étaient passés par là. Mons suivait le policier quadrupède, campé sur ses deux jambes, vaguement gêné, ne sachant trop quoi faire, tandis que tout le monde s'affairait. Les trois hommes de la scientifique avaient d'abord fouillé méticuleusement la cabane. Maintenant, ils scrutaient le périmètre, tandis que Delmas faisait bande à part, un peu plus haut, en direction d'un chemin forestier. On n'entendait que le souffle de l'air parfois troublé par le claquement d'herbes se fouettant mutuellement. Soudain, Delmas s'immobilisa. Ses yeux avaient repéré quelque chose que son cerveau n'avait pas encore décodé. La terre était bouleversée, sans doute par le passage de tracteurs manœuvrant pour faire demi-tour. Il y avait des dizaines de troncs d'arbres stockés de l'autre côté du chemin. Puis, il *le* vit. Dans ce chaos de mottes de terre, on distinguait un sillon mince, mais assez profond qui surgissait des herbes hautes et traçait sa route jusqu'au sentier. C'était récent, en tout cas plus récent que les passages des tracteurs. Le sillon était ininterrompu. Delmas suivit la trace en pente raide qui bifurquait, brusquement, à angle droit sur le chemin pour disparaître comme par enchantement. La brise lui sembla plus vive sur cette sorte de promontoire. De là-haut, il distinguait les policiers occupés à relever des échantillons, espérant dénicher quelques indices. Un peu plus loin, Prévost, enfin debout, devisait avec Mons. À un certain moment, il se tourna en direction de Delmas qui d'un grand geste lui fit signe de le rejoindre.

— Bizarre, non ?

Flanqué de Prévost et Mons, Delmas leur désigna la chose. Après quelques secondes de réflexion, le jeune homme s'agenouilla sans crainte pour son pantalon en grosse toile de velours noir. Après examen, il se releva prestement, s'épousseta et lança avec une belle assurance :

— Une brouette ; c'est une brouette chargée que l'on a grimpée dans une camionnette. Et, sur la brouette, je verrais bien votre ami Valmont que l'on aurait transporté en lieu sûr.

— Valmont ou le cadavre de Valmont, ajouta Delmas, la mine sombre.

Pendant ce temps, Prévost progressait, dos courbé, sur le chemin forestier. Il fit demi-tour, observant le périmètre exigu entre l'amoncellement des arbres et la pente qui dévalait jusqu'aux herbes hautes.

— Mons a raison, patron : on voit des traces de pneus. Un véhicule a manœuvré récemment. Ils ont descendu la brouette jusqu'en bas. Mais c'est seulement en remontant, sous le poids du corps de Valmont, que la roue s'est enfoncée dans le sol.

— Bien vu, apprécia Delmas, l'air grave. Maintenant, j'aimerais bien savoir où va ce chemin. Allons-y !

Delmas ressentit l'excitation des grands jours. Théoriquement, il appréciait modérément cet emportement émotionnel, mais, de fait, il goûta, non sans mauvaise conscience, à cette montée d'adrénaline si nécessaire à la plupart des humains. Le trio se déplaçait sans précipitation. De loin, ils auraient pu passer pour des promeneurs insouciants. Ils restèrent silencieux, observant les traces de la camionnette. Moins de dix minutes s'écoulèrent avant qu'ils ne débouchent sur une petite route dont l'asphalte venait d'être refait. On distinguait nettement les traces de boue séchée qui devaient adhérer aux pneus et qui indiquaient le chemin : le véhicule était parti sur la gauche. Fébriles, ils dévalèrent la pente jusqu'à la Traction garée en contrebas, firent le chemin inverse en auto et dépassèrent très vite l'embranchement avec le chemin forestier. Le ruban goudronné serpentait sur le coteau en pente douce vers l'horizon sous un ciel laiteux. Prévost, comme de coutume, faisait craquer la boîte de vitesses sans y prêter la moindre attention, Delmas observait la campagne alanguie, tandis que Mons tentait de se repérer sur la carte étalée sur le siège arrière :

— Il n'y a guère de monde par ici... J'ai repéré un hameau d'ici deux ou trois kilomètres. Ensuite, la route renoue avec la civilisation vers la vallée du Guiers.

Delmas songeait justement que la campagne pouvait devenir inquiétante, parfois. Il se demandait aussi pourquoi les agresseurs de Marchant avaient ensuite emmené Valmont dans cette direction et pour quoi faire. La réponse se trouvait dans le hameau...

Drôle d'endroit, situé sur la crête avant de dévaler vers le Guiers. Trois ou quatre maisons, presque en ruine, qui faisaient la ronde autour d'une petite place où trônait un monumental four à pain. Devant ce spectacle, le trio resta quelques minutes dans la Traction qui ronronnait, prête à bondir plus loin tant ses occupants semblaient hésiter à descendre. Sans se concerter, ils n'aimaient pas du tout cet endroit. Prévost finit par couper le moteur.

— J'ai déjà vu ce genre de four. Il y en a un pas loin de chez mes parents. Un four communal, où les gens du coin viennent faire cuire leur pain. Mais c'est la première fois que j'en vois un en parfait état au milieu d'un tas de ruines...

Ils descendirent enfin. Mons se pencha sur une petite plaque en bois vissée sur la porte du four, où l'on pouvait lire :

Ce témoignage du passé a été restauré par l'association des amis du four communal de Sainte-Croix.

Tandis que Delmas, incrédule, balayait du regard cet endroit qu'il trouvait franchement sinistre, il entendit soudain un « Nom de Dieu ! » tonitruant qui le fit sursauter. Prévost venait d'ouvrir le four. Il était prostré, la main sur la porte. Mons regardait l'intérieur, les deux mains sur la bouche comme quelqu'un de terrorisé qui ne veut pas crier.

En fait, la voûte du four était maculée de suie, mais une suie grasse qui sentait encore la chair brûlée et le gas-oil. Une odeur forte, écœurante. En revanche, on avait raclé la surface, un cercle d'un mètre cinquante de diamètre, environ. C'était récent. Ils se regardèrent tous les trois, horrifiés.

— Je vais chercher les scientifiques ; ils n'ont sûrement pas encore levé le camp !

Delmas acquiesça. Prévost se précipita dans l'auto, démarra sur les chapeaux de roues. Mons regardait toujours le four, les deux mains sur la bouche. Delmas lui tapota la nuque, puis lui saisit le coude pour l'entraîner à l'écart. Mons le regarda comme s'il reprenait conscience après un cauchemar.

— Excusez-moi ; je suis désolé…

— Ne vous en faites pas. Allez faire quelques pas, respirez, prenez le temps de retrouver un peu de calme.

Quelques minutes à peine s'écoulèrent avant le retour de Prévost suivi du fourgon de leurs collègues aux gants en matière plastique. La première fois qu'il les avait vus opérer, Delmas s'était demandé s'ils n'en faisaient pas un peu trop. Mais, au vu des résultats obtenus, il les considérait comme des renforts indispensables. La rationalité, l'expertise scientifique se conjuguaient admirablement avec ses propres intuitions, ses regards décalés. Dans bien des cas, cette conjugaison s'avérait même indispensable. Deux d'entre eux se mirent à scruter le sol tandis que le troisième revêtait une combinaison en toile grise et s'entourait le visage d'un masque. Muni d'une raclette et de petits sacs en toile plastifiée, il recueillit des prélèvements grattés sur la voûte : du gras épais dont l'odeur de chair grillée devenait encore plus forte au fur et à mesure que la raclette pénétrait la couche.

Delmas se retint pour ne pas vomir et s'éloigna. Prévost ne cillait pas. L'homme en gris lui confia les échantillons, puis se hissa dans le four. Aussitôt, Prévost l'entendit marmonner quelque chose sans comprendre. Il ressortit à reculons dans cet espace exigu qu'il occupait presque entièrement.

— Je ne voudrais pas trop m'avancer, mais c'est un être humain qu'on a grillé dans ce four. J'ai recueilli quelques fragments d'ossements. Il faudra les analyser. Mais j'ai trouvé aussi un bouton fondu par la chaleur. Sans doute de la bakélite. Les animaux en portent rarement… Apparemment, ils ont tassé le corps dans le four et l'ont aspergé de gas-oil. Le tout a sans doute mis quinze minutes pour se consumer. Puis, ils ont attendu que cela refroidisse un peu pour faire place nette ; enfin, presque, c'est heureux pour nous. Avec le nettoyage, il faut compter une bonne heure en tout.

Delmas secoua la tête.

— C'est incroyable. Ils pouvaient être dérangés à tout moment.

— Depuis que nous sommes arrivés, intervint Prévost, nous n'avons pas vu âme qui vive.

L'homme en gris retirait sa combinaison.

— Vous aurez mon rapport dès demain, commissaire.

Ils montèrent dans le fourgon et partirent en trombe comme s'ils voulaient fuir au plus vite. Prévost, comme perdu dans ses pensées, restait planté devant le four.

— Pourquoi cette mise en scène macabre ? Je me

demande s'ils n'ont pas tout fait pour que nous la découvrions… Ils pouvaient se débarrasser du corps de Valmont plus simplement. C'est comme le procédé pour l'attirer à l'écart. Provoquer cette… liaison dangereuse ! Cela a quelque chose de théâtral, vous ne trouvez pas ?

Delmas l'avait écouté, médusé par la justesse de son analyse.

— Je crois que nous avons affaire à des gens qui s'estiment intouchables. Je crois que ce genre de mise en scène est destiné à nous mettre en garde : du genre chaque fois que vous approcherez la vérité, vous serez responsables de la mort d'innocents ou de complices plus ou moins forcés. Je crois aussi qu'ils sont informés par quelqu'un de chez nous.

— En admettant que vous ayez raison, fulmina Mons, on ne va pas se contenter de compter les victimes ! Qui est derrière tout ça, bon sang ?

— Nous allons rentrer. Chacun se repose, se détend, pense à autre chose, si possible. Et demain, nous reprenons tout depuis le début. J'ai le sentiment que, dans cette affaire, le meurtre de Martha est un élément, un épisode de quelque chose qui nous dépasse. Pour l'instant.

XV

Elle ne lui posa pas de questions. Il semblait épuisé, sans doute autant par les événements que par sa nuit quasi blanche. Il avait un charme supplémentaire quand il était fatigué. Ses yeux bleu canard se dissimulaient un peu plus derrière ses paupières déjà mi-closes. Et toute sa physionomie devenait encore plus douce, plus vulnérable.

— Un verre pour oublier ? plaisanta Marianne.

— Non, plutôt une promenade pour en parler, lui répondit Delmas.

Ils se retrouvèrent sur les quais de Saône, laquelle était particulièrement vigoureuse à cette époque de l'année. Le flot submergeait, par endroits, le bas-port. Il raconta la découverte du four : pourquoi cette mise en scène ? Il était convaincu, en effet, que l'assassin avait fait en sorte que la police découvre la crémation du corps de Valmont. Marianne entendit un certain désarroi dans ce flot d'informations livrées tout à trac. Cela ressemblait si peu à Jean. Au fil des mots, perdant conscience des distances, ils parvinrent au confluent avec le Rhône. À cet endroit, surtout fréquenté par les péniches, l'éclairage public faisait défaut. Ils firent demi-tour. Marianne lui chatouilla la nuque, le tint par l'épaule tout serré contre elle et lui chuchota à l'oreille :

— Lâche prise, le temps de rentrer à la maison.

Delmas s'apaisa au rythme du retour. Ils marchaient lentement d'un pas de promeneur. Et, pas à pas, ses soucis s'adoucirent. Il retrouva la distance nécessaire face à un adversaire aussi redoutable. Avant tout, ne pas se laisser influencer par cette dramaturgie macabre. Se recentrer sur les faits : Valmont était mort parce qu'il connaissait quelque chose ou quelqu'un ; comme Martha. Et cette information valait la mort de deux personnes, voire trois si l'on ajoutait le notaire. Et il s'en était fallu d'un rien pour que ce soit quatre.

Tandis que Marianne préparait le dîner, Delmas téléphona à l'hôpital. L'infirmière-chef le rassura. Marchant allait beaucoup mieux. Il était un peu plus de vingt heures. On lui avait administré un somnifère, car il souffrait encore de douleurs au ventre, mais d'ici un jour ou deux il serait transféré aux Mésanges, une maison de repos tout près de la ville.

Le lendemain matin, Delmas se réveilla avec un méchant mal de tête : le dîner de la veille avait été trop arrosé d'un merveilleux mercurey. Il faisait encore nuit noire. Il avala deux cachets d'aspirine, un grand bol de café, puis embrassa Marianne sur le front avant de partir. Il était à peine six heures trente quand il franchit le seuil du commissariat.

— La nuit a été calme, lui annonça l'inspecteur de permanence, l'air ravi.

Delmas apprécia la quiétude de ce couloir qui allait bientôt résonner des turpitudes banales ou ignobles que la nature humaine s'ingéniait à renouveler quotidiennement. Il poussa même un petit soupir de contentement quand il s'assit derrière son bureau, les deux mains posées bien à plat, le visage décoré d'un sourire béat avant de saisir son bloc-notes afin de préparer la réunion de huit heures trente. Étrange. Son regard sur l'affaire s'était déplacé légèrement depuis la veille. Il observait ce changement avec la plus grande attention. Au fil des années, l'expérience lui avait soufflé que d'infimes modifications de perspective, d'angle de vue, pouvaient bouleverser complètement la vision d'un paysage, d'une situation. Pour résumer : une jeune fille est assassinée sans mobile apparent. Il s'avère qu'il s'agit d'une déportée dont la famille a été exterminée après dénonciation. Martha Lidac, musicienne, refait surface. Elle entame une carrière de chambriste en quatuor. Lors d'un concert, elle reconnaît un homme. Elle décide d'enquêter sur celui qui a sans doute dénoncé sa famille. Hypothèse : le dénonciateur l'assassine de peur d'être lui-même dénoncé. Puis, il tue Duquerroy et Valmont pour les mêmes raisons ? Le lien est moins évident… Et s'il fallait séparer les deux affaires ? L'assassinat de Martha pour l'empêcher de parler : le mobile devient clair. Mais les éliminations de Duquerroy et Valmont…

Dès le début de la réunion, Delmas annonça la couleur :

— Nous devons nous concentrer sur l'homme que Martha a reconnu à la salle Rameau. Apparemment, Géraldine Reversat ne nous sera guère utile. Ses souvenirs restent flous, et elle n'est pas en mesure de nous dire si celui qui suivait Martha Lidac est l'homme de la salle Rameau. Par conséquent, nous devons retrouver le jeune homme qui l'accompagnait ce soir-là. Interrogez le personnel de la salle, les autres musiciens du quatuor, leur entourage. D'ailleurs, ce garçon est peut-être musicien aussi. Ces gens se connaissent. Ce ne doit pas être trop compliqué de l'identifier ! Bien sûr, on ne perd pas de vue la piste du repreneur des usines Lidac. Prévost, vous rappellerez Gagnant à notre bon souvenir. Nous le convoquerons très prochainement. Mais nous devons d'abord nous concentrer sur le repérage du délateur et assassin présumé ! En piste, messieurs.

Guy de Mons resta assis, songeur.

— Eh bien, Mons ! En piste, répéta Delmas en souriant.

— J'y cours, j'y cours, mais, avant de m'agiter, je voudrais lire la transcription du carnet, consulter le dossier de l'affaire depuis le début. Je sais ce que vous allez me dire : le temps presse. Mais permettez-moi ce petit luxe, ce temps de réflexion. Vous ne le regretterez pas.

Comme de coutume avec Mons, Delmas ressentait un alliage saugrenu composé de deux doses égales d'agacement et de ravissement. Pourtant, le « godelureau de bonne famille », comme le surnommerait plus tard Marchant, s'octroyait des singularités qu'aucun de ses subordonnés n'aurait osé imaginer. Delmas n'hésita guère, cependant, et lui tendit l'épais dossier : toutes les photographies, tous les rapports et documents, dont la transcription du « journal » de Martha depuis le 23 octobre. « Plus d'un mois d'enquête sans résultat significatif », venait de lui rappeler Lesage.

— Tenez, prenez le temps qu'il vous faut, mais… vite, plaisanta Delmas avant de sortir après lui avoir lancé un regard faussement sévère.

Prendre le temps de regarder les choses autrement… Chercher sous un autre angle… La réflexion de Guy de Mons résonnait encore dans sa tête. Si la violoncelliste s'était produite en concert, la presse en avait peut-être rendu compte. En d'autres termes, un journaliste l'avait écoutée, l'avait peut-être rencontrée, bref, faisait peut-être partie du cercle de témoins possibles. Delmas se rendit illico à la rédaction du journal *Le Progrès*, le quotidien de la ville, dont le sabordage durant les années de collaboration restait dans toutes les mémoires. Il en résultait une sorte d'aura, un solide respect pour ce si joli titre ; un journal qui n'avait jamais frayé avec les nazis allemands, ni les Français « collabos ». Amateur d'art lyrique, le commissaire avait coutume de converser avec Gérald Vernon durant les entractes à l'opéra. Il avait tout de suite sympathisé avec le critique musical du *Progrès* le jour où ce dernier s'était précipité sur lui au premier entracte de *Parsifal*, deux ans auparavant, lui lançant sans rire :

— Mais que fait la police ?

Un jeune couple de la troupe venait d'être expulsé de son taudis, au grand dam du journaliste qui s'était fendu d'un article dans la rubrique faits divers, pour une fois, sous le titre *Deux voix de l'opéra dans les frimas de l'hiver*. Lui baryton martin, elle alto, ils n'en éprouvaient pas moins des difficultés à joindre les deux bouts. Le jeune couple vivait, chichement, de quelques cachets de la place de la Comédie et de modestes opérettes que des producteurs passionnés montaient à moindres frais. Apprenant la nouvelle, Vernon avait commis son article, puis frappé à la porte du directeur de l'opéra (bonhomme de cœur) et s'en était donc pris à Delmas entre deux actes. Le regard cinglant, la voix tranchante, le verbe bref et définitif, ce petit homme vêtu en bourgeois précieux s'exprimait avec la verve d'un Proudhon. Ce contraste exaltait la portée de ces mots en faveur d'une victime de l'esprit de lucre, « de ces salauds (Vernon ne s'interdisait aucune vulgarité quand le sujet l'exigeait) qui exploitaient déjà les miséreux durant l'Occupation ».

Naturellement, Delmas avait compati et s'était intéressé de plus près au propriétaire sans cœur ni goût pour l'art lyrique, mais avec une propension à louer très cher des locaux plus que vétustes à des femmes de petites vertus en échange d'un pourcentage de leur commerce. La semaine qui avait suivi, le couple chantant avait retrouvé un logis, vaste et clair avec tout le confort, et le grippe-sou sans vergogne s'était engagé à cesser ses activités troubles.

Vernon l'accueillit à sa façon, théâtrale, l'étreignant comme s'il retrouvait son meilleur ami après dix ans d'absence :

— Comment va notre sage justicier ?

— Plutôt bien, répondit Delmas, toujours déconcerté par les démonstrations de son ami trépidant. Pour tout dire, j'ai besoin de tes lumières. Connais-tu une jeune violoncelliste du nom de Martha Lidac ?

— Ce nom ne me dit rien du tout. Mais il y a tant de jeunes talents dans notre bonne ville. Tu souhaites que je m'intéresse à cette jeune personne ?

— Trop tard, mon vieux. On l'a assassinée le mois dernier.

— Mon Dieu ! s'exclama Vernon en s'écroulant sur son siège. Pauvre enfant. Ce n'est pas moi, je t'assure ! ricana-t-il.

Delmas ne s'habituerait jamais à cette combinaison de bienveillance et de cynisme que le journaliste cultivait sans afféterie.

— Sérieusement, Gérald, je suis à la recherche d'un jeune homme qui a peut-être vu son assassin. Mais, à part une jeune amie, Géraldine, qui nous a livré tout ce qu'elle savait, Martha Lidac avait une vie sociale des plus limitées. Cependant, cette Géraldine l'a vue avec un jeune homme lors d'un concert à la salle Rameau, quelques jours avant sa mort.

— Il faudrait interroger Pierre Delorme, qui m'assiste dans la lourde tâche d'ausculter la vie musicale locale. C'est un jeune pigiste plein de talent qui prendra ma place si je n'y prends garde. Je le verrais bien conter fleurette à une jeune violoncelliste, et cela expliquerait l'humeur sombre et torturée comme une symphonie de Bruckner qu'il affecte depuis quelque temps.

Comme souvent, cette intuition de Vernon s'avéra lumineuse. Delmas ne fut pas moins abasourdi par la facilité avec laquelle il allait sans doute identifier son témoin-clé. Il trouva Pierre Delorme chez lui, les cheveux en bataille et la mine d'une blancheur d'albâtre. D'abord fâché d'être dérangé, il fut ensuite inquiet en apprenant la qualité de son visiteur. Il lui indiqua l'unique fauteuil, après l'avoir débarrassé d'un amas de vêtements, de livres et de partitions qu'il jeta sur le lit tout proche.

— J'aurais dû contacter la police, mais j'étais trop abattu après la mort de Martha. Vous voulez du thé ?

Pas étonnant que Vernon estime ce jeune homme, se dit Delmas en se retenant pour ne pas sourire.

— Je comprends votre attitude. Mais vous allez peut-être pouvoir nous aider. Le 16 octobre dernier, vous étiez en compagnie de mademoiselle Lidac pour un concert à la salle Rameau. Durant l'entracte, elle a retrouvé une amie. Après quelques échanges, mademoiselle Lidac a été bouleversée en entendant des propos déplacés sur les Juifs de la part d'un homme qu'elle semble avoir reconnu, selon notre témoin. Puis, vous êtes tous sortis précipitamment avant de guetter l'homme après le concert ; ou plutôt les deux hommes, semble-t-il. Voilà, je voudrais savoir si vous confirmez ces faits et surtout si vous pouvez nous en dire plus.

Pierre Delorme fixa Delmas les yeux dans les yeux. Il avait un visage très doux assorti de traits de fort caractère. Comme si la révolte était prête à gronder en dépit de cet air paisible de poète alangui.

— C'est exact. Je m'en souviens d'autant plus que je n'ai revu Martha qu'une seule fois après cet horrible incident. Et c'est justement à ce sujet que nous nous sommes disputés... et qu'elle m'a éconduit. Je ne me pardonnerai jamais de ne pas avoir insisté.

Il avait prononcé ces derniers mots avec un air méchant, une voix de gorge qui semblait racler le tréfonds d'une immense colère contre lui-même.

Delmas attendit que le courroux se dissipe un peu.

— Vous connaissiez ces hommes ? Martha vous en a parlé ensuite ?

— Non, je ne connaissais ni l'un ni l'autre. Le soir même, elle était pétrifiée et incapable de prononcer un mot. Elle est allée dormir chez son amie, qui lui a offert l'hospitalité. Quand nous nous sommes revus, elle ne m'en a dit guère plus. Ce fut justement l'origine de notre dispute. Je lui ai suggéré de se confier, de se faire aider. Mais elle se murait dans le silence. Vous savez pour le tableau ?

Delmas hocha la tête.

— Vous savez aussi qu'elle est allée à la préfecture pour dénoncer la spoliation du portrait de sa grand-mère ? On lui a répondu que les restitutions d'œuvres d'art étaient closes depuis décembre 49. Il lui fallait entamer une procédure – sans garantie... Elle était folle de rage...

Delmas nota cette information sur son calepin.

— Mais revenons au soir du concert. Elle vous a dit quelque chose sur ces hommes ?

— J'ai tout de même compris que l'un des deux, le moins âgé, avait dénoncé sa famille à la police. Sur le plus âgé, pas moyen de savoir quoi que ce soit. La simple évocation de ce type la tétanisait. Nous ne nous fréquentions pas depuis très longtemps, mais je ne l'avais jamais vue ainsi.

— Je ne veux pas être indiscret, mais comment avez-vous fait sa connaissance ?

— Je l'ai écoutée un soir. Elle remplaçait la violoncelliste d'un quatuor que je suis depuis deux ans déjà. J'ai été subjugué. J'ai écrit une critique sur le concert, puis je l'ai contactée pour l'interviewer... Je suis tombé amoureux.

— Un amour partagé ?

— Cela ne vous regarde pas, mais je crois que la réponse est non. En fait, je n'ai pas eu le temps de le savoir.

— Je suis désolé de vous importuner avec…

— Vous faites votre métier.

Il l'avait interrompu en souriant ; un sourire grimace.

Delmas, pas très à l'aise, se résolut à poursuivre :

— Pouvez-vous me raconter comment cela s'est passé le 16 octobre ?

— Comme vous l'avez dit. Martha semblait très heureuse de revoir son amie. Puis, nous avons entendu ce personnage grotesque. Elle était paniquée. Nous avons couru comme si nous avions fui je ne sais quelle catastrophe. On s'est retrouvés place Sathonay sur un banc. Elle n'était pas bien du tout. Cela m'a fait penser à ma petite sœur qui avait des crises d'asthme. Au bout d'un quart d'heure, elle a retrouvé tout son calme. Elle a décidé de faire le guet à la sortie du concert.

— Essayez de vous souvenir précisément ce qui s'est produit.

Le jeune homme au visage doux s'endurcit un court instant. Il souffla lentement comme s'il chassait, encore, la colère qui couvait en lui. Delmas se dit qu'il valait mieux ne pas être l'ennemi de Pierre Delorme.

— Vous pensez qu'ils l'ont assassinée ?

— Nous n'avons aucune preuve. Nous ne savons pas qui sont ces individus.

Le jeune homme ferma les yeux.

— Le plus vieux parlait, l'autre écoutait. Ils étaient plantés devant l'entrée tout au bord du trottoir pendant que la salle se vidait derrière eux. Au bout de cinq minutes, environ, une grosse voiture s'est garée. Le vieux est monté, et l'autre lui a fait un salut. Comme un salut militaire.

— Vous ne vous souvenez pas de quelle voiture il s'agissait ?

— Non, je n'y connais pas grand-chose et je n'ai pas non plus relevé le numéro minéralogique. Je n'ai pas les réflexes d'un policier... C'était une marque étrangère.

— Votre dernière entrevue, pardonnez-moi d'insister, a donc porté sur cet incident. Pourquoi vous êtes-vous disputés ?

— Cessez de vous excuser monsieur, s'il vous plaît...

Il avait lâché ces mots sans agressivité, presque avec empathie.

— Nous étions dans sa chambre, chez les ouvriers de l'usine qui avaient accueilli sa famille. Vous vous rendez compte ? Un industriel qui ne trouve refuge que chez l'un de ses employés ! En fait, je voulais en savoir plus sur cette histoire de dénonciation. Mais Martha est restée très vague. Comme si cela ne concernait personne d'autre qu'elle. Elle a tout de même ajouté que c'était sa faute. À cause d'une partition qu'elle voulait à tout prix, ce qui l'avait rendue imprudente.

Delmas fit le rapprochement avec l'allusion aux « damnés préludes » dans le carnet de Martha.

— Et sur l'autre homme ?

— Je vous l'ai dit : de la colère. Elle s'est mise en colère, une rage terrible. J'ai eu peur. Je suis sorti sans même lui dire au revoir.

Pierre Delorme le fixa comme au début de l'entretien. Sans rien ajouter. Delmas comprit qu'il lui fallait partir à son tour – sans lui dire au revoir. Juste le laisser en paix avec son immense tristesse.

XVI

$\mathbf{M}$archant s'ennuyait ferme aux Mésanges.

— Pas plus de mésanges que de bonté chez leurs pensionnaires, patron ! Ce serait trop vous demander de venir me chercher ? J'ai mon permis de sortie ! On me libère !

Marchant vivait chez sa mère ; depuis trente-deux ans. Fils unique, il s'était accoutumé à cette vie commune peu naturelle, mais impérieuse à ses yeux. Il avait été élevé dans le culte de la reconnaissance envers ses parents. Pourquoi ? Il ne savait pas trop. Lui avoir donné la vie ? Avant de mourir d'une cirrhose, son père lui répétait :

— On a beau dire que c'est difficile de mourir, manquablement, tout un chacun finit bien par s'en tirer.

Sans se l'avouer, il se délestait des questions d'existence, Delmas était devenu peu à peu un père de substitution. Ce n'était pas vraiment affectif (quand il était enfant, son père lui tendait la joue, mais ne l'embrassait jamais), mais son chef lui procurait un sentiment de sécurité. Or, depuis la disparition paternelle, il avait dû jouer le rôle de l'homme auprès de sa mère. Avec la nécessité absolue de dissimuler ses angoisses de petit garçon peu sûr de lui, plutôt gauche et pas très beau. Toutes ces années passées à faire bonne figure, à jouer au petit bonhomme sur lequel on pouvait compter, à plaisanter (pour donner le change) en débitant des maximes et aphorismes qu'il déformait à dessein, avec le secret contentement de passer pour un être simple…

Ce soutien était si puissant que sa mère se trouvait dans l'incapacité de s'en passer. Ainsi, Marchant vivait toujours avec sa maman sans même espérer vivre sa propre vie. Pour projeter un tel élan, il fallait en avoir envie. Marchant ne se posait pas cette question – cette question d'existence… C'était ainsi. Quant aux femmes :

— J'attends d'en perdre une pour en retrouver dix, répétait-il non sans amertume.

Par conséquent, Marchant ne ressentait pas un besoin impérieux de retrouver le toit maternel. Mais ce séjour aux Mésanges avait assez duré. Et puis la présence de Delmas lui manquait.

— Le temps de passer voir Lesage et j'arrive, lui avait-il répondu illico.

En raccrochant, Delmas se dit qu'il fallait rester vigilant. Ne pas s'impliquer trop avec ce collaborateur encore jeune, vieux jeu et enfantin. Beaucoup pour un seul homme. Cependant, il ne pouvait s'empêcher de le protéger, de veiller sur lui.

Delmas attendait devant l'entrée comme on guette un détenu à sa sortie de prison. Marchant franchit le seuil du portillon des Mésanges une valise à la main et la mine réjouie de celui qui retrouve la liberté. Delmas s'était installé à la place du passager. Marchant monta sans rien dire, empoignant le volant de la Traction, sourire béat. Il démarra en faisant hurler le moteur.

— Vous conduisez toujours aussi mal !

— Oui, mais j'adore ça !

Dès la première réunion, Delmas comprit que le courant ne passerait pas entre Guy de Mons et Marchant.

— Pour qui il se prend, le « godelureau de bonne famille » ? lui avait glissé ce dernier.

Cette agressivité ne lui ressemblait pas. Marianne pensait, au contraire, que l'inspecteur convalescent était intimidé par son nouveau collègue. Allez savoir… En tout cas, Delmas déplorait ces tensions, certes modestes, car elles se manifestaient trop souvent par des propos acerbes. Autant de couacs qui amplifiaient encore la disharmonie. Mais Marchant était tout d'une pièce, et Mons n'avait pas la langue dans sa poche. Une sorte de compétition semblait se profiler entre eux. Le convalescent marqua des points d'entrée.

Delmas rendit compte de sa conversation avec Delorme concluant sur la nécessité de retrouver les deux hommes du concert. Alors, Marchant raconta une drôle d'histoire. Durant son séjour aux Mésanges, il avait rencontré un sacré bonhomme, un certain Roger Dambron, cinquante-six ans, photographe en convalescence après un grave accident d'auto. Confronté à l'avanie du temps qui n'en finit pas de passer, Dambron avait inventé une sorte de jeu. Il s'agissait de lire la description d'un visage, puis de le reconstituer à partir d'un choix de plusieurs dizaines de photographies. Ces images représentaient des parties différentes de presque tous les pensionnaires des Mésanges, qui avaient accepté de se prêter à l'expérience. Dambron avait donc tiré le portrait de ses infortunés collègues, puis il avait découpé les photos en sept parties dans le sens de la longueur. On pouvait ensuite combiner chaque cliché pour créer des centaines de visages plus ou moins improbables. C'était très amusant. Il avait l'intention de présenter son invention prochainement au concours Lépine, du nom du préfet inventeur de l'emblématique bâton blanc et du sifflet de l'agent de police. Marchant avait aussitôt pressenti l'extraordinaire trouvaille lorsqu'il s'agirait de rechercher un suspect. Un procédé capable de formaliser les descriptions imprécises des témoins : il avait les yeux ronds, un nez un peu long, une petite bouche, un long cou, etc.

Et si on demandait à Dambron de venir avec sa boîte à photos ? Delorme décrirait les visages des deux hommes, et on fabriquerait ainsi une sorte de photomontage ! avait lancé Marchant.

Mons leva les yeux au ciel. Le convalescent apprécia modérément. Il fut aussitôt requinqué par la réaction de Delmas qui trouva l'idée excellente.

Dès le lendemain, rendez-vous était pris avec Dambron et Delorme. Tout le monde se retrouva dans la salle de réunion. À la demande de Delmas, Prévost avait dissimulé le tableau. L'avancement de l'enquête restait confidentiel. Dambron était sympathique. Cette expérience semblait l'amuser beaucoup, et il était flatté que la police judiciaire s'intéresse à son petit système. Il installa un chevalet sur lequel il déposa un panneau de bois divisé horizontalement par des glissières en sept parties égales. Puis, il ouvrit une grande valise dont le contenu échappait à l'assistance : l'équipe au grand complet. Dambron glissa un dessin dans chaque partie du panneau, ce qui donna la tête d'un homme monstrueux. Il expliqua la méthode : Delorme devait déterminer quels types de front, sourcils, d'yeux, puis de bouche, menton… ressemblaient le plus à chacun des hommes du concert. Cela donnerait, approximativement, un portrait que d'éventuels témoins pourraient rapprocher de leurs connaissances. Trois heures de tâtonnements, de « Peut-être », « C'est ça », « Je ne sais plus » ou « Vous pouvez remettre le précédent ? » aboutirent à un retentissant « C'est lui ! » Pour le second, ce fut beaucoup plus rapide. En moins d'une demi-heure, le jeune journaliste reconnut l'homme à la limousine noire.

— Il a un drôle de nez, commenta Prévost. L'expérience fut d'autant plus troublante que Delorme assura que le premier portrait lui faisait penser à quelqu'un de familier dans le monde musical sans que cela évoque un souvenir pour autant. Quant au second…

Cependant, ces montages présentaient le défaut de reconstituer des créatures un peu monstrueuses. Des têtes de robot fabriquées à la va-vite. Prévost possédait quelques talents de dessinateur. En quelques coups de crayon il transforma ces portraits-robots en visages humains promptement dupliqués à la machine à alcool. Dambron avait à peine remballé son matériel que Delmas distribuait les tâches : Mons et Prévost consulteraient le sommier, tandis qu'il écumerait les salles de classe du conservatoire avec Marchant.

Ils obtinrent carte blanche auprès du directeur, toujours aussi affairé. Dans les couloirs, on pouvait entendre la caco-phonie d'un improbable orchestre, dont chaque membre, isolé dans une pièce en compagnie d'un maître tout pénétré de la volonté de transmettre son art, jouait une partition différente. Les deux policiers troublèrent ainsi, une heure durant, ces moments intenses d'intimité artistique entre maîtres et élèves. Sans succès. Juste un petit frémissement lorsqu'une harpiste à la peau toute fripée, mais dont le regard vous transperçait, crut reconnaître un visage :

— Mais il est beaucoup plus âgé ; je crois même qu'il est mort…

Puis, Marchant émit l'idée de visiter les caissières de la salle Rameau. Elles croisaient forcément, depuis des années, tous les mélomanes de la ville. Raymonde Bertoux faisait office de caissière en chef. En fait, elle organisait les horaires afin de répartir les heures de travail au mieux ; en particulier à son avantage. Sans résultat, sinon de sérieuses contractions musculaires dans la région de la mâchoire au fur et à mesure que le temps s'étirait entre deux hésitations.

— Tiens, il me rappelle quelqu'un... Attendez, je vais montrer ça à Marie ; elle est un peu niaise mais physionomiste.

Après dix minutes trop longues, Raymonde revint bredouille. Et ainsi de suite ; à l'envi.

Découragés, ils retrouvèrent Prévost et Mons dans le même état. Pas de résultat ; ou presque rien. Après avoir consulté des centaines de fiches, ils avaient retenu deux individus dont la photographie évoquait vaguement le portrait-robot du plus âgé. Le premier avait été condamné à plusieurs reprises pour escroquerie, et le second, pour attaque à main armée. Leurs noms figureraient sur le tableau, assortis de gros points d'interrogation.

Dambron, qui les avait rejoints, semblait sincèrement désolé. Il leur expliqua que leur bonhomme avait le malheur de présenter une caractéristique physique marquante : ce nez écrasé. Du coup, l'observateur moyen ne voyait que cela. Selon lui, ce signe particulier et spectaculaire nuisait fortement à la recherche. Il suffisait qu'un individu présente un nez du même type pour qu'on le considère comme ressemblant. D'où les réflexions du genre « Il me rappelle quelqu'un » qu'il faudrait traduire par « Ce nez me rappelle un autre nez ».

Finalement, chacun rentra chez soi avec cette petite dépression qui s'installe chaque fois que la vie produit ses contrariétés : sinueuses ou intenses. À l'opéra, on donnait la 42 de Mozart et des extraits des *Noces de Figaro* en français. Une absurdité, pensait Delmas, mais il fallait bien flatter les goûts, supposés, du public, sachant que ce qu'on appelle l'élite a tendance à considérer le « public » comme un concentré de balourdise, ce qui n'est pas toujours vrai. Mais Marianne adorait *Les noces*, et Delmas avait besoin de se changer les idées. La fameuse symphonie opéra son effet : apesanteur totale, rupture avec le monde et ses vilenies. Mais, durant l'entracte, quelque chose se produisit. Détail infime, qui déclencha un signal d'alarme, le fit rechuter brutalement dans l'affaire Lidac. Une sensation ou plutôt une vision, mais laquelle ? Comme de coutume, depuis l'altercation avec Vernon, Delmas ne quittait plus son siège durant les entractes. Quand ce n'était pas une prise à partie (exceptionnelle), c'était la nécessité de sourire ou de serrer des mains de mélomanes prétentieux. Bref, il préférait goûter l'apaisement des impressions musicales en compagnie de Marianne. Malheureusement, il était dit que cette journée se terminerait comme elle avait commencé. Quand Delmas aperçut Lucienne Girard, il s'empressa de tourner son regard dans une autre direction. En pure perte. Professeur de mathématiques au lycée Ampère, elle poursuivait Marianne d'une assiduité amicale, mais envahissante, avec une passion aggravante pour le métier de son époux :

— Ce doit être fascinant d'avoir à faire avec la lie de l'humanité !

Grande gigue vêtue d'une jupe vert olive et d'un corsage beurre-frais ras-du-cou, le tout surmonté d'un vilain gilet noir, elle fondit sur eux à grands pas.

— Ne te retourne pas ! lança désespérément Delmas.

Ce qu'il ne fallait pas dire. Curiosité oblige, Marianne se retourna et lâcha un « Oh ! » de détresse. Delmas regretta sa piteuse retraite et se dessina un sourire de circonstance. Ce fut interminable. Enfin, jusqu'à la sonnerie libératrice annonçant la suite du concert. Naturellement la « vision » s'était évanouie avec l'assaut de Lucienne Girard :

— À bientôt, chère Marianne.

Puis, fixant Delmas :

— Vous n'avez pas très bonne mine, vous !

Le lendemain, un brouillard épais enrobait la silhouette noire et massive de la cathédrale. Éveillé dès cinq heures, Delmas avait dévalé la montée de la Butte et marché d'un pas vif le long de la Saône avant de rejoindre le commissariat en autobus. Il aimait bien ce quai. La brume ajoutait quelque chose de lyrique à ce paysage que Delmas trouvait apaisant. Quiétude provisoire à l'aube d'une journée décisive…

Pourtant, l'ambiance semblait bien maussade au sein de l'équipe. Marchant, si content la veille de quitter la maison de repos, regardait Mons de travers qui grimaçait un sourire sous lequel couvait une certaine exaspération, tandis que Prévost fixait ostensiblement le plafond. Delmas considéra que ce silence de mort prolongeait sa balade matinale. Puis, il décida, enfin, de rompre la glace d'un « Alors ? » maussade.

Marchant s'agita, ouvrant tout grand les bras, avant d'abattre bruyamment ses mains sur la table :

— Le tout, c'est pas d'y faire, c'est d'y penser ; mais le difficile, c'est pas d'y penser, c'est d'y faire !

Mons le regarda, éberlué :

— Qu'est-ce qu'il dit ?

Delmas et Marchant s'esclaffèrent en considérant la mine interdite du jeune homme de bonne famille, tandis que Prévost, bon prince, expliqua :

— Marchant est un expert en maximes et proverbes qu'il détourne à sa guise. Ne le prenez pas mal, vous vous habituerez.

— Bon, mettons-nous au travail, conclut Delmas en pouffant. Rien de neuf, j'imagine, depuis hier soir ? Pour aujourd'hui, pas de changement, on se concentre sur les portraits.

Prévost étala un journal sur la table et l'ouvrit à la page spectacles.

— J'ai compté pas moins de trois concerts d'ici la fin de la semaine. Si on montrait mes dessins pendant les entractes ?

Delmas s'en voulut un peu de ne pas avoir eu cette idée simple et lumineuse :

— Excellent, Prévost. Vous demanderez à Catherine de téléphoner aux directeurs de salle afin qu'ils nous facilitent la tâche. Et puis il est toujours préférable de prévenir. Les descentes de police réveillent encore de mauvais souvenirs… Marchant ?

— Le tout, c'est pas…

— Oui, merci, Marchant. Une fois, c'est amusant, deux, cela devient… Et vous, Mons, vous n'êtes pas en voix ce matin ?

Le jeune homme réagit par une moue évasive :

— J'ai lu le carnet de Martha Lidac… Pas de quoi remonter le moral…

— Oui, Marchant, qu'est-ce que vous avez à trépigner comme ça ? Encore une maxime bien de chez nous ?

— Non, patron. En fait, moi aussi j'ai lu et relu le texte du carnet… Et sa remarque sur les « damnés préludes » me revient sans arrêt. Dans ce passage, l'écriture est ferme et appuyée. Comme si…

Delmas bondit, droit comme un i, et gueula :

— Les partitions !

Tout le monde sursauta. Cela lui ressemblait si peu, ce genre de manifestation exaltée. Sa vision durant l'entracte ! C'était ça : le père Giroux, soixante-dix ans bien sonnés, dont cinquante-quatre dans le milieu musical. Il s'occupait de tout ce qui entoure un orchestre philharmonique : les plannings des répétitions, la répartition des loges en fonction des caprices des solistes, les plans de scène en fonction de l'œuvre programmée, surveillant de près la disposition des pupitres et... la gestion des partitions selon les programmes. Un demi-siècle dans l'intimité de ce milieu fermé, toujours présent au fond de la salle pour ne rien manquer de ces grands-messes dont il s'estimait, à juste titre, l'un des principaux ordonnateurs. Le père Giroux qui, la veille durant l'entracte, disposait sur chaque pupitre les partitions de la seconde partie du concert. Bizarrement, il ne laissait à personne le soin de cette tâche pourtant peu glorieuse. Delmas l'avait toujours vu ainsi : au risque de la transparence. C'est cette proximité, paradoxalement, qui l'avait éloigné de son champ des témoins susceptibles d'identifier les visages reconstitués grâce à la méthode Dambron. Or, s'il y avait une personne qui côtoyait le gratin musical, c'était bien lui. Delmas éprouva une sensation de légèreté soudaine. Ce... quelque chose qui lui avait échappé durant l'entracte devait lui peser bien plus qu'il ne le croyait.

— Marchant, vous avez bien fait de revenir... Vous ne seriez pas un homme, je vous embrasserais ! Merci, mille fois merci !

— C'est une déclaration, patron ?

Il leur expliqua la raison de son exaltation. La sensation d'avoir perçu quelque chose d'important le soir du concert, l'incapacité à décoder cette information et le mal-être qui l'étreignait depuis.

— Allons-y, Marchant ! Descendez au garage, je vous rejoins. Prévost, pour les concerts, nous prendrons une décision cet après-midi. Quant à vous, Mons, replongez-vous dans le carnet de Martha et trouvez-nous aussi quelques pépites. La gamine n'a pas écrit tout cela pour rien. Je vous fais confiance.

Le père Giroux observa les deux portraits, un dans chaque main, et lui rendit illico celui du plus âgé en bougonnant : connais pas ! Puis, il s'approcha d'une fenêtre, fixa le dessin du plus jeune en dodelinant de la tête, puis regarda Delmas, incrédule : il est mort, votre type !

— Qu'est-ce que vous dites ?

— Je le connais, votre bonhomme, mais ce portrait date des années 30 !

— Pas du tout. Cet homme a été vu tel que vous le voyez il y a un mois environ.

— Mais, enfin, je le connais, le père Germeaux…

— Germeaux, le libraire ?

— Le libraire, le libraire… La librairie musicale du quai du conservatoire, oui. Mais elle est fermée depuis que le père Germeaux a cassé sa pipe à la Libération.

Giroux dévisagea encore Delmas, puis Marchant avec un sourire matois et une lueur aveuglante derrière ses petites lunettes rondes.

— Suivez-moi !

Ils grimpèrent deux volées de marches et se blottirent dans une pièce exiguë située à l'entresol, juste au-dessus d'une porte cochère.

— C'est mon domaine, ici.

Il déplaça des piles de partitions et de programmes pour libérer deux chaises et s'installa derrière une table encombrée.

— Alors, si ce n'est lui, c'est donc son fils… Le fils Germeaux, sacrée fripouille. Je le fréquentais pas trop, celui-là. Les derniers temps, c'est lui qui nous livrait. Mais, autant j'appréciais le père, autant j'évitais son rejeton.

Il releva ses binocles et scruta encore le portrait dans ses moindres détails :

— C'est drôle comme j'ai cru voir ce cher Gaston d'avant-guerre. Un type épatant. Il ne nous a jamais fait faux bond. Faut dire qu'il avait un sacré carnet d'adresses et un fonds de partitions rares incroyable. Il avait de qui tenir, avec son père et son grand-père... Et puis est arrivée cette fripouille.

— Pourquoi fripouille ?

Il regarda Marchant droit dans les yeux :

— Quand on a connu une crème d'homme comme le Gaston, on ne peut pas parler autrement. Et on ne comprend pas comment cette lignée d'honnêtes gens a pu produire un tel salaud. Vous savez, je n'apprécie pas trop les Juifs, et Dieu sait si on n'en manque pas dans la partie. Je vous choque ?

Delmas avait manifesté sa désapprobation en soufflant bruyamment, sans plus, afin de ne pas interrompre le témoignage du père Giroux.

— Eh ben, c'est pareil ! Cependant, je ne leur ai jamais nui, y compris pendant l'Occupation. Vous savez, ils sont pas toujours d'un bon commerce, les musiciens. Surtout les musiciens d'orchestre. Toujours un peu frustrés de ne pas faire une carrière de soliste. Le genre artiste maudit qui se croit autorisé à être désagréable. Les Juifs sont pas les derniers...

— Tout le monde peut pas être d'ici. Il en faut ben d'un peu partout ! lança Marchant, histoire de détendre l'atmosphère et surtout Delmas qui fermait les yeux petit à petit, signe de contrôle d'une irritation croissante.

Le vieil homme dévisagea Marchant d'un air peu aimable :

— N'empêche que le fils Germeaux, on raconte qu'il était pas blanc comme neige au rayon collabos.

— Qu'est-ce que vous entendez par là ? lui lança Delmas.

— La même chose que vous… Je n'aime pas trop médire… Le french cancan, c'est pas ma tasse *of tea*. *You see what I mean ?* Bon, c'est pas tout, ça, mais j'ai du pain sur la planche. Vous allez me demander si je sais où il habite, et la réponse est non. Devriez demander aux gens du quartier, aux bistrots du coin, ça manque pas par là-bas.

Le père Giroux se leva prestement avant d'ouvrir la porte de son cagibi tout en s'effaçant. Delmas et Marchant, toujours assis, le regardèrent, éberlués.

XVII

— T'énerve donc pas. Il faut laisser du temps au temps, répétait Marchant à Prévost qui rongeait son frein.

Il n'avait pas tort. Après toutes ces semaines languissantes, « Delmas et son orchestre », comme les surnommait le légiste, avaient enfin du grain à moudre. La rengaine des pistes sans lendemain passait en sourdine. Ce n'était pas encore les trompettes de la renommée, mais chacun y allait de son solo pour retrouver la « fripouille ». Prévost et Mons, explorant les états civils, avaient rapidement trouvé l'identité de leur suspect : Germeaux, Lucien, fils de Germeaux, Gaston, né à Divonne le 5 décembre 1923. Naturellement, vérification faite, il n'habitait pas à l'adresse indiquée. Cependant, il n'était pas inconnu des renseignements généraux. Son dossier, où figurait une autre adresse, évoquait des relations avec quelques nostalgiques de Vichy, sans plus.

Comme d'habitude, les fonctionnaires de cette police un peu spéciale fouillaient modérément dans le linge sale si familier. Les « nostalgiques » ne manquaient pas dans les rangs des RG. D'ailleurs, ils ne manquaient pas non plus à la PJ, ni à la sécurité publique et encore moins dans les directions administratives. Sous Vichy, les éléments les moins dociles (Delmas en savait quelque chose) avaient subi certaines pressions quand cela ne se terminait pas par une mise à pied, voire une mise à la porte. Simultanément, l'Administration avait recruté des centaines de nouveaux policiers attirés par des salaires décents assortis de primes au mérite. Et quel mérite ! Ces recrues étaient convaincues que la révolution nationale avait besoin d'eux pour procéder au redressement moral.

Signalé comme un informateur zélé de la police aux Questions juives, Lucien Germeaux pouvait presque passer pour un « collègue ». Des activités de délation exercées ouvertement et non par le truchement de lettres anonymes. D'ailleurs, le rédacteur du dossier observait finement que ces activités ne lui avaient valu aucunes représailles à la Libération et qu'il semblait n'en avoir tiré aucun bénéfice. Il s'agissait là d'un engagement purement idéologique, commentait encore le policier.

Prévost et Mons avaient effectué ces recherches sans échanger le moindre commentaire. Était-ce le caractère poisseux de ces dossiers ? Prévost trouvait Mons plutôt morose depuis quelques jours. Après avoir pris congé de leurs collègues des RG, ils se retrouvèrent sur le trottoir, projetés dans un froid glacial qui ne contrastait guère avec la fraîcheur humide des bureaux. Le manque de charbon, toujours… Prévost proposa à Mons de prendre un thé ou un chocolat au bar d'en face tout encombré de fumée et de vapeur de chaleur humaine. Mais il déclina l'invitation avec un faible sourire.

— Non, c'est gentil, merci.

— Ça n'a pas l'air d'aller fort en ce moment. Des soucis ?

— Rien qui n'entre dans tes compétences.

— Pardon, je ne voulais pas être indiscret.

— Mais ne t'excuse pas.

Il semblait vraiment confus.

— Je ne suis pas d'un commerce agréable en ce moment. C'est à moi de te présenter des excuses.

Il semblait à la fois nerveux et malheureux.

— À demain, Prévost. Nous irons vérifier si notre homme loge à cette adresse. On ne sait jamais.

Puis, il pivota vivement et partit d'un bon pas, le laissant tout penaud.

Tandis que Mons et Prévost s'immergeaient dans ces rapports gluants, Delmas accomplissait aussi un travail de mémoire, mais en compagnie des Lenormant, le couple d'ouvriers qui avait accueilli les Lidac en 1942, puis Martha après son retour de captivité. Surtout, il ressentait le besoin de revoir la chambre de la victime. Comme si le fait de s'imprégner encore de l'environnement de la jeune fille pouvait lui ouvrir les yeux, aiguiser son acuité, lui révéler quelque secret. Mme Lenormant ouvrit la porte. Son visage s'éclaira aussitôt d'un joli sourire. Delmas en fut touché et lui enserra la main entre les siennes avec chaleur. Son époux surgit aussitôt.

— Comment allez-vous, commissaire ? Votre enquête avance comme vous voulez ? Vous allez le retrouver, celui qui a tué notre Martha ?

— Cesse donc, Charles. Ne l'ennuie pas avec tes questions. C'est vrai qu'on n'en parle plus dans le journal…

— Sans doute parce qu'il n'y a pas grand-chose de nouveau à rapporter. Je peux tout de même vous dire – mais c'est une confidence – qu'une piste intéressante se dessine. Je vous promets de vous informer si cela se confirme.

Le père Lenormant s'effaça de l'entrée étroite de l'appartement embaumé d'odeurs sublimes. Des parfums de cuisine et d'enfance emmêlés qui projetaient Delmas dans un passé lointain. Bien sûr, il souhaitait revoir la chambre de Martha, mais il réalisa combien l'atmosphère de ce logis lui faisait du bien. Ce vieil homme, fils de luthier, fier prolétaire, et son épouse au grand cœur. Deux êtres qui le réconciliaient avec la nature humaine. Il en avait tant besoin en ce moment. Il souffrait de cette affaire et ses relents de mélasse éreintante de l'Occupation dans laquelle s'étaient empêtrés des milliers de petites gens qui n'avaient jamais si bien porté leur nom. Delmas rentrait sa colère chaque fois qu'il subissait le refrain de la France qui avait résisté avec héroïsme. Héroïsme fantasmé, fadaises sirupeuses pour oublier l'âpreté d'une époque, encore si proche.

« Cessez de remuer la vase qui vient tout juste de se déposer », lui avait dit, un jour, Lesage dans un grand élan de réconciliation entre Français.

Delmas avait fui en claquant la porte de peur de vomir des propos irréparables. Selon lui, il fallait admettre, au contraire, que la France n'avait pas été spécialement combative. À quoi bon nier tout cela, à quoi bon cette comédie de la réconciliation sur fond d'héroïsme de pacotille ? Personne ne pouvait se vanter avoir été indemne de ces assauts révélateurs et quotidiens du manque de tout. Au consensus de la France héroïque, Delmas préférait la réconciliation secrète de son humanité compatissante avec quelques êtres tels ce grand bonhomme et sa fragile épouse. Deux ouvriers qui avaient recueilli, un vilain soir de 1942, la famille Lidac, industriels juifs : leur patron, sa femme et leurs trois enfants.

Contre toute attente, Delmas ne s'attarda pas dans la chambre de Martha Lidac. Les voiles qui balayaient l'espace faisaient grise mine, pendaient bêtement dans cette chambre aux vibrations funèbres. Il s'installa devant le secrétaire sur lequel la victime avait dû rédiger quelques pages de son carnet. Delmas était perdu dans ses pensées.

— Commissaire, vous mangez avec nous ?

N'ayant pas entendu venir Lenormant, il sursauta et accepta sans se retourner, d'une petite voix voilée presque inaudible.

— Excusez-moi, je n'ai pas compris.

Delmas se leva enfin et accepta encore en se frottant les yeux du bout des doigts comme quelqu'un sortant d'un sommeil lourd.

— Venez boire un remontant, Delmas.

Le visage du commissaire s'éclaira. Cette manière de le réconforter, de l'apostropher ainsi… Il savait pourquoi il était revenu chez eux. Ils déjeunèrent comme en famille, parlant peu, échangeant quelques regards chaleureux. On entendait surtout le glouglou du vin, le cliquetis des fourchettes et des soupirs de ravissement. Delmas n'avait pas dégusté un aussi bon ragoût depuis des lunes. Au moment du café succéda celui du pousse-café. Lenormant sortit une bouteille du buffet de la salle à manger. Jolie bouteille au galbe inégal avec une étiquette sur laquelle on pouvait lire un « 36 » majestueux tracé à l'encre et au porte-plume.

— Belle année ! lança le vieil homme, tout sourire. J'ai parfois l'impression que c'était un songe. Vous vous rendez compte de la vitesse avec laquelle on est passé d'une sorte d'utopie solidaire à la bassesse des égoïsmes ? On croyait vraiment qu'on pouvait changer le monde. Que l'addition de nos volontés pouvait bouter l'individualisme. Vous croyez que nous pourrons revivre de tels moments ? Nos enfants peut-être… Nous, je n'y crois pas trop.

Delmas fit la moue :

— Je suis encore moins optimiste que vous. Et je me demande si cette période n'a pas été une belle parenthèse sans lendemain. Je crois que cette solidarité reposait sur une utopie, vous avez raison. Et j'ai peur que le temps des utopies collectives soit passé.

— Et qu'est-ce que vous faites des soviets ?

— Je ne voudrais pas vous fâcher, monsieur Lenormant, mais tout ne semble pas rose là-bas. Et je ne parle pas des purges du camarade Staline, mais de ce qui se passe aujourd'hui. Là-bas aussi la délation est devenue un sport national. Et j'ai bien l'impression qu'il n'y fait pas bon vivre…

— Je sais, j'en ai entendu parler… Là-bas aussi, il y aurait des camps pour mettre au silence les non-conformes. Enfin, c'est ce que certains prétendent… Je ne veux pas le croire. Je veux croire encore au collectivisme ; je ne peux pas vivre avec la perspective du profit individuel comme seul horizon. Si on se laisse aller, nous allons finir comme des larves juste bonnes à consommer pour faire fonctionner la machine économique. Des machines décervelées, sans conscience, dépourvues de toute idéologie sinon celle de posséder plus que son voisin. Alors, là, si on se laisse faire, on est foutus. Parce que les gouvernants eux-mêmes seront complètement asservis aux grands patrons. Et ils auront raison, vu que leurs électeurs se désintéresseront de la politique. Et nous aurons les gouvernants que nous mériterons. La boucle sera bouclée : chacun pour soi et la pauvreté pour tous…, à part ces beaux messieurs de la haute finance main dans la main avec le pouvoir. Je vous en sers un autre ?

Delmas tendit son verre, épaté par cette harangue qu'il aurait pu prononcer mot pour mot ou presque. Cela le laissait sans voix. Il but d'un trait, puis regarda dans le vide en oscillant la tête avec une drôle de moue, de l'air de celui qui approuve en se disant : « Il a bien parlé, je suis bluffé. »

Lenormant vida son verre à son tour et reprit :

— Vous imaginez qu'une catastrophe comme celle dont on vient juste de sortir survienne dans un contexte pareil ? Quel désastre ! Quand les frisés étaient là sans qu'on les invite, une moitié de la France, en gros, se complaisait dans l'individualisme réactionnaire et a tout de suite adhéré aux idées de Pétain. Mais il y avait quand même l'autre moitié qui était autant de petits grains de sable contre les lois ignobles destinées à anéantir tous les indésirables : communistes, Juifs, mais aussi romanichels, invertis, francs-maçons, handicapés, que sais-je encore ? Sans ces survivants de 36, sans ces faisceaux solidaires, le massacre aurait été encore plus considérable. Quand je repense aux Lidac… C'était un patron, Lidac. On le connaissait pas trop. On l'apercevait parfois à travers les vitres de sa limousine. N'empêche, pendant les grèves de 36, il s'est bien conduit. C'est à ce moment que j'ai respecté le bonhomme. Pas comme ce Perret, le directeur du personnel. Un vrai salaud, celui-là ! Les gars étaient à bout. Certains voulaient nous entraîner à détruire le matériel. Moi, j'étais contre. Et je n'étais pas le seul. C'est vrai que Perret s'y prenait très mal, si bien que certains pensaient même qu'il cherchait la casse. Dans quel but, je n'en sais rien. Un gars du syndicat, j'ai oublié son nom, disait qu'il poussait au conflit pour le compte d'un gros concurrent de monsieur Lidac qui visait le rachat de son entreprise à bas prix. Mais, bon, je n'y ai jamais cru. Ces gars des syndicats nourris au marxisme de base, je ne suis pas sûr qu'ils ont toujours bien digéré les notions de dialectique ou même de lutte de classes ; ils voient des complots partout.

Tandis que Lenormant, chauffé à blanc par le marc de Bourgogne poursuivait son récit, son épouse débarrassait le couvert, allait et venait de la cuisine à la salle à manger.

— Complot ou pas, Charles, souviens-toi quand j'ai vu ce sale bonhomme sortir du commissariat aux Questions juives.

Elle s'assit en face de Delmas.

— C'était en 43. J'allais voir ma cousine qui était caissière à la Brasserie des trois tonneaux. Je me vois encore traversant la place Bellecour... Et qui je vois sortir du 55 ? Le Perret fier comme un paon, serré dans un costume rayé avec chapeau et canne à pommeau doré. Vous pensez si je connaissais l'adresse, avec le frère de Charles...

Elle avait prononcé ces derniers mots avec une grimace de dégoût. M. Lenormant avait l'air embêté.

— Oui, je ne m'en vante pas, mais, mon frère et moi, on ne s'est jamais entendus. Il tient plutôt de mon père pour qui le prolétariat était une classe dangereuse, les résistants, des terroristes, et Pétain, le recours contre le déclin de la France. Bref, il a fricoté un peu avec les affaires juives. Oh ! pas par antisémitisme forcené, il ne l'était pas plus que la moyenne des Français. Lui, c'était pour affaires, justement. C'est un type brillant. Il avait déposé un dossier aux services de l'aryanisation, qui avaient reçu sa candidature pour administrer des entreprises confisquées. Il était payé par Vichy. Plutôt bien payé. Et ce n'est pas pour le défendre, mais, lui, il reversait les bénéfices des entreprises qu'il avait en tutelle. Ces fonds étaient censés servir à l'effort national, comme on disait, à l'époque.

— Vous avez encore des contacts avec votre frère ?

— Non. Je l'aperçois de temps en temps à travers la vitre de son magasin. Une boutique de fourrure qu'il administrait et qu'il a fini par acheter. Il faut croire que les anciens propriétaires ne sont jamais revenus... Je n'ai pas eu envie ni le courage de reprendre contact avec lui.

Delmas refusa un troisième verre et sortit son carnet :

— Vous permettez ? Il s'appelait comment, déjà, votre directeur du personnel ?

— Perret, Raymond Perret. Je ne sais pas ce qu'il est devenu. Ça vous intéresse ?

— On ne sait jamais.

Delmas rangea le carnet dans la poche de son veston et sourit ; un sourire imperceptible, mais que Lenormant perçut.

Le jour avait baissé déjà. Mme Lenormant éclaira un lustre à breloques. La lumière brutale sonna la fin de la nostalgie de 1936. Charles Lenormant se dressa tel un jeune homme et tira le commissaire par le bras.

— Venez voir, Delmas. Vous aimez la musique ? J'ai des choses à vous montrer.

Son épouse leva les yeux au ciel et ricana.

— Vous n'avez pas fini, monsieur le commissaire !

Delmas suivit son guide au bout d'un long corridor jusqu'à une porte close. Lenormant l'ouvrit théâtralement et s'effaça devant son invité qui en resta le souffle coupé : des centaines de disques soigneusement rangés par ordre alphabétique. Tous les murs de la pièce, environ vingt mètres carrés, étaient garnis d'étagères sans le moindre espace vide. Un espace assiégé par de la musique endormie et, au milieu, un tourne-disque surmonté d'un énorme pavillon et ceint de deux fauteuils confortables. Le guide contempla l'étonnement de son visiteur avec ravissement.

— Votre compositeur préféré ?

— Mozart, évidemment, répondit Delmas du tac au tac.

La nuit était noire. Il était plus de vingt heures. Marianne devait être inquiète. Il avait coutume de la prévenir de l'heure probable de son arrivée en lui téléphonant vers dix-sept ou dix-huit heures quand elle rentrait de cours. Delmas prit un taxi pour rentrer plus vite à la maison. Elle l'accueillit, soulagée. Il lui raconta cet après-midi bizarre qui avait commencé dans la chambre d'une jeune fille assassinée et s'était achevé en compagnie de don Giovanni précipité dans les feux de l'enfer sous l'œil impitoyable du commandeur.

XVIII

Dès potron-minet, Prévost s'était rendu à l'adresse du dossier des RG. Pour une fois, leurs informations étaient à jour. Il trouva une boîte aux lettres au nom de L. Germeaux. La concierge lui demanda ce qu'il faisait là. Il répondit qu'il avait fait erreur et sortit. Pas la peine d'éveiller les soupçons. D'abord en parler au patron.

Delmas décida qu'il fallait ne rien faire, sinon observer les allées et venues de leur bonhomme afin d'établir des connexions avec d'éventuels complices. L'entrée de l'immeuble serait surveillée vingt-quatre heures sur vingt-quatre. Les tensions entre Marchant et Mons semblaient se relâcher. Delmas les désigna pour l'équipe de jour tandis que Prévost se chargerait de la nuit avec Legendre.

— Pas de problème, avait apprécié Marchant en donnant une grande tape qui se voulait amicale sur le dos de Mons. C'est quand on a rien à se dire qu'on se parle le plus librement.

Mons répondit par un éclat de rire si bizarre qu'on ne sut pas exactement ce qu'il signifiait.

Préservés du froid dans l'habitacle d'une 203 banalisée, mais murés dans un silence glacial, ils bénéficiaient d'une vue assez éloignée pour ne pas se faire repérer. Vers onze heures, ils reconnurent leur cible qui se dirigeait dans leur direction. Mons et Marchant descendirent de voiture comme s'ils venaient de se garer et traversèrent de l'autre côté pour ne pas le croiser. Ensuite, Mons enfila un bonnet et retira son imperméable en popeline grise pour se retrouver, comme par enchantement, en manteau marron glacé. Il retraversa la rue derrière lui et le suivit tandis que Marchant emboîtait le pas à distance sans changer de trottoir. Il prit une série de photographies en louant la qualité de son téléobjectif : un 150 mm d'occasion à l'état neuf qui lui avait coûté un demi-mois de salaire. « Si tu veux avoir de l'argent devant toi, faut le mettre de côté », lui avait pourtant répété son défunt père.

Germeaux se contenta de faire quelques courses et rentra chez lui. La journée s'acheva ainsi. La nuit fut bien longue pour Prévost et Legendre. Postés cent mètres plus près et dans une autre auto, ils établirent des quarts à partir de minuit et jusqu'au petit jour. Trois jours, trois nuits sans événements notables. Lucien Germeaux sortait à heures à peu près fixes, en fin de matinée, muni d'un filet à provisions. Le temps de passer à l'épicerie, au bureau de tabac et à la presse, puis retour au bercail.

— Il faudrait vérifier les moyens d'existence du monsieur : méfie-toi des gones qui savent faire de rien, ils sont capables de tout, observa Marchant sentencieusement.

— Comme vous dites, acquiesça Mons sobrement.

La torpeur commençait à envahir les passagers de la 203 quand Mons sursauta et cria presque :

— Le voilà !

Pour la première fois, leur cible rompait les habitudes. Marchant descendit de voiture pour ne pas se laisser distancer tandis que Mons s'apprêtait à les suivre à distance en auto au cas où il prendrait un taxi ; il y avait une station deux cents mètres plus loin sur la gauche. Vêtu d'un lourd manteau gris, Germeaux marchait d'un bon pas que le policier avait un peu de mal à suivre. La situation s'aggrava quand la « fripouille » obliqua à droite et grimpa quatre à quatre l'escalier jusqu'à la rue des Tables-Claudiennes. Quant à la 203…, Mons ne connaissait pas suffisamment le quartier pour espérer retrouver les deux hommes un peu plus haut. Il décida de se garer, puis de tenter de rattraper Marchant. Mais, encore convalescent, ce dernier finit par lâcher prise. Alternant deux courtes inspirations et une longue expiration comme il l'avait appris dans sa jeunesse, il eut juste le temps de le voir s'engouffrer dans une voiture qui l'attendait au coin de la rue. À bout de souffle, il se posa sans majesté sur la murette en haut des marches et expulsait des volutes de vapeur, telle une locomotive arrivant en gare, quand Mons le rejoignit à peu près dans le même état. Ils restèrent ainsi côte à côte, mains sur les genoux, buste en avant, cherchant tant bien que mal à retrouver un rythme cardiaque normal.

— Où est-il passé ? finit par demander Mons.

— Sais pas. Monté dans une voiture… Pas eu le temps de prendre le numéro.

— Vous aviez raison, Marchant : on aurait dû se méfier.

Ils se retrouvèrent au commissariat, penauds. Delmas apprit la nouvelle sans commentaire sinon un assez sec :

— Réunion dans dix minutes. Téléphonez à Legendre et Prévost. Ils sont sûrement encore chez eux. Que Legendre fasse tout de même le guet comme d'habitude, mais que Prévost nous rejoigne. J'espère que notre bonhomme va refaire surface… En tout cas, nous devons faire le point.

Marchant raconta précisément ce qui s'était passé. Delmas ne leur fit aucun reproche. Il regretta au contraire d'avoir confié cette planque à Marchant, qui n'avait pas encore récupéré depuis sa blessure, et à Mons, sans grande expérience et plus accoutumé à la promenade qu'à la course à pied. Ils s'étaient laissé endormir par le manège de Germeaux. Apparemment, le fuyard était parti sans le moindre bagage… En revanche, l'embarquement rapide dans une voiture qui l'attendait plus haut ne laissait guère de doutes sur ses intentions. On décida tout de même de patienter jusqu'au lendemain matin avant de précipiter le mouvement.

Delmas passa une mauvaise nuit et se réveilla très tôt. Juste le temps de prendre un café, puis il descendit prestement les étages pour ne pas rater l'autobus de six heures vingt-cinq.

On s'ébrouait encore au commissariat. Il but un autre café en compagnie du planton de nuit et descendit au garage. Il détestait conduire, mais ressentait un besoin impérieux de savoir où en était Legendre, que Prévost avait rejoint pour une nuit d'attente. Naturellement, la Traction toussait, ronchonnait, mais ne démarrait pas. Il n'avait jamais su trouver le juste milieu dans l'art et la manière d'actionner le starter. C'était toujours trop ou pas assez. Il était sur le point de renoncer quand surgit Marchant.

— J'ai eu la même idée que vous, patron. Envie de savoir si Germeaux est de retour ?

— Oui, mais cette fichue auto n'est pas du même avis.

Marchant prit la place du conducteur et réussit à démarrer sans coup férir.

— Vous conduisez mal, mais, question démarrage, chapeau !

— Merci, patron. Vous savez parler aux hommes.

Ils se retrouvèrent tous les quatre dans la 203. Malheureusement, rien à signaler. Tout le monde était dépité. Personne n'osait ouvrir la bouche. Delmas hésitait entre deux attitudes. Soit Germeaux avait bel et bien pris la fuite, car il se savait repéré. Alors, plus à hésiter, on pouvait procéder à une enquête en règle auprès des gens de l'immeuble, la concierge, les commerçants. Soit Germeaux avait pris contact avec un réseau selon une procédure déterminée. À cet égard, la façon de faire lui rappelait la clandestinité quand il s'agissait de retrouver les « rebelles » au régime de Vichy. Dans ce cas, rien d'anormal à ces précautions d'usage ; il pouvait réapparaître d'ici quelques jours. Alors, intervenir revenait à s'interdire toute possibilité de repérer une éventuelle filière. Par ailleurs, rien ne pressait vraiment. Au point où ils en étaient ! Delmas choisit donc la prudence.

— Nous allons continuer la surveillance.

Il pointa le majeur en le balançant comme un maître d'école menaçant gentiment ses élèves.

— Mais attention : pas de gaffe et la plus grande discrétion ! Voyez avec le garage pour changer d'auto le plus souvent possible. Ne restez pas à la même place ; bref, vous connaissez votre métier. Histoire de varier les plaisirs, Legendre, vous ferez la nuit avec Marchant, et Prévost, la journée avec Mons. Qu'est-ce qu'il y a, Marchant ? On bougonne ?

— C'est pas ça ; très bien, je suis plutôt oiseau de nuit, moi. Mais… si Germeaux a pris la poudre d'escampette parce qu'il se savait repéré… Il n'aurait pas été prévenu ?

— Vous voulez dire par quelqu'un de chez nous ?

— Duquerroy qui s'éclate dans son escalier, Valmont qui finit au four, et maintenant Germeaux qui disparaît… Vous avez pas l'impression que, dès qu'on est sur le point de tenir un fil, il nous pète entre les doigts ?

— Vous avez raison. Je ne cesse pas d'y penser, mais… je n'arrive pas à y croire.

— « Attends-toi à tout et tu t'étonneras de rien », comme on dit chez moi.

Delmas ne releva pas la réflexion de Marchant et s'extirpa, tout engoncé dans son pardessus, de la voiture. Il éprouvait le besoin de marcher un peu :

— Je vous laisse un moment. Prévost, vous passerez me prendre place de la Croix-Rousse dans une petite heure. Nous avons rendez-vous avec Gagnant à onze heures à la boutique.

Il n'attendait guère de cette rencontre. Le repreneur des ex-usines Lidac allait encore les embrouiller dans le dédale du circuit des affaires. En plus, il était sympathique, selon Prévost. « Même le lilas blanc a une ombre », avait commenté Marchant.

Certains jours, Delmas détestait son métier.

XIX

Décidément, ce genre de personnage le mettait toujours mal à l'aise. En effet, il n'était pas désagréable, cet homme-là. Beaucoup moins froid que Reversat, par exemple. Mais tout de même, où allaient-ils chercher cette incroyable assurance, ces grands patrons ? Ce ton qui ne souffrait pas la contradiction ? Pourtant, leurs propos n'avaient rien de mirobolant. Ils assénaient souvent des paroles convenues que l'on aurait trouvées banales chez un assidu des comptoirs. Mais, tandis que les soudés au zinc débitent leurs banalités sur un ton quelque peu vulgaire à l'aide d'un vocabulaire minimal, ces messieurs vous regardent droit dans les yeux, un semblant de sourire à la commissure des lèvres, et vous accommodent leurs sentences avec calme et autorité. Ajoutez leur réussite, leur prestance, le prix de leur costume (sans parler des chaussures !) et la limousine avec chauffeur qui attend en bas. Ne reste plus qu'à écouter bouche bée. Passé l'échange (à sens unique) de banalités, restait à éclaircir, enfin, les conditions de reprises de la SGTS, ex-Établissements Lidac.

L'attitude de Gagnant lui rappela, encore une fois, le discours de Reversat justifiant sans le moindre scrupule l'achat à vil prix du portrait de la grand-mère de Martha (signé Monet !) : « Je l'ai payé le prix que l'on a bien voulu me le vendre… Et ne croyez pas que je partageais les idées de ces antisémites plus bêtes que méchants. J'ai profité d'un contexte spécifique comme je l'ai toujours fait dans la conduite de mes affaires. » Ce fut, à peu de chose près, le même discours. Pierre Gagnant avait fait fortune pendant la guerre en Argentine. Il vendait du cuir tanné à des fournisseurs de matériel pour l'armée américaine : un véritable filon. La main-d'œuvre était laborieuse et très peu chère, et les Américains s'étaient avérés d'excellents partenaires commerciaux.

— Il faut dire que je leur livrais un cuir trente pour cent moins cher que chez eux.

La guerre s'achevant, Gagnant avait eu le mal du pays :

— J'étais parti en Amérique du Sud pour affaires, mais la France me manquait, vous savez.

Delmas avait envie de se pincer pour ne pas mordre !

— Quand je suis arrivé, en 49, c'était encore le chaos. Je disposais d'importantes liquidités, et quelques entreprises spoliées dans le cadre de l'aryanisation allaient être remises sur le marché. Malheureusement pour eux, quatre ans après la libération des camps, les anciens propriétaires n'avaient pas donné signe de vie.

Non, tous les humains n'étaient pas faits du même cœur, de la même âme. Delmas ne savait plus quoi penser. Fragmenté entre colère et abattement, il se cantonna, en fait, dans une attitude distante qui pouvait passer pour professionnelle, dépourvue de toute affectivité. Et c'était tout le contraire. Les images de centaines de cadavres poussés par des bulldozers dans de gigantesques fosses communes lui revinrent en mémoire comme une gifle. Comment oublier de telles images ? Et fallait-il les oublier, d'ailleurs ? Gagnant ne se posait pas ces questions. Des opportunités se présentaient, il les saisissait. Un soir de septembre, il rencontre un notaire :

— Un nommé Duquerroy, pas franc du collier, j'ai l'habitude, mais visiblement compétent. Il m'a proposé plusieurs entreprises sous deux conditions. Un : les personnes physiques, propriétaires, resteraient anonymes. Deux : conséquence de la première condition, Duquerroy se chargerait des modalités de la transaction qui transiterait par des versements sur des comptes en Suisse aussi anonymes que les vendeurs. Rien de choquant à mes yeux. J'ai accepté. Tout s'est bien passé.

Naturellement, les éventuelles traces des vendeurs étaient en possession du notaire. Le problème, c'est que Duquerroy était mort, et ses dossiers avaient disparu. Gagnant semblait sincèrement désolé de ne pas pouvoir aider la police. Presque touchant, se dit Delmas non sans amertume en lui serrant la main, car il ne pouvait faire autrement. Marchant le raccompagna jusqu'à sa limousine, puis il retourna sur ses pas et retrouva Delmas avachi sur sa chaise.

— C'est pas pour dire, patron, mais on fait toujours plaisir aux gens en leur rendant visite : si c'est pas en arrivant, c'est en partant.

Delmas leva la tête. Marchant trouva qu'il avait les yeux un peu mouillés.

— Je ne vous le dirai jamais assez, Marchant : je ne sais pas ce que je deviendrais sans vous. Venez, allons boire un verre.

Dans les couloirs, on put voir Delmas et Marchant, bras dessus, bras dessous tels de vieux copains se soutenant mutuellement, sous les regards amusés ou moqueurs (selon le degré de bienveillance des témoins).

Un nuage de fumée compact flottait sous le plafond bas de la Brasserie des dauphins. Marchant alluma une cigarette et, pour une fois, Delmas accepta de fumer en chœur avec la clientèle volubile de l'endroit. Le patron était un grand cinéphile. D'ailleurs, son établissement, constellé de photos de vedettes, ressemblait, selon lui, à la cantine des studios de Billancourt, où l'on tournait, justement, *Fanfan la Tulipe* avec Gérard Philipe. Le film sortirait l'an prochain. Une grappe de clients jouait des coudes autour d'un reportage photo sur le tournage paru dans le dernier *Ciné Revue*. Delmas aperçut à travers la fumée la silhouette étourdissante de Gina Lollobrigida. On entendait des mots d'esprit genre « Vise un peu les lolos de Gina », mais aussi des avis enflammés sur les talents de Gérard Philipe dans *Le diable au corps* et *La beauté du diable*. Delmas adorait cette atmosphère complètement atypique. Dans les bistrots lyonnais, on préférait, d'ordinaire, commenter les résultats sportifs et l'incurie de Pleven, le récent président du Conseil, en attendant le prochain…

Ils s'installèrent à la seule table de libre, au fond de la salle, entre un jeune couple d'amoureux qui se regardaient sans rien dire et deux vieux qui répétaient qu'ils ne pouvaient plus se voir. Delmas commanda un pot de beaujolais et du saucisson tandis que Marchant sortait de la poche de son imperméable une enveloppe en papier kraft. Avec la mine d'un conspirateur, il posa l'objet sur la table, non sans cérémonie, et le caressa de la main comme s'il s'agissait de la tête de Toby, son chien stupide au grand flair. Delmas connaissait assez Marchant pour savoir qu'il était inutile de l'interroger.

Lui laisser le plaisir de ménager ses effets. Il servit les verres, avala deux tranches de saucisson avec une bouchée de pain bien croustillant. Marchant trinqua et dégusta lentement le nectar, le trouvant un peu frais à son goût. Une manie qu'il soupçonnait volontaire afin de modérer les acidités d'un vin parfois agressif. Puis, il décida, enfin, de montrer son chef-d'œuvre.

— Voilà, patron. J'ai préféré garder ça pour vous, vu les courants d'air qu'il y a chez nous. Autant éviter les fuites !

Il étala sur la table un jeu de quatre images. Delmas reconnut aussitôt deux photos prises par Géraldine Reversat : les clichés de l'homme qui suivait Martha. Le cadre des deux autres images prises par Marchant était quasiment le même, mais il s'agissait, cette fois, de Lucien Germeaux. Qu'en dites-vous ? ajouta Marchant, l'air épanoui.

— C'est bien lui !

La silhouette : assez grand, les épaules étroites avec le même pas allongé. Les cheveux un peu plus longs, mais c'était bien l'homme qui suivait Martha quelques jours avant son assassinat.

— Magnifique, mon vieux. Cette fois, nous tenons une piste sérieuse.

— Dommage que la « piste » ait filé à l'anglaise.

— Il va réapparaître. Je ne suis pas du tout convaincu qu'il se sentait repéré. Il a simplement suivi une procédure prévue en cas de rendez-vous avec un contact. Cela confirme ce que je pensais : nous avons affaire à une organisation dans laquelle Germeaux est un rouage, un exécutant. C'est pourquoi, avant de brûler cet atout, je veux tout faire pour établir le lien avec l'autre, l'homme à la limousine, le soir du concert. Il va revenir, Marchant, je le sens.

Delmas remplit les verres. Ils trinquèrent de nouveau.

— Personne ne l'a reconnu, le vieux. À mon avis, ce sera difficile. Si ça se trouve, il ne faisait que passer.

À ces mots, Delmas fixa son regard en direction de Marchant ou plutôt il le traversait comme s'il était devenu transparent. Vous, patron, vous pensez très fort, là !

Sans réagir au propos de son subordonné, Delmas indiqua calmement :

— Il faut que je vous laisse, Marchant. Excusez-moi. Je

vous rembourserai la note. Vous devriez aller vous reposer ; une nuit de veille vous attend, mon vieux.

Puis, il se leva sans hâte, l'air toujours absent. Comme il
franchissait le seuil de la brasserie, il se ravisa, se retourna
et, d'un grand geste, intima l'ordre à Marchant de le suivre.

— Après tout, vous n'avez peut-être pas envie d'aller
vous coucher ? Je passe au bureau récupérer un portrait-
robot du vieux et je vous rejoins au garage. Je viens d'avoir
une idée.

Vingt minutes plus tard, ils étaient devant la porte des
Lenormant.

— C'est encore moi. Excusez-nous, on ne vous déran-
gera pas longtemps. Je voulais juste vous montrer un
portrait-robot.

— Quèsaco ?

— C'est une nouvelle technique qui permet de dessiner
le portrait d'un homme à partir de descriptions de témoins.
Je voudrais savoir si cette tête vous rappelle quelque chose.

— Il faut que je prenne mes lunettes. Mais entrez. Vous
me faites peine à rester comme ça sur le palier.

Delmas et Marchant se pressèrent dans l'entrée, et
Mme Lenormant surgit de la cuisine :

— Mais c'est notre cher commissaire !

— Eh oui ! On ne se quitte plus, plaisanta son époux
tout en observant le portrait de ses grands yeux derrière de
minuscules lorgnons. Non, ça ne me dit rien. Évidemment,
dix années ont passé… Mais tout de même, Perret ne serait
pas aussi vieux… Qu'en penses-tu ?

Il tendit le document à sa femme qui fit la moue.

— Peut-être… Je ne suis pas très physionomiste, vous
savez. Je me souviens surtout de son drôle de sourire :
toujours l'air de se foutre de vous ! Votre bonhomme est
un peu figé, vous comprenez. Je ne sais que vous dire…

Delmas était dépité et, contrairement à l'habitude, il ne parvint pas à le dissimuler. Sans doute la fatigue. Les Lenormant semblaient désolés.

— On aimerait bien vous faire plaisir, Delmas.

Le grand escogriffe posa une main sur l'épaule du commissaire. Marchant pensa qu'il n'oserait jamais faire la même chose, encore que... Ils étaient bien bras dessus, bras dessous, tout à l'heure, au commissariat... Ils refusèrent poliment de boire un verre et redescendirent sans rien dire. Marchant rentra chez lui, histoire de dormir quelques heures avant sa nuit de veille. Delmas rejoignit la boutique, bien décidé qu'il était à ne pas terminer cette journée sans une note positive. L'interrogatoire de Gagnant l'avait déprimé. Il grimpa l'escalier d'un pas lourd, ouvrit son bureau qu'il fermait à clé en dépit des remarques, parfois acerbes, de ses collègues. Mais il n'était plus question de laisser le tableau d'avancement de l'enquête au vu et au su de tout le monde. Il se planta devant cette composition bariolée de textes, dessins et photos reliés par des flèches, sortit de sa poche les photographies de Marchant et, comme il s'apprêtait à les ajouter sur le tableau, il suspendit son geste. Et si la taupe avait trouvé le moyen de pénétrer dans son bureau ? Après tout, ce n'était pas si difficile. Delmas supportait mal cette suspicion dans un lieu qui, d'ordinaire, le sécurisait quand il doutait. Par ailleurs, il était accoutumé à se débattre dans les méandres du côté sombre de l'humanité ; cela faisait partie du métier. Mais, depuis quelques jours, il avait l'impression d'avoir franchi la frontière vers une quatrième dimension. La sensation de perdre ses repères, d'être confronté à un ennemi multiforme, intouchable. Ou plutôt une ligue d'individus sans âme, sans vergogne, comme ceux qui avaient sévi durant les années d'occupation et qui surgissaient comme des cadavres d'outre-tombe. « Qu'as-tu fait, Martha, pour réveiller autant de haine ? » Delmas ne cessait de se poser cette question. Naturellement, Lucien Germeaux avait un mobile : supprimer celle qui pouvait dénoncer ses activités de collaborateur zélé. Cependant, les années avaient passé. La méchante bêtise de la foule, l'esprit de revanche et surtout la mauvaise conscience avaient donné lieu à des scènes atroces : femmes rasées, lapidées, hommes lynchés. Mais aujourd'hui, tout le monde avait envie d'oublier, de reconstruire et de mieux vivre en dépit des difficultés d'approvisionnement toujours gênantes chez les plus démunis. Cela ne tenait pas. Et puis pourquoi supprimer Duquerroy, le notaire ? Et Valmont, assassiné, puis brûlé dans un four à pain. Pourquoi, lui et pourquoi cette mise en scène ? Cela ressemblait à des fusibles que l'on… grillait pour rompre tout contact avec une organisation. Il fallait à tout prix retrouver Germeaux pour l'interroger. Delmas regrettait de ne pas l'avoir fait quand il était encore temps. Mais cette idée de réseau l'obsédait tant ! Germeaux allait refaire surface. À son avis, il ne se doutait de rien. Cette disparition était un pur hasard et confirmait, au contraire, sa théorie. Il fallait patienter et ne plus se laisser abuser par la nonchalance du bonhomme. « Ressaisis-toi, Delmas ! Il va revenir ! »

Il regarda sa montre. Trop tôt pour appeler Marianne : elle était encore au lycée. Il était encore temps d'appeler un collègue de la financière à Paris. Décidément, l'interrogatoire de Gagnant lui laissait un goût amer. Il n'avait toujours pas digéré la bonne conscience de l'homme d'affaires pour lequel l'aryanisation de l'économie n'était qu'un gisement de bonnes affaires à saisir. Surtout, il craignait d'avoir laissé passer un fait, une invraisemblance. On lui passa donc un spécialiste. Delmas lui résuma l'affaire dans son ensemble et l'interrogatoire de Gagnant en particulier. Son correspondant avait une voix jeune, mais l'assurance cassante :

— Que voulez-vous que je vous dise ? Il fallait nous confier l'affaire. Chacun sa spécialité. Vous savez, ce genre de transaction n'est pas rare. Et plus elles paraissent complexes, plus elles cachent des secrets inavouables. Les administrateurs de biens juifs n'étaient pas tous des coquins, mais beaucoup ont bâti des fortunes en jouant habilement des lois de Vichy et des réflexes racistes de certains dans la haute administration. Le problème avec votre client, c'est qu'il a débarqué d'Argentine et qu'on ne peut pas lui reprocher d'avoir fait une bonne affaire. Tout juste la dissimulation d'une partie de la transaction en liquide avec transfert par valise sur un compte en Suisse. Mais, là encore, c'est la routine. Et si on ne les prend pas sur le fait, cela n'existe pas…

Il y eut un long silence sur la ligne.

— Si je comprends bien, cette vente n'est qu'un élément d'une chaîne, et il vous manque un chaînon ; le chaînon qui expliquerait peut-être le crime de la gamine et les soustractions du notaire, puis du type de la préfecture…

Delmas remercia le jeune arrogant qui était devenu plutôt compatissant au fil de la communication. En raccrochant, il se dit qu'il le préférait méprisant. Il téléphona à Marianne, qui était rentrée du travail. Il lui proposa de dîner dans une guinguette en bord de Saône. Ces petits restaurants sans prétention proposaient des grenouilles ou de la petite friture (plus abordable) et du fromage blanc avec de la crème. L'hiver, la plupart fermaient, mais quelques irréductibles restaient ouverts pour une clientèle rare, avide de calme aux accents nostalgiques de l'été encore présent à travers des photos ensoleillées sur les murs garnis de cannisse dorée comme en Provence. Ils s'installèrent dans la salle déserte. Le patron, désœuvré, avait sans doute abusé de son excellent vin blanc. Ancien combattant de la deuxième division blindée, il prit la commande et entreprit le récit de ses exploits guerriers. Heureusement, Marianne, on ne sait comment, parvint à dévier la conversation vers une Peugeot 402 de 1937 que l'aubergiste vendait, comme il était indiqué sur une ardoise. Ils promirent de la voir et dégustèrent la suite du repas, discutant de leurs prochaines vacances d'été et de l'opportunité d'acheter une auto pour se lancer sur la nationale 7.

XX

Delmas se réveilla la bouche pâteuse avec le souvenir d'avoir passé la nuit sur le siège arrière d'une 402 en compagnie de Marianne, qui ne cessait de piailler avec le chauffeur. Le patron de la guinguette était au volant.

Ils s'étaient couchés trop tard et avaient abusé du petit vin blanc si gouleyant que l'aubergiste leur avait servi sans compter. Fourbus et guillerets, ils avaient pris congé sans avoir vu l'auto.

Le jour minaudait encore avec la nuit. Il prit une douche froide, déposa un baiser sur le front de Marianne endormie et descendit l'escalier d'un pas hésitant. Ce petit matin d'un dimanche d'hiver ouaté n'était pas pour lui déplaire. Il humait déjà les odeurs mêlées de levain, croissant et chocolat avant de franchir le seuil de la boulangerie toute proche. Un vrai dimanche, pensa-t-il avec gourmandise et l'insouciance qui lui faisait gravement défaut depuis le début de cette affaire. Après le petit-déjeuner, ils iraient au parc de la Tête d'or se promener autour du lac au fond duquel on avait trouvé les vestiges d'une statue en métal précieux. C'est du moins ce qu'on lui avait raconté quand il était encore en âge de goûter aux belles histoires des grandes personnes. Mais, comme il remontait les étages jusqu'à son nid dominical et douillet, l'écho d'une sonnerie de téléphone provoqua un resserrement brutal de ses mâchoires, suivi d'une crispation dans la région de l'estomac. Il survola les dernières marches, tourna la clé dans la serrure et franchit le seuil en trombe. Trop tard. Marianne, tout ensommeillée, avait dû se lever. Elle lui tendit le combiné, grimaçante :

— C'est pour toi : Prévost.

Elle retourna se coucher d'un pas de somnambule.

Delmas marmonna un « Je suis désolé » que son correspondant prit à son adresse.

— Non, c'est moi, patron. Je suis confus de vous déranger si tôt un dimanche matin, mais il est revenu. Germeaux est de retour. Il était une heure du matin environ. Il est arrivé à pied, comme il était venu. À mon avis, une voiture l'avait déposé en haut de l'escalier dans la rue au-dessus.

— Bravo ! Ne le lâchez surtout pas. La relève est arrivée ?

— Oui, Mons et Marchant sont dans une autre voiture de l'autre côté de la rue. Je vous appelle du bistrot du coin.

— Parfait. Ils savent ce qu'ils ont à faire. Allez vous coucher.

Delmas allait raccrocher, puis il se ravisa :

— Allo ! Prévost, vous êtes encore là ?

— Oui, patron. Autre chose ?

— Avez-vous vérifié s'il existait une traboule au fond de l'allée ?

— Je crois que Mons s'en est chargé dès le premier jour. Apparemment, il y a une porte qui donne sur une petite cour, où le concierge entrepose les poubelles.

— Et au fond de la cour ?

— Je ne sais pas… Je suppose qu'il a vérifié.

— Il faut y retourner. Quitte à déranger la concierge sous un quelconque prétexte. Avec ces immeubles qui communiquent, je me méfie. Nous ne pouvons pas nous permettre de le perdre de vue une seconde fois.

— Vous ne voulez toujours pas l'appréhender ?

— Je ne sais pas… J'ai encore besoin de réfléchir. Je vous préviens dès que la décision est prise. Ne vous éloignez pas de votre téléphone ; on ne sait jamais.

— Ne joue pas avec tes nerfs ; je pense que tu as déjà trop attendu.

Marianne avait bien résumé la situation. Il était temps de passer à l'action. Germeaux restait le seul fil disponible ; pas de quoi faire la fine bouche. Delmas craignait qu'il ne soit guère bavard, mais on verrait bien.

Le dimanche, la PJ ressemblait aux modestes bourgs de France : un espace déserté par la plupart des humains, le silence anormal, une atmosphère mélancolique. Les deux inspecteurs de permanence jouaient au rami.

— Le Goff, finissez vite votre partie. Je vous emmène en balade. N'oubliez pas votre arme de service ; elle sera la bien nommée.

Comme toujours, Delmas n'en porterait pas.

Je vous attends au garage.

Le Goff… Bonne pioche. Un gars solide sur lequel on pouvait compter dans ce genre d'opération. Delmas détestait les arrestations-surprises à domicile. Trop de mauvais souvenirs ; relents de rafles dégradantes… Ils dépassèrent la voiture en planque pour se garer plus loin. Ne pas éveiller l'attention. Delmas eut l'impression que Marchant était seul. Le Goff resta dans la Traction.

— Où est Mons ? demanda Delmas en pénétrant dans l'habitacle qui sentait très fort le tabac froid.

— De l'autre côté. Je suis allé voir dans la cour comme vous l'avez demandé. Vous aviez raison : il existe une porte au fond de cette cour. Petite porte en bois. La concierge avait la clé. Elle m'a expliqué que cet accès était toujours fermé depuis la Libération, mais qu'il avait été bien utile pendant l'Occupation. La porte donne sur une traboule qui débouche sur une impasse jusqu'à la rue Burdeau. On a décidé qu'il valait mieux ne rien laisser au hasard. Mons a pris le premier quart. Je dois le relayer dans…

Marchant regarda sa montre.

— … une heure environ.

— Rien à signaler à part ça ?

— Non, le calme plat.

Les deux hommes sursautèrent. On venait d'entendre une détonation, puis deux autres. Ils sortirent précipitamment de la voiture. Le Goff arrivait à la rescousse. Delmas lui intima l'ordre de rester devant l'allée de Germeaux. Direction la cour. Marchant tapait violemment à la porte de la conciergerie. Personne. Plus qu'à faire le tour du pâté de maisons pour rejoindre l'impasse. Ils coururent aussi vite que possible. Cela leur parut interminable. La rue Burdeau était tout aussi déserte. Plus que quelques mètres. Marchant saisit son arme et débloqua le cran de sûreté sans ralentir l'allure. Les deux hommes se plaquèrent contre le mur, prêts à surgir dans l'impasse.

— Mons ! cria Delmas. Vous êtes là ? Mons ! Tout va bien ?

Ils entendirent une voix méconnaissable, plutôt un sanglot expressif. Marchant risqua un œil, prolongé par son bras agrippé à son P38. Il distingua la silhouette de Mons assis ou plutôt affalé sur le sol. Le dos, tout voûté, était parcouru de petites convulsions sèches. Son arme gisait à quelques centimètres, et l'on devinait, un peu plus loin, un corps effondré. Les deux policiers se précipitèrent vers le jeune homme. Delmas l'aida à se relever tandis que Marchant, arme pointée devant lui, s'approchait du corps de Germeaux avec les précautions d'usage. Une balle en pleine tête, l'autre dans le ventre et du sang, beaucoup de sang. Le cadavre était comme vrillé : la première balle l'avait plié en deux, la seconde l'avait projeté en arrière. Un gros Luger reposait sur le sol vaseux de l'impasse. Marchant se releva enfin. Derrière lui, l'ensemble informe de Delmas tapotant le dos de Mons qui ne cessait de pleurer convulsivement, comme un gamin en grand malheur. Marchant s'approcha enfin. Par-dessus l'épaule de Mons, Delmas s'exprima avec une étonnante douceur, presque à voix basse :

— Allez chercher Le Goff et téléphonez à la boutique qu'ils préviennent Favre pour les constatations d'usage, ainsi qu'une ambulance. Faites vite.

Delmas passa un bras autour de l'épaule de Mons, comme il l'aurait fait avec un fils, puis l'entraîna lentement jusqu'à la rue, toujours aussi déserte. Le Goff surgit, tout essoufflé, l'arme au poing.

— C'est bon, mon vieux, vous pouvez ranger votre quincaillerie. Germeaux est au fond de l'impasse. Veillez sur lui en attendant le fourgon.

Delmas et Mons marchaient à petits pas. Le commissaire entourait toujours son inspecteur d'un bras protecteur. Marchant, incrédule, attendait ce drôle de couple près de la voiture. Il ouvrit la portière arrière, Mons se glissa dans la 203, Delmas monta à l'avant et dit à l'oreille de Marchant :

— Allez prendre vos photos. Prenez votre temps.

Marchant eut un air entendu. Il récupéra son matériel ; on entendit le claquement du coffre arrière. Delmas observait Mons qui, le regard perdu dans un ailleurs inaccessible, ne disait mot.

— C'est la première fois, bien sûr.

Le jeune homme acquiesça et fondit en sanglots. Delmas se retourna. Pas âme qui vive. Le quartier toujours désert. Il poursuivit sans le regarder.

— Tuer un homme, ce n'est pas rien. Ce métier nous expose forcément un jour ou l'autre à cet horrible dilemme : sacrifier sa peau ou vivre avec le poids d'avoir retiré la vie à un être humain, fût-ce une canaille. D'ailleurs, on ne se pose même pas la question. On sauve sa peau ; c'est tout. Ensuite, on subit. C'est bien cela, le plus terrible. Je ne sais trop quoi vous dire de plus… Vous allez devoir affronter cette épreuve et vous dire que cela se reproduira au cours de votre carrière. Enfin, si vous persistez dans cette voie. On a aussi le droit de changer de métier. Surtout ce métier… Que s'est-il passé, Mons ?

Marchant arriva trop tôt.

— Voilà, patron, c'est dans la boîte. Le Goff attend Favre et nous rejoint ensuite.

Delmas regarda Marchant droit dans les yeux et expira très fort sa contrariété. Marchant haussa les épaules en faisant la moue, fit le tour de la voiture, se mit au volant et démarra en martyrisant la boîte de vitesses.

XXI

Mons se tenait raide sur sa chaise. Une raideur excessive ; comme si le moindre relâchement pouvait entraîner sa chute. Il restait muet, le regard dans le vide. Delmas ne savait trop comment réagir. Il aurait pu le raccompagner chez lui, mais il pensait qu'il valait mieux vider l'abcès tout de suite. Il l'avait soutenu jusqu'à son bureau, lui avait servi un café qui ne fumait presque plus. Près d'un quart d'heure qu'ils étaient face à face. Il avait poussé la porte de son bureau, puis s'était assis. Que dire, que faire ? N'y tenant plus, il se leva brutalement, ce qui fit sursauter Mons. Ce mouvement inattendu eut son petit effet. Toujours immobile, il marmonna faiblement :

— Vous n'en avez pas ? Je ne vous ai jamais vu avec une arme.

Delmas resta derrière lui. Il lui répondit d'une voix affaiblie. Un ton monocorde suggéré autant par l'atmosphère ambiante, que par des souvenirs pénibles :

— C'était en 38, le 15 mai vers vingt-deux heures. Nous étions en planque depuis une quinzaine, jour et nuit. Des trafiquants qui importaient de la morphine base. Nous avions repéré un laboratoire dans les faubourgs. Je connaissais bien ce quartier pour y avoir vécu une partie de mon adolescence. Tout un monde de petits artisans bousculés par l'implantation de grosses usines de textiles et de produits chimiques. Le laboratoire se trouvait dans le sous-sol d'un immeuble délabré habité surtout par des immigrés espagnols. La planque n'était pas commode, car nous ne pouvions pas guetter d'une voiture, qui aurait été aussitôt repérée. Les seuls véhicules en vogue étaient les camionnettes des livreurs et des charrettes à bras. On avait repéré un immeuble inoccupé, destiné à la destruction, dans une rue perpendiculaire. Mais le fenestron des W-C communs à chaque étage donnait sur la rue du trafiquant. Des toilettes à la turque. Nous étions perchés pendant des heures la tête penchée en avant, le cou étiré et vrillé pour apercevoir l'entrée de l'immeuble. Interminable. Sans parler de la puanteur. La nuit, on établissait des roulements. Le collègue dormait sur un matelas, dans une pièce à côté. Bref, le 15 mai, j'entends le moteur d'une auto, ce qui est anormal, ou tout comme, à cette heure-ci. Je les revois encore. Deux hommes descendent de voiture ; l'un fait le guet devant l'allée, l'autre entre précipitamment. Aussitôt, je réveille – comment s'appelait-il déjà ? – Garmin. Nous dévalons l'escalier jusque dans la rue, puis nous prenons soin de progresser dans la pénombre. Maintenant, nous sommes postés à une vingtaine de mètres. Les ordres sont clairs : soit il s'agit d'une simple visite, et nous nous contentons d'observer, de relever, sait-on jamais, le numéro d'immatriculation de la voiture ; soit c'est une expédition. Le premier individu va ressortir avec quelques précieux colis, et nous sommes censés intervenir pour les appréhender. En effet, impossible de les prendre en filature dans ces conditions. Nous serions tout de suite repérés. Alors, nous attendons, nos armes à la main. Dans la nuit chaude, j'aperçois Garmin, nerveux, fébrile. Je crois qu'il a peur, qu'il espère que le premier type ressortira les mains vides. On ne sait pas s'ils sont armés… Moi aussi, j'ai peur. J'ai déjà participé à des arrestations, arme au poing, mais nous étions en nombre. Je n'ai jamais eu à tirer, ni même à menacer. Les autres s'en chargeaient pour moi. Naturellement, en cas de besoin… Mais je n'ai pas été mis à l'épreuve comme ce soir-là. Je remets mon arme dans son étui et j'essuie ma main trempée de sueur sur mon pantalon. À ce moment, tout se précipite. L'homme qui fait le guet bondit en direction de la voiture, et le second surgit avec un sac dans chaque main. De gros sacs. Nous nous regardons, Garmin et moi, puis nous fonçons arme au poing. Les deux gars nous ont vus. Je crie « Police ! Mains en l'air » et je cours toujours en espérant qu'ils ne sont pas armés. L'homme au sac décide de faire demi-tour. Il disparaît avec sa cargaison dans l'allée. Le premier s'arrête net dans son élan et plonge aussi dans la pénombre. Nous nous mettons aussitôt à l'abri. Procédure normale : pas question d'avancer à découvert sans connaître la puissance de feu de l'adversaire. Le silence. Quelqu'un ouvre une fenêtre, puis la referme. Je risque un œil : rien. Pour rejoindre la voiture, une grosse Ford, ils sont obligés de passer à découvert, dans le champ d'un réverbère. Il ne fonctionnait plus, mais nos services ont fait le nécessaire en espérant que cette célérité de l'Administration ne paraisse pas suspecte dans ce quartier laissé à l'abandon. Cinq minutes, puis dix minutes passent. Je décide de demander à Garmin de foncer chez les Ferron. Deux cents mètres environ. Le réparateur de bicyclettes qui a rafistolé ma vieille Terrot pendant plus de dix ans. Il a le téléphone. Si la situation prend des allures de siège ou s'ils jouent à l'usure, autant faire venir des renforts. Garmin semble soulagé par cette mission. Il fait demi-tour dans la plus grande discrétion. Ne pas donner l'alerte à l'adversaire. Tout se passe pour le mieux. Puis la catastrophe : un grand bruit métallique ; Garmin a heurté une poubelle. À nouveau le silence inquiétant, puis le drame. Un des deux trafiquants tente de rejoindre l'auto ; je saisis mon revolver ; la silhouette surgit dans le faisceau du réverbère, je tire. Il est blessé, mais poursuit son chemin en claudiquant. Il se dissimule derrière la voiture et tire plusieurs coups de suite. Son complice va sûrement tenter quelque chose. Le voici. Je tremble comme une feuille. Qu'ils s'en aillent, après tout. Tout cela ne vaut pas la vie d'un homme. Je pense ainsi, mais ma main pense autrement. Une seconde silhouette apparaît, et je tire comme un forcené. La première balle le fauche en plein vol, mais je tire encore : une fois, deux fois, trois fois. Chaque projectile qui le pénètre déclenche un soubresaut ridicule. L'homme a fini par rouler contre le réverbère. Le second crie : « Je me rends ! » Il avance, mains en l'air, près de son complice. Il pleure, il sanglote. Un gamin de vingt ans à peine. Garmin me rejoint, me dépasse et lui passe les menottes. Moi, je ne sais plus trop. J'avance, dans un cauchemar, jusqu'au cadavre de l'homme que je viens de tuer. Je reste figé devant ma victime, et mon corps vacille d'avant en arrière, ma main agrippée à mon arme qui fait aussi un mouvement de balancier contraire. Garmin me parle ; je n'entends rien. Des gens réveillés par le vacarme ouvrent leur fenêtre. Garmin hurle : « C'est la police ! Vous avez le téléphone ? Appelez le commissariat, qu'ils nous envoient un fourgon ! » Puis, je m'écroule. Quand je reprends connaissance, je suis dans une voiture. On me ramène chez moi. On m'interrogera le lendemain. Depuis ce jour, mon arme de service reste dans le tiroir de mon bureau.

Pendant qu'il racontait la scène, toujours sur le même ton monocorde, presque chuchotant, Delmas était resté derrière Mons qui trouva, enfin, la force de balbutier :

— Il faisait froid, j'étais légèrement engourdi, presque somnolent. Puis, j'ai entendu un bruit. Une porte qui claque. J'ai mis du temps à réaliser que ce n'était pas normal. Alors, je me suis penché dans l'angle du mur, sans précaution particulière. Il était engagé dans l'impasse à une cinquantaine de mètres, pas plus. Je suis resté prostré, à découvert. Il a semblé aussi surpris que moi. On s'est observés sans bouger durant quelques secondes, puis il a lâché sa valise, plongé sa main dans la poche de son manteau et il a tiré. Alors, tout s'est précipité. J'ai eu un mouvement réflexe qui m'a sauvé la vie. Je l'ai entendu qui courait, mais il ne fuyait pas. Au contraire, le bruit de pas, amplifié par l'espace clos de l'impasse, se rappro-chait de moi. Je n'ai pas eu peur parce que j'ai cessé de penser. Juste le souvenir de la procédure apprise et répétée à l'école de police : saisir son arme, dégager le verrou de sûreté, assurer sa posture, surgir, tirer au jugé et se remettre à l'abri. Je l'ai fait. Comme un exercice, sans trembler, sans penser à rien. Dès qu'il m'a vu, il a tiré à nouveau. Il ne s'attendait pas à ma présence. J'ai senti le souffle de la balle. Mais… je n'ai pas eu peur. J'ai tiré deux fois, sans réfléchir, sans viser vraiment ; je ne sais plus.

Mons s'était brutalement replié sur lui-même sous l'em-prise d'une vive douleur. Cela ressemblait à une sorte de convulsion. Delmas ne sut trop quoi faire. Il resta figé sur son fauteuil, embarrassé et inquiet. Alors que Delmas s'ap-prêtait à se lever pour le réconforter, Mons se redressa et le fixa. Un regard d'une extrême dureté et tout le corps comme saisi de frisson.

— J'ai froid. Je voudrais rentrer chez moi.

— On va vous raccompagner. Vous avez un médecin ? Sinon je peux vous…

— Non, je vous remercie, je préfère rentrer seul. À demain.

Il sortit du bureau précipitamment. Toute sa physionomie était tendue, prête à rompre.

Delmas le regarda partir, affecté et soulagé à la fois. On frappa aussitôt à la porte.

L'irruption de Marchant stoppa net la montée d'angoisse. Delmas se sentait toujours très démuni au contact direct de la détresse d'autrui. Il avait beau se raisonner, cela provoquait chez lui une réaction de repli. Cette fois, il ressentait l'angoisse sans se sentir piteux, car il avait surmonté la coutumière inhibition qui le rendait muet. Depuis mai 1938, c'était même la première fois qu'il racontait cette débâcle qu'il n'oublierait jamais. Il avait bien fait. Du coup, Mons avait surmonté la peine de raconter sa première fois…

Marchant fit preuve d'un tact remarquable. Il ne releva pas la mine sombre du commissaire, déposa une valise sur la table devant le tableau et l'ouvrit.

— Les affaires de Germeaux, patron. J'ai fait l'inventaire. Rien d'intéressant à part ceci.

Il saisit un petit sac en toile noir qu'il vida en le retournant prestement sur la table. C'était un long lacet métallique muni d'une sorte de poignée en bois à chaque extrémité.

— Le docteur Favre l'a examiné, mais il n'a relevé aucune trace. En revanche, il pense que la section du câble correspond aux marques de strangulation relevées sur le cou de Martha Lidac. Il va le vérifier dès que nous lui aurons retourné ces pièces à conviction.

Delmas examina l'objet sans le saisir.

— Et l'arme ?

— Un Luger de l'armée allemande et deux balles manquantes dans le chargeur. Marchant sortit un sac en papier de son manteau et déposa le revolver en prenant garde de ne pas le toucher.

Delmas s'approcha du tableau. Avec une certaine lassitude, il traça à la craie une flèche reliant le nom de Germeaux à celui de Martha Lidac. Puis, en lettres capitales, tout en haut de l'espace vide préservé sur la moitié droite du panneau, il écrivit : *Germeaux a tué M. Lidac. Pour qui travaillait-il ? Un réseau* ? Il s'y reprit à trois fois, cassant le morceau de craie sous la pression de la colère d'avoir encore une fois perdu le fil qui le reliait à ce fameux réseau. Car Germeaux n'était pas un tueur de Juifs comme les autres. Il travaillait pour quelqu'un ou dans le cadre d'un groupe. Delmas en avait la conviction sans être en mesure de l'expliquer. Valmont et surtout Duquerroy, notaire indigne, en savaient trop. Et c'est pour cela qu'on les avait supprimés. Certes, il avait identifié et mis la main sur l'assassin de Martha, mais la mort de ce dernier rompait le seul lien disponible à ce jour. Delmas semblait vissé devant le tableau, tournant le dos à Marchant qui ne savait trop quoi dire ni quoi faire. Les deux hommes restèrent figés ainsi, silencieux.

Marchant, n'y tenant plus, se dandinait d'une jambe sur l'autre. D'une drôle de voix, il finit par lâcher :

— Et le gamin ?

Certes, il avait son idée sur la question : malgré ses grands airs, le « godelureau de bonne famille » s'était cogné à la réalité ! Cependant, Marchant craignait les réactions de son chef. Comme lui disait souvent sa défunte mère : « Tâche moyen de ne pas lâcher de bêtises parce que t'auras beau courir après, t'auras de peine à les rattraper. »

Alors, il avait donc lâché ce « Et le gamin ? » histoire de rendre l'atmosphère respirable sans prendre de risque. Le ton mi-figue, mi-raisin de Marchant n'échappa pas à Delmas, mais il reconnut, malgré tout, un élan de bienveillance qui dissipa sa torpeur. Il se retourna enfin :

— C'est dur, très dur. Il affronte vaillamment, mais, à mon avis, le plus difficile est à venir. Je ne suis pas sûr qu'il ait vraiment réalisé. Tout s'est passé très vite : tirs par réflexe, instinct de survie…

— Il y aura une enquête interne ?

— Justement. Je ne sais pas trop comment il va supporter tout ça. Quand on va lui demander de préciser exactement ce qui s'est passé…

— Oui, c'est sûr. Les bœufs-carottes sont rarement de grands humanistes…

Delmas lui tournait toujours le dos. Marchant fit de même en s'approchant de la fenêtre. Un ciel plombé étreignait la cité, les façades sombres suintaient la mélancolie. À quelques jours de Noël… Marchant n'appréciait guère… Une pénombre hésitante encourageait les confidences. Le silence réunit les deux hommes sans les mots, mais avec intensité. Étrange. Delmas face au tableau sans le voir, et Marchant, le regard happé par la silhouette de la basilique surplombant la ville.

— Je ne sais pas comment je réagirais à sa place. Je n'ai jamais tué personne.

— Je ne le souhaite pas à mon pire ennemi, chuchota Delmas.

Marchant émit un petit gloussement. Esquisse de ricanement ?

— Vous ! Vous avez un pire ennemi, patron ?

Delmas lui répondit sèchement :

— Et pourquoi je n'en aurais pas !

— J'ai entendu monsieur Lesage et Plassard dans l'escalier. Ils avaient l'air embêtés. Des histoires de presse. Paraît que des journalistes de Paris ont demandé des entrevues…

Delmas soupira. Un soupir démesuré, interminable. Marchant sortit à pas légers sans faire craquer le parquet, fermant la porte, tout doucement, comme celle de la chambre d'un enfant qui dort. Delmas s'allongea sur le sol, la tête posée sur une pile de dossiers. La lampe de bureau projetait des ombres bizarres au plafond. Le crépuscule augmentait la densité fantasmagorique de ces nuages dans le ciel désabusé du plafond. Enfant, il passait des heures à observer l'éther lointain, où nuages et azur se livraient à une guerre houleuse. Il guettait, espérait la victoire des troupes azuréennes sur les sombres mêlées, puis, de guerre lasse, finissait par s'endormir.

Un craquement le fit tressaillir. Depuis combien de temps s'était-il assoupi ? Le maigre faisceau de la lampe dérangeait à peine la nuit qui avait envahi la pièce. Un second craquement retentit. Somnolent, il aperçut l'ombre d'un inconnu plantée devant le tableau de l'affaire Lidac. Delmas l'avait dans son champ de vision sans avoir à bouger d'un iota. L'homme observait les photographies et commentaires à l'aide d'une lampe de poche. Encombré par l'accessoire indispensable, il entreprit difficilement de recopier les informations ajoutées ces derniers jours.

— Je peux vous aider ? demanda Delmas d'une voix qui se voulait aimable.

L'intrus sursauta, laissa échapper sa lampe et tenta une sortie vouée à l'échec. Avec une prestance qu'il n'avait guère exprimée depuis longtemps, Delmas se propulsa tel l'éclair et le plaqua comme on le fait d'ordinaire sur un terrain de rugby. L'intrus chut avec fracas.

— Aïe ! vous m'avez pété le nez. Ça va pas, non ?

Delmas se releva, appuya sur l'interrupteur et contempla l'inconnu sous le feu brutal du plafonnier.

— Guinchard ! Ce cher Guinchard. Ça fait un moment que je ne vous avais pas vu. Fini, le béret de la milice ? On vous l'a échangé contre un képi ? Cela n'a guère modifié le support du couvre-chef. Toujours aussi minable, Guinchard.

Le cher Guinchard esquissa un mouvement de protestation.

— Fermez-la et restez accroupi. Cela vous va très bien.

Delmas saisit une chaise et s'installa tout près de l'indiscret nigaud qui fit mine de se redresser, mais un coup de pied à l'arrière-train l'en dissuada.

— Sage Guinchard, sage ! Ne vous en faites pas. Je ne vous infligerai pas le supplice de la baignoire. Vous connaissez ça, n'est-ce pas ? Bon, que faites-vous dans mon bureau à… ?

Il consulta sa montre-bracelet :

— … à vingt-deux heures quarante-cinq ?

Delmas lui tendit un mouchoir ; Guinchard essuya son nez sanguinolent en marmonnant :

— Je suis de permanence de nuit.

— Dans mon bureau avec une lampe de poche pour espionner le travail de vos petits camarades ? C'est pas bien du tout, ça. Et au bénéfice de qui, terne fripouille ?

Silence.

— Je n'ai pas bien entendu. Entendons-nous bien, justement : il n'y a plus rien à espérer d'une canaille de votre catégorie. Voilà le marché : vous me dites pour qui vous glanez ces informations et on oublie l'incartade. Mais attention : finie l'espionnite ! Alors ?

Une lueur inattendue dans les yeux, Guinchard fixa Delmas. Il s'essuya encore le nez comme si cela l'aidait à réfléchir.

— Je ne suis jamais venu ? Ni vu ni connu ?

Delmas opina.

— Bon, je marche. Germeaux, il s'appelle. Le Lucien Germeaux qui est sur votre tableau, là.

Delmas ferma les yeux, les épaules subitement affaissées.

— Vous l'avez vu quand pour la dernière fois ?

— Il y a trois jours... Je l'ai prévenu qu'il était sous surveillance.

— Pas revu depuis ?

— Non, je devais le voir hier matin, mais il n'était pas au rendez-vous.

— Vous ne le reverrez plus. Il est mort.

— Merde ! Comment l'est-y mort ?

— Vous verrez ça demain dans les journaux. Et Germeaux, pour qui travaillait-il ?

— Sais pas. Il avait noué des liens avec pas mal de gars du CQJ. C'est une tête brûlée qui joue du couteau comme moi des osselets. Il payait bien, c'est tout ce que je sais.

Il se tamponna le nez avec précaution.

— Ça va me faire un sacré manque à gagner, ajouta-t-il en regardant Delmas avec un air de chien battu.

— Bon, allez ramasser votre képi, racontez à vos collègues que vous vous êtes cogné contre une porte et disparaissez.

Guinchard s'exécuta, sortit, ferma la porte derrière lui pour l'entrouvrir à nouveau, glisser sa tête dans l'entrebâillement et risquer un timide « Merci, monsieur le commissaire ».

Delmas, atterré, pointa un doigt vers la sortie sans piper mot, éteignit le plafonnier et regagna son bureau. Il ramassa les dossiers qu'il avait déposés sur le sol en guise d'oreiller, puis balaya du regard le tableau jusqu'au gros point d'interrogation surmonté du mot « TAUPE ». Décidément, le fil était rompu. Germeaux réduit au silence, l'informateur infiltré restait le seul espoir de découvrir qui se cachait derrière ces crimes. Dans quel but ? Et ce minable Guinchard...

Delmas se leva, abattu, déprimé par le gâchis et l'idée de devoir entamer la journée du lendemain par une convocation chez Lesage. Il repensa à cette réflexion qu'aimait répéter Marchant quand le vague à l'âme le gagnait : « Pleure tant que te voudras, tu finiras par te moucher. »

XXII

— Monsieur de Mons se remet ?

— Lentement. Ils ne l'ont pas trop malmené.

— Vous savez, je pense même que cet épisode, certes malheureux, sera excellent pour sa carrière. D'autant que, côté presse, ils ont été corrects, pour une fois. Les Français doivent comprendre que nous avons un métier dangereux face à des malfaisants qui n'ont peur de rien.

Delmas, au comble de l'accablement, ne releva pas. Il se contenta de marmonner un son non identifiable. Lesage poursuivit :

— Voilà une affaire bouclée. On ne saura jamais vraiment pourquoi ce sale type a étranglé la petite Lidac, mais, dame, s'il fallait trouver des raisons à tous ces actes anormaux… Quant à l'exécution de Valmont, je pense que cela n'a rien à voir avec l'affaire Lidac. Sans doute une obscure histoire entre invertis. Et vous avez mieux à faire. J'ai confié l'enquête à l'un de vos collègues. Je sais bien que vous n'approuvez pas ma façon de voir, mais j'en ai pris mon parti. Comme dit ma femme : tant que nous n'avons pas à passer nos vacances ensemble…

Delmas esquissa une grimace qui ne ressemblait pas à un sourire. Il bouillait sur place. Une semaine depuis la mort de Germeaux. Mons avait repris le travail avec un sacré panache. Comme si rien ne s'était passé. Il est vrai que tout le monde y avait mis du sien. Y compris les journaux qui, effectivement, pour une fois, relataient les faits avec une étonnante bienveillance envers la police. La jeunesse et la bonne mine du policier qui avait tué un suspect n'étaient sans doute pas étrangères à cette empathie exceptionnelle. Delmas était donc rassuré sur l'état de son collaborateur. Cependant, de jour en jour, un malaise croissant l'accaparait. Lesage lui avait demandé son « rapport final ». Cela avait été fait dès le lendemain, mais ce document ressemblait à tout sauf à une somme conclusive. Certes, on connaissait désormais l'identité de l'assassin de Martha Lidac, mais on ignorait toujours le mobile. Voulait-on réduire la jeune fille au silence ? Que savait-elle ? Par ailleurs, quid du notaire Duquerroy ? Delmas ne croyait pas à la thèse de la chute dans l'escalier de sa cave. Quid encore de la disparition de Valmont ? Pourquoi cette exécution ? Pourquoi avait-on brûlé son corps ? Delmas restait convaincu que le meurtre de Martha n'était qu'un épisode d'une histoire bien plus complexe. Il restait trop d'inconnues dans ce dossier pour le classer sans suite.

Mais Lesage ne l'entendait pas ainsi. Ce matin-là, à peine avait-il franchi le seuil de son bureau, que le téléphone sonnait. Il reconnut aussitôt le témoin lumineux du commissaire divisionnaire et monta quatre à quatre les marches jusqu'au saint des saints.

— Merci pour votre rapport précis et circonstancié, comme d'habitude. Seulement, je ne partage pas vos conclusions, vous vous en doutez. Encore une fois, nous ne sommes pas là pour dilapider l'argent du contribuable. Nous avons mieux à faire que de tirer des plans sur la comète et nous lancer dans des spéculations, certes de haut vol, mais il faut parfois revenir sur terre. Votre hypothèse de réseau me semble bien fumeuse. Bref…

Il exhiba un dossier sous le nez de Delmas comme un joueur aurait plaqué une carte maîtresse sur le tapis de jeu.

— Voilà de quoi nourrir votre curiosité, mon vieux.

Il ouvrit le dossier, découvrant la photographie d'un jeune homme, le corps criblé de balles recroquevillé dans le coffre d'une auto.

— Robert Vasseur, trente-deux ans, retrouvé tel que vous le voyez, hier matin, devant un night-club. La voiture était mal garée. Nos services ont tourné autour, les portières n'étaient pas fermées à clé. Le coffre non plus. Et voilà. Le jeune homme…

— Pourquoi vous entêtez-vous à classer cette affaire, monsieur ?

— Pardon ?

— Vous savez très bien que l'enquête sur l'affaire Lidac est loin d'être terminée. Alors, que se passe-t-il ? Expliquez-moi.

Delmas avait prononcé ces mots sur un ton presque conciliant. Comme s'il pouvait s'attendre à une oreille attentive.

Lesage soupira en levant les yeux au ciel.

— Écoutez-moi bien, Delmas. Cette affaire est classée. Nous avons un coupable. Par la grâce de Dieu, nous n'avons pas à le juger ni le punir ; c'est fait. J'ai encore eu le juge au téléphone hier soir. Pour lui, c'est entendu, et il n'y a pas à revenir dessus. Cessez de jouer au justicier. Vous êtes policier. La justice, d'autres s'en chargent ; laissez-les faire leur métier. Maintenant, il est temps de passer à autre chose ! conclut Lesage en frappant du poing sur son bureau.

Nullement impressionné, Delmas le regarda droit dans les yeux et poursuivit :

— Qui a intérêt à clore cette enquête ? Nous n'avons toujours pas identifié l'homme qui semble le chef du réseau. Celui qui accompagnait Germeaux au théâtre. Vous le savez bien…, si vous avez lu mon rapport.

Il avait parlé avec une extrême lenteur, pesant ses mots, exprimant une assurance impressionnante.

— Ne me faites pas ce coup-là, Delmas. Je l'ai lu, votre rapport et bien lu. Monsieur le juge l'a lu aussi. Et la conclusion est sans appel : affaire classée ! Nous avions une victime, voire deux, nous avons un homme qui n'a pas pu passer aux aveux, faute d'être en mesure de le faire, mais nous avons la preuve irréfutable de sa culpabilité. La police existait avant vous et poursuivra sa tâche sans vous, si nécessaire, mon cher. La police ne tourne pas autour de votre nombril ; c'est une organisation avec une hiérarchie. Et je vous conseille de vous le mettre dans la tête une fois pour toutes !

— Sinon ? répondit Delmas sur un ton morne.

— Sinon, c'est la mise à pied le temps de vous remettre les idées en place ! Fichez-moi le camp !

Lesage se dressa vivement, pointa son doigt vers la porte et rugit encore :

— Sortez, commissaire. Je vous signifierai ma décision par courrier dans les vingt-quatre heures. En attendant, je ne veux pas vous voir dans nos couloirs. Considérez-vous comme en congé en attendant mieux ! Allez, ouste ! J'en ai assez, à la fin !

Delmas le regarda, médusé, puis finit par sortir sans prononcer un mot. Que pouvait-il répondre à un tel assaut ? Il fit un bref passage dans son bureau pour récupérer son manteau, passa devant Catherine.

— Ça n'a pas l'air d'aller ? fit-elle.

Il ne répondit rien et se retrouva dans la rue, ahuri. Oui, tout ceci était ahurissant. Plus que jamais, Delmas en était convaincu, le meurtre de Martha était la partie visible d'un ensemble encore immergé. Et certaines personnes semblaient avoir intérêt à ce qu'on en reste là : le meurtre d'une gamine et l'assassin éliminé au cours d'une fusillade ; un point, c'est tout.

Il se retrouva boulevard de la Croix-Rousse sans avoir eu conscience de son déplacement. C'était jour de marché. Une foule compacte se pressait à la veille des fêtes de Noël. Dans une demi-heure, environ, Marianne quitterait son travail. Il décida de pousser jusqu'au lycée Ampère. En marchant d'un bon pas, il arriverait à temps. Quand elle le vit, son sourire rayonnant fut comme un déclic ; il se réveilla face à la femme qu'il aimait. Tout simplement. Cette harmonie radieuse se consolidait en cas d'entourloupe de l'existence qui ne manquait pas de malice, en l'occurrence. Elle remarqua tout de suite son désarroi, mais ne le releva pas, préférant lui prendre le bras et lui raconter sa journée. Et puis, ils étaient invités !

— Nos voisins ont acheté un téléviseur et nous invitent à découvrir leur nouvelle acquisition à la faveur d'un apéritif. Qu'en dis-tu ?

— Pourquoi pas ! répondit-il.

Puis, il lui pressa le bras comme pour aspirer en elle l'énergie qui lui faisait défaut.

XXIII

Il attendait dans le couloir, assis sur un banc, juste en face de la porte du juge Viallat. Après une nuit difficile à ressasser les propos de Lesage, Delmas avait décidé de passer outre la voie hiérarchique. Il fallait qu'il lui parle, lui fasse entendre une autre manière de voir. C'était un nouveau, nommé depuis deux ou trois mois. Jeune, la trentaine toute neuve, il arborait la même bouille qu'Alfred, le héros du *Costaud des Épinettes*. Ça l'avait frappé quand le juge s'était penché par l'embrasure de la porte pour appeler un huissier. Alfred était, dans une pièce de Tristan Bernard adaptée à la télévision, un garçon de bonne famille qui essayait de passer pour un dur pour quelque obscure raison. Sans grand intérêt. Sans parler de la qualité de l'image que ses voisins ne cessaient de louer contre l'évidence. Il est vrai que leur joujou, un téléviseur La Voix de son maître, avait dû leur coûter bien cher. D'autant que le relais provisoire n'émettait même pas tous les jours.

Pourquoi Marianne avait-elle accepté cette invitation ? Elle éprouvait un malin plaisir à observer les us et coutumes de ses semblables, surtout quand ils ne lui ressemblaient pas. Comme une ethnologue de proximité qui avait trouvé dans l'étude de ses voisins la confirmation de sa théorie. Selon elle, une nouvelle société allait se développer. Une société d'individus dont la principale activité (en dehors du travail) serait d'acquérir des articles et objets qu'il fallait absolument posséder pour en faire pleinement partie. Elle imaginait des familles passant leurs moments de loisir dans des magasins de plus en plus grands et couvrant les pseudo-besoins de chaque membre de ces familles. Marianne se référait notamment à un article sur les *supermarkets* aux États-Unis : d'immenses surfaces de vente où l'on trouvait de tout.

— Tu verras, martelait-elle, un peu amère. Un jour, les gens passeront leur samedi et leur dimanche à dépenser tout leur argent et parfois plus dans ces *supermarkets*, au grand bonheur des capitalistes...

Dans ces cas-là, rien ne servait de la contredire. Restait à écouter et approuver cette description apocalyptique d'un mouvement de tête.

Mais, finalement, cette morne soirée avait du bon. Le rapprochement entre le juge Viallat et Alfred dédramatisait, détendait l'atmosphère : après tout, il souhaitait simplement donner son opinion de manière informelle. Ce jeune magistrat semblait ouvert et modérément conformiste, à en juger son veston chocolat au lait illuminé d'une cravate jaune sur chemise grise. Jamais vu pareil accoutrement ! Dans un palais de justice encore moins qu'ailleurs. Il était permis d'espérer. Déjà une heure qu'il recevait un prévenu et son avocat. Le suivant n'était pas encore arrivé. Le bruit du parquet sous les pas annonça une sortie imminente. Delmas tenta le tout pour le tout, se précipita derrière l'avocat qui s'apprêtait à refermer la porte.

— Commissaire Delmas. Bonjour, monsieur le juge. Pouvez-vous m'accorder un bref instant ?

— Ah ! c'est vous ?

Le juge sourit en lui adressant ces mots étonnants. Un sourire à peine esquissé, mais bien présent.

— Entrez !

La reproduction d'un tableau de Miro capta aussitôt le regard de Delmas. À droite, la photographie d'un vieil hindou grimaçant le troubla davantage. Delmas resta coi, oscillant le regard entre ces deux images.

— Remettez-vous, s'amusa le magistrat. Asseyez-vous. Vous ne ressemblez absolument pas au portrait que votre supérieur a eu la bonté de me dresser avec force détails. Ça ne m'étonne guère, d'ailleurs… Il n'aime pas trop ses subordonnés, le commissaire divisionnaire Lesage ?

S'agissait-il d'une question ou d'un avis ? Delmas choisit de rester silencieux. Cela durait.

— Veuillez m'excuser, monsieur le juge, mais vous me posez la question ou… ?

— Racontez-moi la raison de votre visite, monsieur le commissaire. Je n'ai pas forcément beaucoup de temps…

— C'est à propos de l'affaire Lidac, monsieur le juge. Je voudrais…

— Oui, je comprends. Je n'étais pas forcément de l'avis de monsieur Lesage, mais – comment dirais-je ? – il ne manquait pas d'arguments… Je serais tout prêt à écouter les vôtres, naturellement, mais le temps presse et je crois pouvoir dire que je les connais déjà. Pire, je crains de les approuver pour la plupart.

Le juge jeta un regard furtif vers une autre photographie, unique et donc captivante, sur le seul mur nu de la pièce : le portrait de Claude Debussy par Nadar. Puis, il scruta Delmas qui ne se sentit pas autorisé à reprendre la parole. Il avait eu le temps, dans le couloir, de préparer sa défense et surtout d'envisager tous les cas de figure de la partie adverse. Mais jamais au grand jamais il n'avait prévu cette éventualité : qu'il fût dans l'incapacité de placer un mot, son interlocuteur, façon de parler, prononçant les questions et les réponses. Dans un état proche de la tétanisation, Delmas regardait le jeune juge qui le fixait toujours, le menton reposant sur ses deux poings en boule. Puis, Delmas le vit bondir tel un pilote de la RAF sur ces nouveaux sièges éjectables qui sauvaient des vies, mais qui sonna l'heure de la sortie, pour ne pas dire de la retraite ; piteuse retraite. Le juge le raccompagna jusqu'à la porte, lui tendit la main tout en lissant de l'autre sa sublime cravate, lui chuchota quelques mots à l'oreille, lui décocha un clin d'œil à peine perceptible et ferma la porte derrière lui.

Un chahut indescriptible et la fumée épaisse envahissaient l'espace de la Brasserie des dauphins investie par une nuée de bidasses débarquant d'Allemagne pour passer les fêtes de Noël en famille. Delmas commanda un autre pot de beaujolais, au grand désespoir de Marchant qui attendait, tout palpitant, la suite et la fin du récit de la rencontre avec le juge. Mais le commissaire avait décrété qu'il leur fallait d'abord trinquer encore une fois. Marchant ne l'avait jamais vu dans un tel état. Loin d'être ivre, il n'était, quand on le connaissait bien, qu'un peu trop hilare. Il ne doutait plus de l'heureuse issue du « drôle d'entretien », comme le lui avait annoncé Delmas au téléphone, le priant de le rejoindre aux Dauphins toutes affaires cessantes. Ils trinquèrent donc bruyamment.

— Alors ? demanda encore Marchant.

— Alors, si nous trouvons un élément nouveau, le juge est tout prêt à rouvrir le dossier Lidac. Le problème, c'est que je suis en congé pour une semaine. J'ai reçu la lettre de Lesage ce matin : sept jours de congé en guise de mise à pied sans inscription dans mon dossier, a précisé, magnanime, le grand homme.

— Comme disait l'autre : attends-toi à tout et tu t'étonneras de rien ! commenta doctement Marchant qui ne craignait pas de se répéter. Et maintenant, qu'est-ce qu'on fait, patron ?

— Rien pour l'instant. L'affaire est considérée comme classée. Laissons faire… pour quelques jours. Vous voyez, finalement, cette semaine de congé n'est pas si mal venue. J'avais besoin de prendre du recul. Et puis, je crois que je vais acheter une voiture.

Comme lorsqu'elle était gamine, Marianne collait son nez à la fenêtre gelée. Quelques flocons de neige s'éparpillaient dans l'air, hésitants, trop épars et légers pour tisser leur tapis. Elle aperçut Delmas au loin. Sa drôle de silhouette de petit homme qui dégageait pourtant une puissance placide, sa démarche apparemment lente, mais sans nonchalance, son homme tout en paradoxes qu'elle aimait comme il était.

Cette histoire de mise à pied ne la troublait pas outre mesure. Au contraire. Elle considérait cette disgrâce comme une récompense ; la récompense de l'intégrité de son époux au sein d'un panier de crabes qu'elle honnissait plus que jamais après toutes ces simagrées destinées à redorer le blason de la police à la Libération. Le haut du panier brandissant les exemples édifiants des quelques policiers résistants qui avaient, pour la plupart, payé de leur vie ces actes tellement isolés dans un contexte si exposé, au « beau » milieu d'une administration coupable d'innombrables ignominies. Minable. Cela la mettait en rage. Le timbre de la sonnette retentit enfin.

— Et si on l'achetait, cette voiture ?

Delmas le lui avait demandé la porte à peine ouverte, un petit bouquet de mimosa à la main. Ils s'enlacèrent sur le palier en riant comme des enfants. Un courant d'air fit claquer la porte d'entrée. Delmas n'avait pas ses clefs. Ils rirent de plus belle et se mordirent les joues pour affecter une mine contrite tandis que la concierge pestait d'avoir dû gravir les quatre étages :

— Ce n'est quand même pas compliqué d'avoir ses clefs sur soi ! On est bien monté avec des policiers de votre genre ! C'était une caricature de concierge aussi acariâtre que serviable. Les Delmas lui donnaient toujours de somptueuses étrennes. Ils avaient remarqué que plus on était généreux avec elle et plus elle était désagréable. Histoire, sans doute, de marquer son intégrité. Ils avaient décidé, cependant, de la gratifier toujours plus royalement jusqu'au jour où ils réduiraient leur don de manière spectaculaire, curieux de constater les conséquences...

— Tu penses qu'il protège quelqu'un ?

Marianne lui avait posé la question tout de go. Elle savait bien que Delmas était rongé par cette éventualité.

— Je n'en sais rien. Ces gens pensent différemment. Leurs actes ne sont pas dictés par la morale, encore moins par la compassion.

— Et la justice dans tout ça ?

— Lesage a une vision hiérarchisée de la société, et j'ai peur que ce ne soit rien comparé aux conceptions de ses supérieurs. Tous ces gens considèrent qu'ils font partie de l'élite et qu'ils le méritent bien. Les autres, les sans-grade, les perdants, méritent aussi leur sort. Ou plutôt ils ne méritent pas mieux. À partir de là, les critères de justice, d'équité, sont différents.

— Je te trouve bien conciliant. Le dossier Lidac est donc clos. L'assassin s'est fait descendre, point final ! Son mobile est un peu bancal, tout de même. Il a dénoncé des Juifs ; la belle affaire ! Des milliers de Français ne se sont pas gênés. Que risquait-il !

Marianne dodelina de la tête.

— Je n'y crois pas.

— Je n'y crois pas non plus, Marianne. Mais là n'est plus la question. Lesage et la direction en ont décidé autrement. C'est ça, la réalité. Ils ne peuvent concevoir cette affaire autrement. Envisager que des individus aient intérêt à tout faire pour empêcher des Juifs de récupérer des biens qu'ils leur ont volés, c'est remettre à jour leur complicité passive – ou pire.

— Que veux-tu dire, Jean ? J'ai peur de comprendre. Tu crois vraiment à ce que tu avances ?

— Je te l'accorde. C'est inconcevable. Mais ce qui s'est passé durant cette guerre était encore bien pire. L'attitude de la France était-elle concevable ? Qui pouvait penser que nous deviendrions complices des nazis ? Qui aurait osé envisager que nous allions livrer des familles entières, y compris des enfants, aux Allemands ?

Delmas était resté debout depuis le début de la conversation, le dos à la fenêtre, bras croisés comme un témoin passif, lui aussi.

— Mais tu as raison : ce que j'avance est inconcevable. Seulement, je ne parviens pas à m'enlever ces idées de la tête. Ils ne m'ont pas laissé le temps d'identifier le type de la salle Rameau qui accompagnait Germeaux. Pour autant, je ne suis pas du tout convaincu d'une quelconque volonté de protéger cet homme. Encore une fois, nous ne vivons pas dans le même monde. Pour Lesage et consort, une Martha Lidac reste une petite Juive qui a échappé au sort qui lui était réservé. Elle en avait réchappé, mais son destin l'a rattrapée, c'est tout. Ces gens-là ne sont pas mauvais sciemment. Pour eux, toutes les vies ne se valent pas. Cependant, je reste convaincu que l'assassinat de Martha n'est pas un cas isolé. On ne sait rien à ce sujet. Des centaines de dossiers ont été brûlés dans les banques suisses. Même chose en Belgique et aux Pays-Bas. Cela représente des milliards de francs confisqués aux Juifs et conservés dans des coffres.

Delmas ouvrit le buffet du salon, se servit un grand verre de cognac, montra la bouteille à Marianne qui acquiesça. Ils trinquèrent et burent d'un trait. Il poursuivit :

— Au début, Martha, comme la plupart des rescapés, n'avait d'autre idée en tête que réapprendre à vivre. D'autant que réclamer la restitution de ses biens s'apparentait à un sacré parcours du combattant. Tu te souviens du père Ménard, le président de l'association des personnes occupant des appartements juifs ? Souviens-toi de ce que nous racontait Germain Lévy qui défendait d'anciens propriétaires ayant déposé un recours contre les membres de l'association. Sur l'ensemble des affaires plaidées, il n'a gagné que moins d'une fois sur trois. Et l'impossibilité de demander restitution après fin 1949. Il fallait oser, tout de même ! Officiellement, il n'y a eu aucune réclamation depuis. Souviens-toi de l'envolée du député, dont j'ai oublié le nom, qui l'affirmait sans rire aux actualités. J'ai oublié aussi le titre du film. Un vrai navet. Soirée ratée sur toute la ligne !

— Ton raccourci est saisissant. Tous ces faits mis bout à bout font frémir.

Marianne remplit les verres qu'ils vidèrent aussitôt.

— Sans doute, mais c'est ainsi. Et crois-moi : ces vols organisés n'étaient pas l'exclusivité des banquiers et habituels rapaces rompus aux affaires. Tout un monde de concierges, de flics, de petits commerçants s'est gavé aussi. Souviens-toi des navettes des camions qui vidaient systématiquement les appartements des Juifs déportés. On ne les comptait plus sur l'avenue, près de chez ta mère. Trop de monde a intérêt à oublier tout ça. Rien ne sert de remuer la boue, comme dirait Lesage.

— Je n'aime pas t'entendre renoncer comme ça.

Delmas la regarda en souriant.

— Je ne renonce pas, Marianne. Je fais le point. C'est indispensable avant de passer à l'action. Mais, pour l'heure, je suis en congé – forcé, mais bien réel. Et puis, nous avons une auto à acheter.

Le soir même, ils se rendaient chez l'ancien combattant de la deuxième DB. La guinguette était fermée, mais la 402, toujours en vente. L'aubergiste les reconnut tout de suite.

— Je savais bien que je vous reverrais. Une auto comme ça, il n'y en a pas deux dans la région.

Ils le suivirent jusqu'au garage, qu'il ouvrit prestement en actionnant la porte battante. Delmas resta coi, Marianne éclata de rire.

L'ancien de la deuxième DB contemplait son œuvre les poings sur les hanches.

— Je l'ai repeinte comme les taxis à *Neve York*. C'est mon neveu qui est dans la marine qui m'a donné l'idée. Il m'a envoyé une carte postale de là-bas, où il faisait escale. Il paraît que tous les taxis sont peints en jaune à *Neve York*.

Delmas fit le tour de la voiture, abattu, tandis que Marianne se retenait difficilement de pouffer.

— Elle vous plaît pas, ma peinture ? demanda l'aubergiste, chagriné.

— C'est pas ça, mais… Je ne m'y attendais pas… C'est tout de même voyant, ce jaune. Qu'est-ce que tu en penses, Marianne ?

— Je la trouve éblouissante.

Le lendemain matin, usant, pour une fois, de ses entrées à la préfecture, Delmas obtenait la nouvelle carte grise tandis que Marianne bouclait les valises. Vers midi, ils roulaient à près de cent kilomètres-heure sur l'asphalte de la route des vacances, comme le chantait si bien Trenet. À cette vitesse, le moteur ronronnait assez bruyamment, mais sans excès. Les publicités qui vantaient le silence de la 402 lors de sa sortie en 1936 n'étaient pas exagérées. Ils aimaient la vitesse et ressentirent une joie intense et dérisoire, une jubilation d'adolescents jouissant de la vie avec le privilège de croire encore à ses promesses. Ils se dirigeaient vers la Méditerranée sans trop savoir où précisément. Finalement, ils achevèrent leur descente en direction de la Côte d'Azur après quelques heures de route seulement. Un village perché sur le coteau se dorant au soleil les attira irrésistiblement. Le charme d'un petit hôtel et d'une chambre avec balcon donnant sur la vallée fit le reste. Ils vécurent des jours tout en douceur. Oubliées, l'affaire Lidac et les turpitudes humaines. La 402 scintillait sur la place, objet des regards médusés ou amusés des gens du village. Dame, une aussi belle auto en jaune, on n'avait jamais vu ça ! Le patron de l'hôtel ne cachait pas sa fierté d'héberger les propriétaires de ce véhicule hors du commun. De fait, la clientèle du comptoir augmenta sensiblement sous l'effet de la curiosité. Pour la première fois, les femmes du village encourageaient leur époux à aller boire un coup à l'hôtel des voyageurs, histoire d'en savoir plus. C'étaient peut-être des artistes de cinéma ou de music-hall… Marianne se fit un plaisir d'en rajouter, de lâcher quelques mots susceptibles d'alimenter la rumeur. Delmas riait sous cape. Une semaine vraiment délicieuse…

XXIV

Ils avaient quitté leur pacifique escale tard dans l'après-midi. La cloche fêlée du village venait sûrement de sonner les douze coups de minuit quand ils rangèrent l'auto. Delmas eut toutes les peines du monde à se garer. La direction de la 402 s'avérait bien lourde, et le créneau n'était pas sa manœuvre favorite. Surtout, il n'avait pas la tête à ça. Depuis quelques minutes, il avait le pressentiment que la quiétude allait s'évanouir très vite. Peut-être dès qu'il aurait franchi le seuil de l'allée de l'immeuble. Marianne ne disait rien. Elle pensait la même chose que lui.

Le lendemain, Marchant et Prévost accueillirent Delmas avec chaleur dans un contexte électrique. La seconde amnistie en faveur des Français coupables de collaboration avec l'ennemi avait réactivé les acrimonies entre les rares défenseurs d'une justice aussi sereine que possible, les partisans têtus de la vengeance assassine et les avocats de la réconciliation à tout prix. Même au prix de l'oubli de petites et grandes bassesses. Or, on en connaissait un rayon dans la police. Delmas ne militait pas pour la revanche, encore moins pour la vengeance. Mais il regrettait cette manière de réconcilier l'inconciliable, soupçonnant la volonté de sauver quelques gros poissons après avoir laissé la populace se livrer à des actes abjects sur la menue friture. Comme si l'épuration sauvage de la Libération servait à justifier cet empressement à oublier. Lesage et consorts pouvaient dormir tranquilles.

Comme il le pressentait, la quiétude s'évapora instantanément. Cependant, Lesage était revenu sur sa décision d'isoler l'enquête sur le meurtre de Valmont. Sans pour cela la relier à l'affaire Lidac (« Un de nos hommes a failli perdre la vie sur ce coup-là ! »), il avait donc décidé de redonner le dossier à Delmas et son équipe.

Pour quelle raison avait-on massacré Valmont ? Pourquoi cette mise en scène voulant faire croire à une vengeance sioniste ? Delmas était convaincu de la nécessité de se concentrer sur le mobile. Depuis le début, il conservait l'intuition que Valmont était mort pour rien. Ceux qui l'avaient assassiné craignaient qu'il divulgue des informations capitales que Valmont n'avait pas conscience de détenir ou dont il sous-estimait l'importance. Seulement, à partir du moment où la police s'était intéressée à lui, il était devenu un danger. Pourquoi ? Delmas avait beau reconsidérer l'affaire sous plusieurs angles, ses réflexions le ramenaient au commissariat général aux Questions juives. Valmont avait vu ou entendu quelque chose dans les bureaux de cette sinistre administration. Delmas n'en démordait pas. Il fallait donc fouiller dans la mémoire du CQJ pour trouver une nouvelle piste, avec le secret espoir, aussi, de découvrir des éléments liés à l'affaire Lidac afin d'aboutir à la réouverture de l'enquête. Restait à obtenir le feu vert de son supérieur hiérarchique, puis une autorisation exceptionnelle de consulter des archives mises à l'abri des curiosités.

— Méfiez-vous de ceux qui savent faire rien de rien ! lui lança Marchant sans rire. Ils sont capables de tout.

Mais Delmas, requinqué malgré tout par sa semaine de

congé forcé et le revirement de Lesage ne ressentait pas l'appréhension coutumière avant de pousser la porte de son bureau. Un sourire, à peine forcé, de son supérieur l'encouragea même à lui tendre la main sans la réticence qu'il ne parvenait pas à dissimuler d'habitude.

— Alors, Delmas, cette semaine de congé ? Ce n'était pas une mauvaise idée finalement.

En guise de réponse, il grimaça ce qui pouvait passer pour une approbation et décida d'envoyer un signe fort de concorde, c'est-à-dire de soumission envers son supérieur hiérarchique.

— Je vous en suis très reconnaissant. Cela m'a permis de faire la part des choses. J'apprécie aussi la confiance que vous accordez à notre équipe concernant le meurtre de Valmont.

Affectant l'humilité, Lesage dessina un cul de poule de sa bouche lippue tout en dodelinant de la tête. Manière de dire « Ce n'est rien, mon petit », tandis que Delmas dissimulait un haut-le-cœur derrière son sourire paravent si utile en de semblables circonstances... Encouragé par ce climat harmonieux, il lança :

— Avec votre permission, je souhaiterais entreprendre des recherches dans les archives du commissariat aux Questions juives. Nous sommes à peu près sûrs que l'affaire s'est nouée dans cette administration.

Lesage fit la grimace :

— Je vous arrête, Delmas. Vous n'êtes pas sans ignorer la nouvelle loi d'amnistie qui vient de tomber ? Dans sa grande sagesse, le gouvernement a décidé d'apaiser les Français. Vous connaissez mon avis sur la question. À part vous, personne ne pense qu'il y a les bons d'un côté et les mauvais de l'autre. Nous avons fait comme nous avons pu dans des circonstances exceptionnelles. Bref, il est temps de se réconcilier et d'aller de l'avant.

Par conséquent, l'heure n'est plus à exhumer des erreurs de jeunesse dans quelque document extirpé d'archives aux origines douteuses. Pour être clair, l'accès aux archives du CQJ est désormais interdit.

Delmas accusa le coup, resta coi, grommela un « Si vous permettez, je vais me retirer, monsieur le directeur » avant de se hisser sur ses deux jambes comme si tous les malheurs du monde venaient de s'agripper à ses épaules. Il franchit les quelques mètres jusqu'au seuil du bureau de Lesage qu'il entendit hurler :

— Vous commencez à me les briser menu, Delmas. Contentez-vous de faire votre travail dans le cadre qui vous est imparti. Vous n'êtes pas payé pour changer le monde…

La voix hurlante retentit dans les couloirs étrangement silencieux, pour une fois, tandis que Delmas accélérait le pas, prenait la fuite. Marchant, croisé dans l'escalier, lui emboîta le pas.

— Qu'est-ce qui se passe patron ?

Ils traversèrent la rue. La Brasserie des dauphins était calme et tranquille à cette heure-ci.

Ils s'installèrent à la table habituelle, tout au fond de la salle désertée après le casse-croûte du matin.

— Deux jambon beurre et un pot de blanc ! lança Marchant au patron pendant que Delmas, fort contrarié, regardait sans le voir un drôle de spectacle juste en face, devant le commissariat.

Un jeune homme très en colère, à en juger ses grands gestes, était poussé sans ménagement vers le trottoir par le policier de faction. Un brave homme pourtant, avec lequel Delmas partageait une passion pour le bel canto et ne ratait jamais l'occasion d'échanger des impressions après l'achat d'un disque ou l'audition d'un concert. Le furibond avait

dû y mettre du sien pour le mettre dans cet état… Un furibond qui ne lui était pas inconnu, d'ailleurs.

— Ôtez-moi d'un doute, Marchant. Ce ne serait pas
Delorme qui se fait expulser sans ménagement ?

— L'amoureux de Martha ? On le dirait bien… Qu'est-ce
qu'il peut bien faire chez nous ?

Les deux hommes tout tendus contre la vitrine ressemblaient à deux cancanières au comble de l'excitation. Mais
une excitation froide, cadenassée par le sentiment de faire
quelque chose de mal ou pour le moins minable : jouir du
spectacle du malheur d'un autre pour oublier sa propre
infortune. Le journaliste esquissait un ballet bizarre, une
pantomime ridicule, hésitant entre un assaut supplémentaire et une piètre retraite, plongeant la main gauche dans
sa tignasse considérable, se frappant la cuisse de la main
droite, levant les yeux au ciel, puis fixant le sol et serrant
le poing, prêt à frapper le mauvais sort qui l'accablait.
À quelques mètres, deux femmes âgées, encombrées de
paquets-cadeaux pour Noël tout proche, attendaient sagement la fin du spectacle.

— On va pas le laisser dans cet état, patron. Il a du
souci, ce petit…

Marchant indiqua d'un hochement de tête son intention
de se rendre à sa rescousse. Delmas l'approuva d'un geste
identique. Tandis que Marchant surgissait sur le trottoir en
direction du jeune homme, le policier de faction, se mépre-
nant sur le sens de cette intervention (fallait-il procéder
à une arrestation séance tenante ?), fondit sur l'individu
en flagrant délit de trouble de l'ordre public. Marchant,
prévoyant la bévue, obliqua sur son collègue en uniforme
pour s'interposer. Et c'est alors que les deux femmes, cette
fois apeurées par l'apparent assaut d'un grand escogriffe
sur un représentant de l'ordre, se mirent à crier :

— Police ! Police !

Ces hurlements stridents déclenchèrent une sortie en force de trois autres policiers en uniforme, le tout formant un attroupement vociférant, chacun essayant d'expliquer à l'autre le quiproquo. Alors que Marchant tentait de calmer l'ardeur de ses collègues, Delorme se retourna et reconnut Delmas qui lui faisait signe à travers la vitre. Un Delmas hilare, réprimant un fou rire qu'il estimait déplacé, mais ne pouvait conjurer complètement.

Le spectacle du sévère commissaire secoué de tremblements assortis de rires convulsifs finit par attirer l'attention du groupe en colère. Delorme semblant se désintéresser soudainement de son sort, Marchant se retourna le premier dans la même direction, ce qui eut pour effet de déclencher, cette fois, un fou rire sans détour. Cette manifestation improbable dans un contexte énervé, à deux doigts d'en venir aux mains, suscita tellement l'intérêt, que les deux vieilles femmes interrompirent leur conversation avec les policiers pour rejoindre les regards de Marchant et Delorme.

— Il se paierait pas notre bille, celui-là ? glissa l'une à l'oreille de l'autre qui l'approuva en hochant la tête.

À un certain moment, c'est toute la troupe vociférante qui finit par s'apaiser. Apaisement dicté par l'impression partagée d'être ridicule aux yeux de cet observateur hilare. Les policiers finirent par reconnaître Delmas, et les deux femmes, comprenant qu'il ne s'agissait pas d'un inconnu, s'employèrent à tout savoir sur ce drôle d'oiseau moqueur. Une nouvelle conversation, nettement plus joviale, s'engagea entre ce petit monde, tandis que Marchant entraînait Delorme vers la brasserie sans que personne ne s'en préoccupe. Ils traversèrent la rue, silencieux, déconcertés par cette situation, les yeux toujours fixés sur Delmas qui parvenait enfin à calmer les assauts du fou rire. Un rire aux larmes comme jamais, ou alors il y a bien longtemps. Les deux hommes restèrent plantés quelques secondes devant le commissaire convulsif, n'osant s'asseoir. Marchant finit par tendre un mouchoir à Delmas, qui le saisit en riant de plus belle avant de sécher ses larmes et de déclarer doctement :

— Excusez-moi. Je cesse !

Ce qu'il fit avec une maîtrise retrouvée, ajoutant à l'adresse du jeune journaliste :

— Dites-moi, comment êtes- vous parvenu à faire sortir de ses gonds ce pauvre Tavernier ? Un authentique mélomane, pour votre gouverne. Ils sont rares dans la police, et d'ordinaire plutôt bien disposés...

— En fait, c'est un de vos collègues, inspecteur, qui m'a éconduit. Votre mélomane en uniforme n'a fait qu'obéir aux ordres : « Foutez-le-moi dehors ! » Rien voulu savoir ! Pourtant, je l'ai revu, bon sang, je l'ai revu avec sa tête de fouine, son regard mauvais. J'ai bien tenté d'expliquer, mais votre collègue s'est tout de suite énervé : « Vous n'allez pas encore remuer la boue... » Le refrain habituel ! Ils sont tous comme ça dans la police ? Tellement peur qu'on vous mette devant vos responsabilités ?

— Mais de quoi parlez-vous ? Calmez-vous un peu. Comment voulez-vous qu'on vous écoute ? Vous vous exaltez, vous mélangez tout, et on ne comprend pas un traître mot de ce que vous voulez dire. Un verre de blanc ?

— Non, merci, je préférerais un cognac.

— Marchant va vous chercher ça. Et maintenant, racontez-moi la cause de ce coup de sang.

Le jeune homme inspira profondément tout en fermant les yeux, comme un nageur avant de plonger dans une eau glaciale.

— Ce matin, comme tous les matins, je me promenais dans les allées du parc de la Tête d'or avant de prendre mon café à la buvette du lac. Vaguement somnolent, je m'assieds, commande mon café, et qui je vois marchant d'un pas lent apparent, genre grand fauve, vous voyez ce que je veux dire ?

— Pour l'instant, je nage en plein brouillard. De qui parlez-vous ?

— Mais le type de la salle Rameau. Le plus vieux, celui qui avait effrayé Martha ! Je l'ai tout de suite reconnu.

Delmas opina :

— C'est une excellente nouvelle !

— Oui, mais le temps que je réalise ce que je venais de voir, il avait déjà disparu.

— C'est nettement moins intéressant, commenta sobrement Delmas. Mais pourquoi cet esclandre au commissariat ?

— Mais je vous l'ai dit : l'attitude de vos collègues ! Je veux bien concéder que je n'étais pas très clair… Ce qui m'a mis en rogne, c'est sa réponse définitive du genre : « Pour un journaliste, vous n'êtes pas très bien informé. Vous n'avez pas lu ? C'est dans tous les journaux. La nouvelle loi d'amnistie ! » Et il a eu le toupet d'ajouter : « Vous retardez d'une guerre, mon vieux. On a d'autres chats à fouetter ! » Ça m'a mis en boule, je l'ai traité de collabo, de traître et autres compliments.

— On appelle ça « outrage », chez nous, commenta Delmas en souriant.

— Et puis, il a pas forcément tort, le collègue, ajouta doctement Marchant en déposant le verre de cognac. T'as beau gabouiller la bassouille, t'en feras pas rien des œufs à la neige !

— Mais qu'est-ce qu'il a, lui, avec ses œufs à la neige ? Je ne parle pas cuisine, il s'agit d'un salaud qui a assassiné Martha.

Delmas, épaules tombantes, adressa un regard atterré

à Marchant, penaud, réalisant comme toujours avec un temps de retard qu'il aurait mieux fait de se taire.

— Croyez bien que je déplore autant que vous cette entourloupe. Mais cela ne nous empêchera pas d'enquêter. Maintenant, un bon conseil : calmez-vous en écoutant Brahms ou Schubert, bien que Bach me paraisse plus indiqué pour retrouver un peu de bonne humeur. Nous n'avons rien à gagner à nous laisser envahir par la colère, ne croyez-vous pas ? Commandez-nous une tournée générale, Marchant, et allez donc chercher mon ami Tavernier. Que nous parlions musique. Que la concorde règne, sapristi !

Mais la concorde n'était décidément pas de saison, car une conversation entre mélomanes tourne forcément à la bataille rangée.

— Comment pouvez-vous défendre ce point de vue ? C'est hallucinant. Depuis le temps que nous l'attendions. Enfin, un opéra de Wagner en allemand ! Ce *Tristan* était une pure merveille !

— Comme vous y allez, jeune homme, rétorqua Tavernier. D'abord, je n'entends rien à l'allemand. Presque quatre heures de musique sans rien comprendre... Merci ! Et puis le boche, mon p'tit gars, on l'a suffisamment subi en 40 !

— Mais, mon pauvre ami, qu'est-ce que cela a à voir avec la musique ?

— D'abord, je ne suis pas votre pauvre ami, comme vous dites. C'est une affaire de sen-si-bi-li-té ! De toute manière, la dimension ultra-germanique des opéras de Wagner me gêne aux entournures. C'est comme ça.

— C'est surtout ridicule ; c'est comme vous si disiez que... *Le barbier de Séville* est trop italien.

— Voilà que je suis idiot, maintenant. Alors, je ne suis

plus votre ami ? C'est pas parce que je porte un képi qu'il faut me traiter ainsi !

— Excusez-moi, je n'ai pas…

— Vous n'avez pas, mais vous l'avez dit quand même. Bon, on ne va pas se quitter sur une mauvaise note…

— Je vous reconnais bien, là, l'interrompit Delmas.

— … admettez que le *Lohengrin* de la semaine dernière, en bon français de chez nous, a été un triomphe.

— C'est vrai, je vous l'accorde.

— Et puis, la mise en scène de ce petit jeune homme… Comment s'appelle-t-il, déjà ?

— Louis Erlo.

— Oui, c'est ça, Erlo. Plutôt adroit, le gamin, non ?

— Vous avez parfaitement raison, mais il n'en reste pas moins vrai que j'attends avec impatience une version en langue originale.

— Si c'est pour jouer devant une salle à moitié vide… Parce que, sans vouloir vous froisser, votre *Tristan* n'a pas déplacé les foules.

— Vous verrez, Tavernier, un de ces jours, on trouvera aussi bizarre de chanter Wagner en français que de voir un film de John Ford en japonais.

— Holà ! Ça, c'est trop fin pour moi, monsieur le journaliste. Ce qui est vrai, c'est que le Grand Théâtre de Genève a brûlé cette année à cause de Wagner. Au fait, avec votre beau métier, vous allez où vous voulez gratuitement. Vous n'allez pas à Genève demain soir ? Kathleen Ferrier y donne ce qui sera sans doute son dernier récital. Elle est très malade, vous savez ? Tous les mélomanes qui en ont les moyens seront à Genève ! Bon, c'est pas tout, ça.

Il se leva promptement.

— Sans rancune, monsieur Delorme ? À plus tard, monsieur le commissaire.

Tavernier saisit son képi, le posa sur son crâne

grisonnant et donna une petite tape sur son couvre-chef comme Fred Astaire sur son haut-de-forme dans *Entrons dans la danse.*

Le policier, bonhomme, s'apprêtait à franchir le seuil de la Brasserie des dauphins, lorsque Delmas rugit soudain :

— Qu'est-ce que vous venez de dire ? Tous les mélomanes qui en ont les moyens seront à Genève demain soir ? C'est vrai, ça, Delorme ?

Le journaliste acquiesça.

— Mais réveillez-vous, mon vieux ! Kathleen Ferrier fait ses adieux à Genève. Et qui donc va aller à Genève, mon petit Delorme ?

Le petit Delorme, interdit, haussa les épaules. Mais nous, bien sûr, parce que, si les mélomanes dignes de ce nom seront à Genève, notre homme, votre homme, y sera aussi !

XXV

Cinq heures à vive allure furent nécessaires pour rejoindre Genève, en 402, faute d'une voiture de service en état pour un aussi long parcours. Mais, à part ce petit obstacle, tout se présentait on ne peut mieux. Vernon avait accompli le prodige d'obtenir des invitations pour le concert en jouant de son charme auprès de l'attaché de presse du Grand Théâtre rapatrié au Kursaal, quai du Mont-Blanc. Il ne restait du Grand Théâtre genevois que les quatre murs après le gigantesque incendie provoqué par un essai pyrotechnique pour le dernier acte de *La Walkyrie*.

Delmas avait persuadé Marianne de l'accompagner, prétextant qu'un couple passerait plus inaperçu.

— Chaque fois que je souhaite devenir transparent, on ne manque pas de me repérer, et puis, Kathleen Ferrier, ça ne se refuse pas.

Marianne avait fait la moue. Comme son époux, elle détestait l'opulence satisfaite, le quant-à-soi suffocant de la ville helvétique. Mais, en effet, Kathleen Ferrier valait bien un petit effort.

Durant le trajet, Delorme fit l'éducation musicale de Marchant, qui s'évertuait à prénommer « Catherine » la contralto de légende. Bon élève, cependant, il tentait d'émettre quelques notes du grave à l'aigu, histoire de repérer les différents registres vocaux. Le tout agrémenté d'éclats de rire du jeune journaliste et de protestations de Delmas :

— Vous nous cassez les oreilles, Marchant.

En effet, l'apprenti chanteur n'avait guère d'oreille, mais une puissance d'émission impressionnante.

— Pardonnez-moi d'interrompre vos vocalises, mais il serait peut-être temps de mettre au point notre plan d'attaque.

— Excusez, patron. Je sens pousser en moi une fibre musicale que j'ignorais. Comme disait ma mère « Vaut mieux avoir compris qu'avoir appris ».

— Certes, Marchant. Content pour vous d'une telle révélation, mais je souhaite toute votre attention pour une autre partition. Si notre bonhomme fait son apparition, ce que je ne doute pas une seconde, nous ne devrons sous aucun prétexte éveiller ses soupçons. De la discrétion. J'insiste, Marchant !

— Bien sûr, patron, un rien fâché. J'ai compris !

— Delorme, au royaume des aveugles, vous serez nos yeux. Il vous faudra repérer notre homme dès son arrivée. Ensuite, on ne le lâche plus. Une fois que vous l'aurez vu, je préfère que vous vous fassiez le plus discret possible. On ne sait jamais. Encore une fois, il ne doit pas se douter que nous l'avons détecté.

— Soyez tranquille. Je me ferai tout petit.

— Marchant, comme la foule risque d'être dense ce soir, vous vous placerez pour pouvoir le fixer si d'aventure nous perdions le contact. Delorme connaît bien les lieux. Il vous indiquera l'endroit approprié. Contrairement à l'orthodoxie, nous le suivrons de très près, Marianne et moi. Mais on ne sait jamais. S'il nous échappe, vous prendrez le relais. Compris ? Mais, le plus délicat, ce sera la sortie. Vous avez pensé à votre matériel, Marchant ?

— Toujours, patron. Regardez, on m'a prêté cette petite merveille : un Minox Riga, plus petit qu'un paquet de cigarettes. Dès les premiers applaudissements, je me positionne dans le grand hall, prêt à lui tirer le portrait.

— C'est ça. Nous arriverons à peu près en même temps que vous, avant le flot des spectateurs. Je vous informerai durant l'entracte quand nous aurons localisé la place du bonhomme. Et là, ce sera à vous de jouer.

— Ne vous en faites pas. Avec cet appareil, j'aurai notre homme. Suffira de recadrer et d'agrandir. J'espère simplement que la lumière sera adéquate… À la sortie du concert, je vais chercher la voiture. On le prend en filature, patron ?

— Non, pas question. Je ne veux pas gâcher cette opportunité. Une filature en jaune pimpant, cela manque singulièrement de discrétion. J'ai mieux : Vernon nous a livré un atout sérieux pour connaître l'identité de la cible en la personne du chef du personnel de salle du théâtre, ami intime (« très intime même », lui avait-il précisé avec un air concupiscent) et par ailleurs doté d'une connaissance ahurissante de « son » public. Une fois qu'on l'aura repéré, nous n'aurons pas de mal à connaître son identité et son domicile. Faites-moi confiance.

Ils marchèrent quelques minutes après avoir garé leur exubérante auto dans une rue adjacente. Déjà, quelques aficionados se postaient sur les marches du Kursaal. Ils rejoignirent ces ombres délicates qui soufflaient de minuscules nébuleuses de chaleur dans le froid vif mais supportable. Delorme et Marchant s'étaient postés sur le quai, à chaque extrémité de l'escalier, tandis que les Delmas se fondaient au sein des ombres plus près des portes d'entrée afin de surplomber l'arrivée du public. Tout ce joli monde devisait dans ses plus beaux atours. Les hommes, fumant le cigare, évoquaient les cours de la Bourse dans le contexte de l'inflation galopante et « ces salopards de communistes qui vont finir par nous ramener aux âneries du Front populaire ». Les dames, sensiblement plus jeunes que leurs époux, vêtues de fourrures mirobolantes, se lamentaient sur le thème du petit personnel « qui n'est plus ce qu'il était ». Au bout d'une demi-heure, on ouvrit les portes. Une partie du public se bouscula avec tact mais fermeté, comme il se doit dans le grand monde. Il restait toutefois suffisamment de gens sur les marches pour faire le guet sans éveiller de soupçons. Vingt heures quarante-cinq ; plus que dix minutes avant la sonnerie annonçant l'imminence du récital. Toujours rien. S'acheminait-on vers un échec ? Depuis un moment, déjà, on assistait au défilé d'imposantes limousines déposant leurs passagers : l'élite de la grande bourgeoisie locale arrivait au dernier moment. Sans doute la survivance de l'âge d'or de l'opéra. Le spectacle dans la salle précédait la représentation sur la scène. Et, pour se donner en spectacle, il était nécessaire que le public soit présent. D'où la nécessité d'arriver tardivement.

À vingt heures cinquante, enfin, Delorme désigna à Marchant un individu d'un certain âge suivi de deux types forts en carrure. Ils avaient surgi juste derrière lui. Le jeune homme dut se ressaisir afin de les désigner à Marchant, qui ne cessait de le regarder depuis un moment, inquiet, l'air de dire « Alors, vous le voyez ou pas ? » Une poussée d'adrénaline s'empara du policier grelottant après plus d'une heure de station immobile. Il monta rapidement l'escalier en direction des Delmas, les dépassa, leur désignant discrètement leur cible avant de rejoindre son poste d'observation. Moins de dix secondes s'écoulèrent avant que le couple n'opère sa jonction avec le fameux inconnu qui avait effrayé Martha. Comme toujours dans ce genre de situation, le sang-froid, nécessaire, ne coulait pas de source. La fébrilité, au contraire, s'insinuait avec la sensation que toutes les paires d'yeux environnantes vous observaient. La chance voulut que la cible se rende au premier balcon. Ils eurent tout le loisir de voir l'homme et ses deux gardes du corps pénétrer dans la loge numéro quatre de la galerie. Delorme s'approcha du commissaire sans le regarder, le temps de lui glisser quelques mots :

— Il a changé un peu, mais c'est bien lui avec son air de vautour et son nez bizarre comme s'il avait heurté un mur. À tout à l'heure.

Les Delmas rejoignirent leurs places, côté jardin, avec vue correcte sur la scène et surtout imprenable sur la loge numéro quatre. Le dernier arrivant était visiblement connu et apprécié dans cet espace exigu, où une dizaine de personnes devisaient avec vivacité. Une paire de minutes s'écoula, puis le chef d'orchestre fit son entrée. Pour l'événement, l'immense Bruno Walter avait fait le déplacement depuis Vienne. Le chef titulaire, Ernest Ansermet, avait accepté de lui confier exceptionnellement sa phalange. Puis, le rideau se leva. Kathleen Ferrier apparut. Une apparition solaire, mais un soleil crépusculaire. On attendait forcément les attributs de l'icône : le regard clair touché par une grâce infinie, le sourire ineffable qu'elle affichait sur les pochettes des disques que les Delmas écoutaient si souvent, la vigueur impressionnante que toute sa personne exprimait. Mais c'est une ombre qui se profila sur la scène. Manifestement, Delmas et Marianne ne furent pas les seuls à ressentir la vulnérabilité chez une femme aussi rayonnante. Une fraction de seconde, le silence précéda les salves d'applaudissements de rigueur. Imperceptible stupeur d'un public venu célébrer une reine visiblement atteinte, assiégée par un mal sournois à l'aube de ses quarante ans seulement. L'élégance naturelle restait intacte, mais avec une nuance de gravité. Comme si le bonheur qui sourit s'était enfui, comme s'il ne subsistait que la volonté de vivre dignement sa vie d'artiste. Ce qu'elle accomplit admirablement.

Naturellement, l'entracte arriva trop vite. Delmas descendit, comme convenu, afin de prévenir Marchant de les attendre, côté cour, dès la fin du récital. Puis, il repéra facilement l'ami de Vernon (grand escogriffe au crâne chauve et yeux bleu acier).

— Loge numéro quatre ? La loge de l'Helvète d'investissement ? Ce sera facile. Ce sont des habitués. Allons au Grand Foyer, vous allez me montrer ça.

Delmas repéra aussitôt le locataire de la loge numéro quatre dégustant une coupe de champagne en bonne compagnie.

— Béchevelin ? Môssieur Béchevelin, il s'appelle. Une sacrée fortune. Grand collectionneur de tableaux, travaille dans la finance aussi, cul et chemise avec l'Helvète d'investissement. Mais je vais pas vous en dire du mal. Ils donnent un sacré coup de main en ces temps difficiles. Pensez… Avec l'incendie ! Voilà, cher monsieur, je ne peux guère vous en dire plus.

Delmas le remercia chaleureusement et le rassura : oui, ce cher Vernon se portait comme un charme et lui faisait ses plus chaleureuses amitiés. Il rejoignit Marianne, la joie d'avoir retrouvé leur homme et de l'avoir identifié le disputant à l'ascension spirituelle accomplie durant la première partie du récital. Mais ce merveilleux transport se renouvela dès les premières notes de *La rhapsodie pour alto* de Brahms. Et que d'émotion lorsqu'elle acheva son récital par trois lieder d'après les poèmes de Friedrich Rückert sur la musique de Gustav Mahler ! « *À minuit, j'abandonnai ma force en tes mains, Seigneur de mort et de vie, tu veilles à minuit.* »

Point de bis en dépit des rappels ; seulement un geste de la main esquissé avant que le rideau ne retombe ; comme un adieu, évidemment.

Bouleversé, Delmas en avait déjà oublié son triste sire. Tandis que le public s'apprêtait à sortir, la « cible » discutait avec son voisin, tous deux exhibant leur agenda. Apparemment, l'impact émotionnel de cette soirée les avait épargnés. Au grand dam de Marianne, qui avait bien du mal à revenir sur terre, les Delmas descendirent rapidement l'escalier. Marchant était bien à son poste, comme convenu. À l'ombre d'une colonne, il avait repéré un espace sous les rayons bienveillants d'un grand lustre disposé à la jonction de l'escalier et du grand hall. Les occupants de la loge quatre défilèrent dans le viseur de Marchant. Delorme, qui s'était prudemment retranché dans une coursive, rejoignit la troupe quelques minutes plus tard.

Loin de célébrer la réussite de leur expédition, les passagers de la jaune 402 restèrent silencieux durant le trajet de retour afin de conserver de l'altitude. Sans se consulter, tous, y compris Marchant, se cramponnèrent au souvenir de ce moment de grâce, histoire d'oublier le monde maculé de ténèbres par de vilains personnages.

XXVI

Comme prévu, Lesage n'apprécia guère la virée genevoise de son subordonné. Si encore elle s'était soldée par un échec… La voix frémissante d'une colère rentrée modula un vague reproche assorti d'un semblant de compliment pour le travail accompli :

— Je vous avais donné le feu vert pour l'affaire Valmont, mais le dossier Lidac était clos !

Delmas, faussement penaud, lui répondit :

— Mais les deux affaires sont liées, monsieur le directeur. Ce n'est pas de mon fait.

Souhaitant sortir au plus vite de ce contexte embarrassant, Lesage autorisa Delmas à informer le juge Viallat de ces nouveaux éléments afin d'obtenir la réouverture de l'enquête.

De son côté, le jeune magistrat (cravate lavande sur chemise violette et veston gris) accueillit ces nouvelles avec une satisfaction non feinte :

— Cette manière peu conventionnelle me ravit, commissaire, mais ne le répétez à personne. Naturellement, dès que le cas du sieur Béchevelin se précise, je vous signe une commission rogatoire afin de visiter son domicile et tutti quanti.

— Donc nous reprenons du service, officiellement cette fois.

Il régnait une atmosphère presque légère dans le bureau de Delmas. Toute l'équipe réunie n'avait d'yeux que pour le tableau sur lequel on pouvait lire Béchevelin en lettres capitales juste au-dessus de L'inconnu de la salle Rameau barré d'un grand trait rouge.

Delmas distribua rapidement les tâches.

— Prévost, vous allez téléphoner au commissaire Lavanant à Annemasse, histoire de glaner des informations. Selon le chef du personnel d'accueil, Béchevelin est domicilié près de la frontière ; reste à trouver où. Marchant, vous allez tâcher de me trouver le pedigree de notre bonhomme : date et lieu de naissance, parcours professionnel, etc.

— Il a peut-être un casier ?

— Ça m'étonnerait. Croyez-moi, nous avons à faire à un loustic plus futé que la moyenne. Mais pourquoi pas ? Ce qui est sûr, c'est que nous devons faire vite. Si Béchevelin se doute de quelque chose, ça va devenir très compliqué. Le petit ami de Vernon semble fiable, mais c'est aussi un grand bavard. Pendant ce temps, je consulterai les archives du CQJ. Notre fripouille y a forcément laissé des traces. Mons, vous m'accompagnerez pour ce travail de rat de bibliothèque.

— Mais l'accès est rigoureusement interdit !

Mons avait l'air effrayé d'un gamin pris en faute.

— Ne vous en faites pas, je vous couvrirai en cas de pépin. Vous obéissez aux ordres d'un supérieur, c'est tout. Lesage ne vous le reprochera pas ; il en connaît un rayon sur la question.

Delmas se leva et, silencieux, s'approcha du tableau, tout près de la photo du cadavre de Martha Lidac et renchérit :

— Il faut savoir prendre des libertés avec la hiérarchie, parfois. Vous savez, jeune homme, il n'y a pas si long-temps, la police française a commis bien des crimes sous couvert des ordres de la hiérarchie. Des ordres particuliè-rement dégueulasses. Ce n'est pas forcément facile, mais, dans certaines circonstances je crois que l'on doit se poser cette question : « Et si le devoir était de désobéir ? »

Delmas avait presque chuchoté ces mots, sans se retour-ner. Prévost et Marchant échangèrent un regard entendu. Mons semblait un peu perdu.

Delmas détestait la période de Noël. Marianne aussi. Ces fêtes familiales, les enfants ouvrant leurs paquets au pied du sapin... En général, ils se réfugiaient chez eux, tous les deux, bien au chaud, après avoir rempli le réfrigé-rateur de victuailles. La gourmandise comme apaisement.

Pourtant, sans les fêtes de Noël, Delmas aurait eu quelques difficultés à faire aboutir son projet clandestin. Son ami Richard, complice indéfectible, sa « taupe de la préfecture », allait encore lui ouvrir quelques portes closes, et cette fois grâce aux fêtes de Noël. Comme il l'avait supposé, les dossiers du commissariat géné-ral aux Questions juives avaient trouvé refuge dans les rayons des archives de la police à la préfecture. Clotilde Deshouillères, la cinquantaine sévère, régnait sur ces brûlantes paperasses. Elle était mal secondée, natu-rellement, par un assistant plus alcoolique que conve-nable. Vincent D (préservons sa quiétude par l'anony-mat) présentait surtout l'avantage d'être un complice de Richard. Spécialité : tireur en boule lyonnaise avec la faculté d'intervenir parcimonieusement entre deux verres de blanc limé (ou pas). Cette complicité intense, conjuguée au départ en congé de Clotilde Deshouillères

(seules vacances qu'elle s'accordait une fois dans l'année afin de rejoindre sa fille mariée à un gendarme muté
dans le Cantal), illustrait, une fois de plus, l'effet de la
providence.

— Sacré Jean, je ne connaîtrais pas Marianne, je
manquerais pas de dire que tu as une veine de…

— Justement, puisque tu la connais, abstiens-toi,
veux-tu !

Delmas n'appréciait guère ces traits d'humour anodins,
mais ambigus, cette manière de blaguer tout en décochant une vacherie, vaguement salace de préférence…
Mais Richard connaissait bien cette aversion (« Jean est
le meilleur des hommes, mais, question humour, il pourrait
faire mieux ! ») ; c'est pourquoi il n'en ratait jamais une.

Mimant la posture d'un gamin grondé par un père
ombrageux, Richard changea de registre :

— Prévois juste quelques bouteilles, plus un petit billet
et quelques précautions pour entrer sans être vu. En l'absence de Clotilde, tu seras comme chez toi.

Les deux hommes échangèrent une accolade.

— Je te revaudrai ça, lui glissa Delmas.

— Surtout pas, répondit Richard.

Certes versé côté bouteille, Vincent n'en possédait pas
moins un sens de l'orientation de grand navigateur dans cet
océan de papiers. Il expliqua aux deux intrus la méthode
d'investigation appropriée parmi les centaines de lettres
de dénonciation, de dossiers de candidatures aux postes
lucratifs d'administrateurs de biens et rapports d'activités des heureux candidats sélectionnés. D'énormes liasses
de papiers classées par type de documents. Les comptes
rendus de la police des Questions juives (rebaptisée plus
sobrement « Section d'enquête et de contrôle »), étaient

consignés à part. Delmas et Mons se plongèrent dans les dossiers des cinq cents entreprises, au bas mot, « aryanisées » dans le seul département du Rhône. En fait, il leur fallut remonter en amont afin d'établir le lien entre les trois, voire quatre temps du processus : lettres de dénonciation, arrestations des propriétaires par la PQJ suivies de déportation, nomination d'un administrateur et enfin acquisition, à vil prix, de l'entreprise par un non-Juif. Vincent montra à Delmas le système inique mais ingénieux permettant d'établir des liens entre les différentes étapes du processus. Le passage à la dernière étape s'avérait le plus complexe, car l'identité des acquéreurs figurait rarement. Ces derniers recouraient à une armée de notaires qui se déléguaient les dossiers sous des noms de société obscurs pour mieux brouiller les pistes.

Cependant, l'Administration française s'y entendait, question gestion de dossiers, dans les systèmes complexes. Parmi les deux cents affaires les plus conséquentes repérées par Vincent, Delmas trouva sans trop de difficulté la documentation concernant le groupe Lidac, une des plus belles sociétés mises sous tutelle par le CQJ local. Outre le textile, Lidac possédait plusieurs commerces de détail florissants, mais aussi des intérêts dans l'exploitation pétrolière et minière.

Le dossier renvoyait également à une collection de sculptures et tableaux, dont la liste avait été transmise à l'ERR, l'organisme nazi chargé de rapatrier en Allemagne les œuvres « correctes » et dignes d'intérêt. Au fur et à mesure de son exploration, Delmas mettait de côté tous les documents concernant Lidac : déjà une quinzaine de dossiers rassemblés dans des chemises avec le nom du propriétaire soigneusement noté à la plume d'une écriture élégante avec des pleins et des déliés, comme il se doit.

À la lecture de cette paperasse nauséabonde, une évidence apparut : les affaires les plus juteuses étaient confiées à une modeste confrérie d'individus dont les noms revenaient sans cesse. En théorie, les volontaires devaient déposer leur candidature au CQJ, où le service de l'aryanisation sélectionnait les meilleurs candidats. En pratique, ce petit monde de notables se distribuait les entreprises les plus prospères et laissait le menu fretin aux prétendants ordinaires. En tête de chaque dossier d'aryanisation figurait le nom de l'administrateur et son adresse. Après deux heures de recherche, outre la pile concernant le groupe Lidac, Delmas avait déjà mis de côté trois autres paquets de dossiers. Le trio de tête des administrateurs. Le premier d'entre eux, un nommé Villedieu, totalisait déjà une trentaine d'entreprises, dont l'essentiel des affaires de la famille Lidac. Deux autres champions de la crapulerie, Journel et Chazeul, se « contentaient » d'une dizaine d'aryanisations. Le susnommé Villedieu s'avérait le candidat idéal pour le rôle du « boche » évoqué par Valmont.

Delmas plongea aussi dans la vase des lettres de dénonciation dans l'espoir de repérer qui avait dénoncé les Lidac. Selon Prévost, plus de cinq millions de délateurs avaient usé leur plume durant l'Occupation. À la fois révulsé et fasciné par l'accablante inspiration de ces plumitifs, Delmas ne pouvait s'empêcher de lire plus que nécessaire cette correspondance très spéciale :

Monsieur,
Je veux vous signaler que dans mon immeuble vivent
des fabricants de manteaux qui sont juifs. Je pense
qu'ils n'ont pas été signalés. Aussi, afin de me mettre
en règle vis-à-vis de la loi, je vous communique leurs
noms et adresse...

Dans le style beau monde et de bon ton :

Monsieur le commissaire général,
Dans l'intérêt social et non par délation, une atti-
tude que je réprouve, j'ai l'honneur de porter à votre
connaissance les faits suivants...

Dans le genre les affaires sont les affaires :

Monsieur l'inspecteur,
Pourquoi vous ne recherchez pas mieux les Juifs
cachés et non déclarés ? Je vous donne l'adresse d'un
Juif communiste qui s'est procuré des faux papiers. Il
est tailleur et exerce secrètement son activité juste en
face de ma boutique.

Ou encore :

Monsieur le commissaire général,
Je suis fourreur rue... Français né à Givors. Il ne
m'est plus possible de travailler, car je suis écrasé
par la concurrence de Juifs qui travaillent à plein
rendement. Celui-là s'appelle Philémon Dupuis. Un
faux nom, évidemment. Il nargue la loi de mon pays
juste de l'autre de la rue. Je vous prie donc de faire
le nécessaire le plus rapidement possible.

Mais la dénonciation des Lidac demeurait introuvable. Ce n'était pas le seul dossier dans ce cas. Les délateurs les plus experts et les plus prudents avaient sans doute bénéficié de complicité pour faire disparaître ces lettres compromettantes. On avait lynché pour moins que ça en 1944. Exténués et hébétés par cette chape démoralisante,

Delmas et Mons réussirent néanmoins à tirer l'essentiel des dossiers consultés sur les cinq cents conservés à la délégation locale du CQJ. Les deux policiers avaient recopié les documents les plus abscons concernant les transactions finales, dans l'espoir d'éclaircir la spoliation du groupe Lidac. Des experts en la matière parviendraient peut-être à en tirer quelque chose. Mais, finalement, le bilan s'avérait maigre. Surtout, Delmas ne comprenait pas l'absence de Béchevelin parmi les escrocs qui avaient profité de la situation délétère initiée par le régime de Vichy. Avait-il fait disparaître les dossiers le concernant ? Selon Vincent, c'était une pratique courante dès l'été 1944.

XXVII

— Tu as remarqué les adresses de ces administrateurs ? Et on appelle ça le beau monde… Pourrais-tu m'expliquer pourquoi ces individus ne pensent qu'à ça ?

— À quoi ?

— Mais à profiter des situations pour amasser toujours plus d'argent ? C'est comme tous ces gens aux belles demeures occupées en partie par des officiers allemands qui signaient des bons de réquisition pour le logement, la nourriture et compagnie. Selon la procédure, le Trésor public remboursait les propriétaires qui ne se gênaient pas pour revendre des meubles, bibelots précieux, des bonnes bouteilles soi-disant réquisitionnées et déjà remboursées par l'État. Double bénéfice. Pas de petit profit…

Delmas fit mine de reprendre les feuillets de notes prises au CQJ que Marianne consultait compulsivement.

— Bas les pattes, monsieur le commissaire ! Permets-moi de vérifier jusqu'où les Français ont pataugé dans l'abjection.

— *Des* Français, Marianne, *des* Français ! Allons, c'est toi qui patauges, cette fois. Cesse de te faire du mal, veux-tu ? Rends-moi ces papiers.

Décidément hors d'elle, Marianne poursuivit :

— Et celui-là : administrateur d'une quinzaine de commerces ; à la Libération, on lui demande de continuer de gérer ces affaires « en attendant le retour des propriétaires légitimes ». Il les attend toujours, les « propriétaires légitimes » ? Mais c'est tout simplement, tout simplement....

Marianne fit mine de suffoquer.

— C'est comme ça, Marianne. Souviens-toi de ce que disait Berliet pour sa défense : « J'ai vu la chose uniquement en chef d'industrie. »

— Toi non plus, ne mélange pas tout. Berliet a profité de la situation pour vendre toujours plus de camions. Ce n'était pas joli, joli, mais il n'était pas comme ces crapules qui n'espéraient qu'une seule chose : que les propriétaires légitimes de « leurs » entreprises ne reviennent jamais des camps... Et Vernet, tu connais les transports Vernet ? Delphine était secrétaire de direction chez eux. Elle, si discrète d'habitude, était en veine de confidence après son renvoi la semaine dernière. Il paraît que Vernet a profité d'une vente en bois en 43.

— Une vente en bois ?

— En d'autres termes, de l'achat fictif d'entreprises appartenant à un Juif. Le principe était simple : cette aryanisation, de pure forme, évitait la spoliation. L'« acheteur » endossait la propriété, mais s'engageait à restituer son bien au propriétaire d'origine, une fois les nazis chassés de France. C'était un pari. Selon Delphine, après la pseudo-transaction, le Vernet en question a dénoncé son « protégé », qui a été arrêté, déporté avec toute sa famille. On ne les a jamais revus. Et Vernet est resté propriétaire de l'affaire. Il y a une hiérarchie dans l'ignoble !

— Je suis d'accord avec toi. C'est bien pourquoi il faut faire la part des choses et ne pas généraliser. Tu me reproches souvent de tomber dans ce travers et de considérer les Français comme un troupeau de collabos. Pour une fois, permets-moi de t'encourager à modérer tes propos. Tu vas finir par me faire dire, comme Lesage, qu'il faut oublier et enterrer le passé pour réapprendre à vivre ensemble ! Je ne te reconnais plus, et moi non plus ! Et si on s'apaisait un peu ?

Delmas se leva jusqu'à la bibliothèque, saisit le volume des pensées de Marc Aurèle, l'ouvrit et lut : *N'use pas la part de ta vie qui t'est laissée à imaginer ce que fait autrui, à moins que tu ne te proposes quelque fin utile à la communauté.* Puis, refermant le volume avec emphase, singeant la figure du docte professeur, il le remit à sa place, pivota sur lui-même, saisit deux verres, une bouteille de cognac, fit retentir le doux son du bouchon de liège frappant le col du goulot et se délecta de la sérénade du divin liquide aux couleurs mordorées.

— À cette heure-ci ? s'étonna Marianne.

— Il n'y a pas d'heure pour Marco. À Marco ! lança-t-il en trinquant.

— À Marco, lui répondit Marianne au moment de la conviviale estocade au son cristallin.

Ils burent de concert et d'un trait, s'ébrouèrent sous les assauts des vapeurs alcooliques. Ils échangèrent un baiser rapide sur la bouche, puis Marianne jeta un regard vers la fenêtre, où des flocons flottaient dans l'air hivernal. Elle projeta ensuite un autre regard vers Delmas, qui opina du chef, et elle enfila son manteau. Delmas saisit le sien, chapeau et cache-nez, puis ils sortirent et tirèrent la porte. L'air vif les secoua, les apaisa, et le bruit des pas dans la neige les transporta dans l'univers délicieux du souvenir des enfances insouciantes.

— Au fait, tu as pris les clés de l'appartement ?

— Non, et toi ?

Quand Delmas déboula dans le couloir du premier étage, il était déjà plus de dix heures. L'étrange cognac matinal, la promenade main dans la main avec Marianne et l'expression désespérée de la concierge leur tendant le double de leur clé comme à des gamins pris en faute, mais qui recommenceront à la première occasion..., tout cela l'avait mis en joie. À tel point qu'il ne perçut, en aucune manière, la contrariété de Prévost, Marchant et Mons, auxquels il avait demandé d'être disponibles dès huit heures trente. Tout le monde se retrouva autour de la table de réunion. Delmas marmonna quelques mots d'excuse tout en rechargeant le poêle à charbon et résuma le résultat de ses recherches au CQJ :

— Comme Mons a dû vous le dire, le bilan est mince. L'historique des transferts de propriété des entreprises du groupe Lidac est complexe à loisir, de telle sorte que l'on renonce à comprendre quoi que ce soit. Autrement dit, on attend beaucoup de vous, conclut Delmas. Prévost et Mons, je voudrais que vous vous intéressiez à notre trio de tête au CQJ, à commencer par Villedieu, bien sûr, mais également messieurs Journel et Chazeul. Que sont devenus ces prédateurs ? On ne sait jamais... Ils pourraient nous éclairer dans ce brouillard persistant, car on n'a pas trouvé la moindre trace de Béchevelin dans les dossiers du CQJ ! Et vous, Marchant, vous avez quelque chose sur lui ?

Ce dernier fit une moue peu engageante avant de se lancer dans un compte rendu désabusé :

— Lisse comme une image, cet homme-là. Rien au sommier, pas la moindre condamnation, pas d'épouse, pas de famille... C'est bien simple : c'est comme s'il n'existait pas. J'ai eu toutes les peines du monde à retrouver sa trace. Apparemment, notre Armand Béchevelin serait né à

Saint-Romain-du-Val. Mais, bon, il faudrait aller vérifier sur place.

Comme pour racheter le modeste fruit de son enquête, Marchant déposa une photographie.

— Béchevelin à Genève. Le recadrage est correct. Je ne l'ai pas fait en plus grand, car la définition reste faible sur les détails. Mais ça donne une bonne idée quand même. Delmas observa avec attention le portrait guère plus grand qu'une identité. On distinguait bien, cependant, l'assurance affichée dans le regard, le port de tête du quidam qu'il était déconseillé de contrarier. Ce petit bout de carton rassemblait une foule d'informations. Saisi à son insu, en conversation avec ses semblables, le bonhomme ne dissimulait rien de son caractère tordu. Tout comme Balzac soupçonnait l'appareil photographique de prélever les couches corporelles du sujet photographié, Delmas n'était pas loin de conférer à la boîte obscure la faculté de révéler les tréfonds de l'âme. Le regard de cet homme, qui avait sans doute commandité la mort de Martha Lidac, lui remit en mémoire un texte du siècle dernier. Dans la veine du courant spirite très en vogue, à l'époque, certains prétendaient que la persistance rétinienne permettait de photographier dans les yeux de la victime l'image de l'assassin. Et que lisait-on dans les yeux d'un assassin ?

Delmas se leva, fixa la photographie sur le tableau, puis inscrivit : *Armand Béchevelin, né à Saint-Romain-du-Val, commanditaire du meurtre de Martha Lidac*. Après une brève hésitation, il ajouta un point d'interrogation tout en demandant à Marchant :

— Combien de temps pour aller dans ce charmant village ?

— Une petite heure.

Delmas regarda sa montre.

— Descends au garage. S'il y a une voiture correcte disponible, on part dès que j'en ai fini avec Prévost.

Ravi à la perspective de malmener une auto, Marchant ne se le fit pas dire deux fois.

La moisson de Prévost n'était guère plus conséquente. Depuis sa mutation dans la région en mars 1947, le commissaire Lavanant connaissait bien Armand Béchevelin, mais en tant que victime.

— Il s'est installé dans la région en 45. Possède deux galeries de peinture, une à Annemasse, l'autre à Genève. Cette dernière a été visitée et saccagée à deux reprises. Selon Lavanant, le richissime galeriste s'est fait quelques ennemis en achetant et revendant des tableaux dans des conditions bizarres. Bref, le bonhomme présente un casier d'une virginité décourageante. Par ailleurs, il possède pas mal d'appuis dans les milieux politiques et d'affaires. Il achète des œuvres pour des millionnaires se découvrant l'âme de collectionneurs, il les conseille pour soustraire quelque menue monnaie au fisc et passe pour un expert en placements juteux grâce à son solide réseau de connaissances à l'Helvète d'investissement. Toujours...

— Je sais : en parfaite légalité ! l'interrompit Delmas en ricanant, amer.

— Comme vous dites. Lavanant semblait franchement agacé par notre bonhomme. Mais ce n'est pas l'exemplaire unique. Il y a pas mal de Béchevelin puissance dix, dans le coin, qui profitaient des sources de gains rapides à la frontière pendant l'Occupation. Ils poursuivent, apparemment en toute quiétude, leurs trafics divers. Visiblement remonté contre tout ce joli monde, il m'a emmené voir la propriété de notre homme. Enfin, je n'ai pas vu grand-chose à part un mur interminable, un portail impressionnant, une allée bordée d'arbres et, tout au fond, une bâtisse assez prétentieuse, genre néogothique. Voilà, c'est à peu près tout.

Prévost replia son carnet de notes, le glissa dans la poche de son veston et se ravisa :

— Ah ! si : avant qu'il ne me raccompagne à la gare, j'ai proposé à Lavanant de lui offrir un café. Le patron semblait sympathique et bavard. J'ai saisi l'opportunité. Apparemment, la propriété appartenait depuis 1895, année de sa construction, à une famille d'industriels juifs. Ils l'auraient vendue pendant l'Occupation, fin 41, début 42, avant de disparaître pour on ne sait où. Les gens n'ont jamais su qui était le nouveau propriétaire, car la maison est restée inoccupée plusieurs mois avant d'être réquisitionnée par des officiers allemands. Puis, en novembre 45, ils ont vu arriver Béchevelin, qui y habite une partie de l'année seulement. Voilà, c'est tout, cette fois.

— C'est pas si mal, Prévost. En attendant mieux, il faudra essayer d'éclaircir les conditions d'achat de cette propriété. Mais, je suis d'accord avec vous (Prévost avait levé les yeux au ciel et écarté les bras en geste d'impuissance), il ne faut guère se faire d'illusions.

— Le bon sens a beau courir les rues, personne lui court après ! rugit Marchant, rouge écarlate, en faisant irruption dans le bureau. Ils sont pas bien, au garage. Il reste deux voitures à peu près utilisables, mais il paraît qu'il faut pas y toucher au cas où. Moi, j'y perds mon latin. Voyez si vous pouvez faire quelque chose, patron, je renonce.

Après quelques conciliabules à la logique obscure, Delmas obtint un bon de sortie pour une Traction 11, dont l'embrayage était en fin de course. Il fallait passer les vitesses à l'oreille, au bon régime, sans trop faire de dégâts.

Marchant prit le volant, prétextant qu'il faisait craquer les vitesses même avec une voiture en état. Le caractère spécieux du raisonnement n'échappa pas à Delmas, mais il était trop content de faire rager le chef mécanicien du garage. Delmas ignorait encore que cette joie, un brin déplacée, ne devait pas durer.

XXVIII

S aint-Romain-du-Val se pressait sans hâte en ce
début d'après-midi de décembre 1951. Pourtant,
Marchant manqua de percuter la voiture du boulanger en
voulant éviter un tombereau tiré par un cheval massif. À
l'extrémité des rênes, deux mains abîmées par les travaux
de la terre ne menaient guère le monumental équipage.
Un paysan rond, rouge et ivre, surmonté d'une casquette
plus crasseuse que bleue, faisait de son mieux pour garder
l'équilibre sur une planche en guise de banquette.

— Ah ! mais, attends-toi à tout et tu t'étonneras de rien !
C'est pas le bonhomme qui conduit le cheval, croyez-moi,
patron !

Sur cette bonne parole, Marchant gara la Traction près
de l'église.

Aussitôt, deux femmes en blouse, chaussées de bottes
crottées, se retournèrent. On commentait, à chaud, l'arrivée de l'auto : assurément des policiers. Pas besoin de
faire les présentations. Elles en avaient vu, de ces Traction,
durant l'Occupation. Toutes sortes de gens. Des policiers
en civil, puis des miliciens à la recherche de Juifs réfugiés
ou à la poursuite de résistants. À la Libération, les visiteurs
en Traction étaient plus jeunes. Certains avaient barbouillé
le véhicule de trois lettres : FFI. Ils avaient l'air de jeunes

coqs un peu excités et cherchaient à mettre la main sur les précédents : des miliciens en cavale. Cette fois, tout rentrait dans l'ordre, se dirent les deux commères : les policiers étaient de retour. La voiture était propre, sans ces inscriptions dégoulinantes. Pas idée de souiller le travail des autres. Des ouvriers avaient passé des heures à livrer une peinture parfaite sur cette voiture symbole du progrès. Et puis, il fallait pouvoir se la payer, l'auto !

Ignorant ces commentaires avisés, les deux policiers contournèrent l'église pour déboucher sur une grande place arborée de platanes. Trois bistrots cernaient cet espace où trônait un monument dédié aux morts de la Grande Guerre et de celle qu'on avait appelée « drôle de guerre ». Côté ouest, l'école communale avec ses deux entrées, garçons et filles, et, juste en face, la mairie : solide bâtisse dont l'entrée principale était cernée de deux colonnes incongrues. Ils gravirent les marches quatre à quatre pour déboucher sur un hall désert, sauf le grand escalier qui menait à une porte à double battant avec une plaque en bois mal dégrossie sur laquelle on pouvait lire BUREAU inscrit au pyrograveur.

— Au moins, on est sûrs de frapper à la bonne porte ! commenta Marchant, joignant le geste à la parole.

Une jeune femme au physique affriolant les accueillit : deux grands yeux bleus, une chevelure dorée qui dégoulinait sur sa robe d'un vert retentissant et un sourire craquant…

— Que puis-je faire pour vous, messieurs ? Vous êtes de la police ?

— Delmas fit oui de la tête d'un air désabusé.

— Je vous écoute, ajouta-t-elle sans se départir de ce sourire si agréable, mais dont on ne pouvait s'empêcher de croire qu'il était feint.

— Je suis le commissaire Delmas.

Il lui montra sa médaille, qu'elle regarda à peine.

— Et voici l'inspecteur Marchant. Dans le cadre d'une enquête de routine, nous sommes à la recherche de la famille Béchevelin. Est-ce que cela vous dit quelque chose ?

— Rien du tout ! Je remplace ma collègue. La grippe.

Elle avait répondu sèchement, mais sans se départir de son sourire. Agaçant ! se dit Delmas sans le manifester. Puis, la jeune femme se leva, contourna sa table de travail et se dirigea vers l'une des trois portes sur les trois murs nus du vaste bureau. ARCHIVES, pouvait-on lire sur la plaque en bois. Elle les laissa pénétrer dans un local spacieux, mais encombré d'étagères qui n'avaient rien à envier à celles du CQJ.

— Voilà l'état civil de notre commune.

Le sourire disparut, et le visage devint grave, quelques secondes seulement.

— Normalement, je n'ai pas le droit de faire entrer le public. Mais, entre fonctionnaires, si on ne sait pas se faire confiance, où va-t-on ? Les dossiers sont classés par année, puis par ordre d'inscription. Vous avez une table et des chaises au fond à gauche.

En fait de dossiers, ils plongèrent dans la lecture de grands cahiers noircis d'une écriture fine et souvent élégante, parfois si petite qu'il fallait déchiffrer mot à mot les dates de naissance et de mort. Ils trouvèrent sans difficulté, datée du 23 septembre 1908, l'enregistrement de la naissance d'Armand Béchevelin, né le 20 septembre à la Châtaigneraie, sise le Praloup, domicile d'Émile Béchevelin, médecin, et Delphine Béchevelin, née Jeanson, sans profession. C'est tout. Ils poursuivirent leurs recherches en aval pour découvrir la mort au champ d'honneur de Béchevelin père en 1917, puis de Béchevelin mère en 1936. Pas d'autres enfants. Apparemment, les parents d'Armand étaient également enfants uniques. Encore déçus par leurs recherches laborieuses dans ces archives rebutantes, ils rangèrent soigneusement les cahiers et prirent congé de la confiante collègue fonctionnaire qui ne connaissait ni la Châtaigneraie ni le Praloup, mais arborait toujours son sourire. Dehors, il faisait presque nuit, mais la température était anormalement douce.

— Les vieux papiers donnent soif. Je vous offre un verre, patron.

Il était presque dix-huit heures. Trop tôt pour l'apéritif, mais Delmas se dit que la pêche pouvait être bonne dans les bistrots. Béchevelin n'avait guère le profil d'un habitué de débit de boisson, mais allez savoir. L'ancien médecin du village ne pouvait être un inconnu. Ils choisirent le Café des chasseurs. L'établissement était modeste, mais offrait un grand espace abrité d'un vaste toit en tôle ondulée. D'imposants lampadaires illuminaient comme en plein jour quatre terrains de boules séparés par des planches. Des hommes à casquette, vêtus d'épaisses vestes en laine et bleu de travail, la cigarette au bec, tiraient ou pointaient avec application. Les projectiles, beaucoup plus gros que des boules de pétanque, frappaient les planches tels des boulets de canon. Ce concert pour percussions était précédé d'un fracas métallique quand le tireur atteignait son but. Entre les lancers, les joueurs levaient le coude sans modération. Des pots de vin blanc, des bouteilles de limonade et des verres, que Delmas trouva petits, étaient alignés sur des comptoirs étroits aménagés en casiers. D'autres préféraient aller chercher un vin chaud. Il régnait une atmosphère à la fois concentrée et débonnaire.

Dans la salle du bistrot, des habitués étaient agglutinés autour de tables rafistolées. Certains jouaient à la belote ou au rami. D'autres se contentaient de boire un coup. Comme de juste, les regards convergèrent sur les intrus, mais Delmas et Marchant ne ressentirent aucune hostilité. Ils s'accoudèrent au zinc, faute de table libre, et commandèrent deux blancs limés. Jovial, un torchon sur l'épaule et une cigarette maïs sur l'oreille, le patron, la quarantaine fatiguée, les servit généreusement en leur demandant tout à trac :

— Qu'est-ce que la police vient farfouiller par chez nous ?

C'était dit avec une telle bonhomie que Marchant répondit spontanément :

— On cherche des renseignements sur les Béchevelin.

Delmas, qui comptait amener l'objet de leur enquête avec précaution au cours de la conversation, fusilla son acolyte du regard. Le tenancier, à qui l'œil assassin de Delmas n'avait pas échappé, ajouta en riant :

— Il a bien raison vot' gars : vaut mieux causer sans détour. Ça évite les embrouilles, vous croyez pas ?

Marchant se contenta de jeter un regard triomphant à Delmas tout en lui laissant prudemment la suite des opérations.

— Il y a encore des Béchevelin au village ?

— Béchevelin… Ça me dit vaguement quelque chose… Oh ! l'Antoine ! Béchevelin, ça te dit quelque chose ?

L'Antoine releva d'un petit geste sa casquette pour mieux réfléchir.

— Béchevelin ? Ben, y avait le docteur. Un bon gars. Mort à la guerre. La vraie.

Delmas s'approcha de la table où Antoine jouait aux dés avec un compère qui faisait la tête à l'intrus.

— Excusez-moi de vous déranger, messieurs, mais…

— Qu'est-ce que vous leur voulez, aux Béchevelin ? l'interrompit Antoine. La mère est morte, et le fils a quitté le village. Pas de famille, pas de travail, pas de raison de rester, résuma-t-il.

— Vous avez connu Armand Béchevelin ? insista Delmas.

— Connu, c'est beaucoup dire. Il était pas bavard, le fils Béchevelin. C'était le fils du médecin. Se mélangeait pas trop. Il avait ses manières… un peu bourgeoises, mais pas désagréables. Un solitaire. L'avait à peine enterré sa mère qu'il est parti. Faute d'argent. Peu de temps après la mort du docteur, sa femme avait cédé la Châtaigneraie en viager à un industriel. Un Parisien ou quelque chose comme ça. Quand madame Béchevelin est morte, le fils a dû déguerpir. Remarquez, ça leur a pas porté bonheur. Les nouveaux propriétaires étaient juifs. Déportés. Jamais revenus. Mais pourquoi vous vous intéressez aux Béchevelin ? À cause du fils ?

— Non, rien de grave, mais on a besoin de son témoignage pour une affaire en cours, mentit Delmas, et on ne sait pas où le trouver.

Antoine hocha du menton comme s'il compatissait, puis releva encore un peu plus sa casquette prête à basculer sur la nuque.

— Bon Dieu, mais y a la carte postale !

Il s'adressait au patron.

— Regarde derrière toi : doit y avoir la photo d'un grand hôtel de Paris. Le fils Béchevelin en pinçait pour Hortense. Elle servait les fins de semaine. Je m'en souviens bien. J'étais là quand Patte-Folle, le facteur, l'a apportée à Hortense. La garce. Elle a ouvert l'enveloppe, a ricané très fort et s'est foutue de lui comme on devrait pas. Faut dire qu'y avait l'Simon, son amoureux du moment, au comptoir. Alors, forcément, elle voulait faire la belle. Elle se servait de la carte pour se faire de l'air en minaudant : « Je t'embrasse tendrement. » Franchement, j'suis quelqu'un de simple, mais j'ai pas aimé la façon dont elle s'est moquée.

Sans le docteur Béchevelin, ma mère aurait pas survécu quand mon frère est né.

Il avait prononcé ces mots avec de l'émotion dans la voix tout en rabattant sa casquette sur son front.

Le patron chercha la tendre missive parmi des dizaines de cartes postales glissées tout autour du miroir qui occupait le mur, derrière le comptoir. Il la trouva entre une vue du pont des Soupirs, à Venise, et un panorama de la basilique Notre-Dame-de-Lourdes, et la tendit à Delmas après avoir réclamé l'assentiment d'Antoine qui l'accorda d'un signe de tête. C'était une photographie de l'hôtel Hannibal, à Paris. Le coin du bas à gauche était corné, cassé. Méchante Hortense.

Ma chère, très chère Hortense,
Je t'écris au Café des chasseurs, car je n'ai aucune réponse à mes lettres. Peut-être as-tu changé d'adresse ? Je pense toujours à toi. Ici, à Paris, la vie est tellement différente. Je travaille dans ce grand hôtel, où je découvre un autre monde qui te plairait sûrement. Aurai-je de tes nouvelles ?
Je t'embrasse tendrement,
Armand
Paris, le 18 décembre 1936

— C'est drôle, patron ! lança Marchant, qui lisait le texte par-dessus l'épaule de Delmas. 18 décembre… Nous sommes le 18 décembre.

Delmas ne releva pas, mais n'en pensa pas moins. Ces hasards de dates n'étaient pas des hasards, évidemment. Ce n'était pas la première fois qu'il observait ces anniversaires bizarres, ésotériques, consacrant des événements heureux, des accidents, des événements forts ou plus anodins, bref, des virages plus ou moins contrôlés de l'existence… Sous serment qu'il la restituerait dès que possible, et avec l'assentiment d'Antoine, le patron du Café des chasseurs accepta de lui confier la carte postale.

Delmas prit le volant de la Traction pour le retour. Marchant ne cessait de lire en boucle ce texte qu'il trouvait bien candide sous la plume de la canaille de Genève.

— C'est pas pour dire, mais ça ne lui ressemble pas trop.

Il agitait la carte sous le nez de Delmas, qui l'écarta comme on aurait chassé une mouche :

— Ça ne vous ennuierait pas de me laisser la visibilité ?

Un brouillard de plus en plus dense s'épanouissait en nappes sur la route bordée de platanes.

— Vous avez raison. Comme vous, je ressasse sans cesse ce texte digne d'un adolescent. Je n'arrive pas à faire le lien entre ce profil de candide et celui du bourreau de Martha Lidac.

— C'était il y a quinze ans, patron. On change, en quinze ans, surtout dans une période aussi troublée que l'Occupation.

— Je vous l'accorde. Mais expliquez-moi comment on fait fortune aussi rapidement. Groom ou quelque chose d'équivalent en 36, multimillionnaire en 51 ! Non, il y a quelque chose qui ne colle pas.

Il était près de vingt-deux heures quand ils déposèrent l'auto au garage de la PJ. Delmas encouragea fermement Marchant à rentrer chez lui, puis pénétra dans son bureau afin de téléphoner à Marianne :

— Excuse-moi, je n'ai pas pu te prévenir plus tôt. Je suis au bureau. Encore un coup de fil et j'arrive ; je te raconterai.

Et si ce n'était pas le bon ? Si ces deux Armand Béchevelin n'avaient rien à voir ? Même nom ? Même date de naissance, passe encore, mais ils ne pouvaient être nés tous les deux à Saint-Romain-du-Val !

— Allo ! L'hôtel Hannibal ? Pourrais-je parler à monsieur Béchevelin, Armand Béchevelin. Non, ce n'est pas un client de l'hôtel, mais un membre du personnel. Vous ne connaissez personne de ce nom-là ? Depuis quand travaillez-vous à l'hôtel ? Six mois ? En effet. Pourriez-vous me passer un collègue à vous plus ancien ?

Delmas attendit de trop longues minutes sans rien entendre, comme si on l'avait mis en attente. Il était sur le point de reposer le combiné, mais il entendit une voix essoufflée.

— Allo ! C'est vous qui demandez Armand Béchevelin ?

— Oui, vous le connaissez ?

— Bien sûr, vous avez de ses nouvelles ?

— Non, je suis à sa recherche, au contraire.

— Mais il ne travaille plus à l'hôtel depuis longtemps !

Delmas reprit espoir.

— Et depuis quand, s'il vous plaît ?

— Il est parti en 44. Mais pourquoi toutes ces questions !

Le bonhomme venait soudain de changer de ton.

— Je suis le commissaire Delmas et…

— Oui, et moi, je suis Al Capone.

Le type raccrocha. Delmas recomposa aussitôt le numéro. Il entendit à nouveau la voix du jeune homme.

— Hôtel Hannibal, j'écoute ?

— Oui, rebonsoir, c'est moi qui parlais avec un collègue d'Armand Béchevelin.

— On peut dire que vous l'avez mis furax. Sans parler de l'engueulade que je me suis prise. Merci.

En fait, l'irritation de son collègue semblait beaucoup l'amuser. Delmas se dit que les jeunes prenaient décidément de plus en plus les choses à la légère et il trouvait que ce n'était pas si mal.

— C'est monsieur Poc. Tout le monde le connaît à l'hôtel. Un peu soupe au lait, mais je l'aime bien. Bon, c'est pas que je m'ennuie en votre compagnie, par ailleurs perturbatrice, ricana-t-il, mais il y a du monde sur les lignes.

Et il raccrocha.

Delmas remit son chapeau. Il avait gardé son pardessus. Avant de partir, il s'approcha de la photo prise à Genève, posa la carte sur le tableau et relut le texte tout en regardant ce visage paradoxal, sans expression significative. Il dodelina de la tête, saisit le portrait volé et le fourra dans sa poche avec la carte. Ce 18 décembre, sa décision était prise. Avec ou sans l'accord de Lesage, il irait à Paris. Hôtel Hannibal. C'est là qu'il fallait se trouver pour tendre le fil entre les deux Armand Béchevelin aux profils si contrastés. Pouvait-on changer en si peu de temps ?

XXIX

Delmas adorait l'atmosphère du chemin de fer. Surtout tôt le matin quand le train accompagne le lever du jour. Quittant les faubourgs de la ville, on aurait dit que le convoi éteignait les réverbères sur son passage. Quelques voyageurs endormis attendaient la micheline sur les quais des gares, que le Mistral snobait sans ralentir. Il faut dire que le convoi n'avait pas encore atteint sa pleine vitesse (environ cent vingt kilomètres-heure). Les travaux d'électrification de la ligne, encore en cours, préservaient un sursis à ces puissantes locomotives à vapeur qui parcouraient le trajet jusqu'à Paris en moins de cinq heures. Chahuté par le roulis, il franchit une demi-douzaine de sas entre les voitures, dont le vacarme augmentait la sensation de vitesse, puis choisit un compartiment occupé par un vieil homme lisant son journal. Maintenant, le train fonçait le long de la Saône.

Tandis que son compagnon de voyage lissait le pli de son journal, Delmas aperçut en tête de page un titre qui annonçait le rapatriement du général de Lattre de Tassigny. Victime d'un cancer contre lequel il luttait depuis plusieurs mois déjà, le général quittait le Vietnam. Delmas eut une pensée pour Claude Martin, son seul ami d'enfance, qui l'idolâtrait. Claude avait combattu sous ses ordres en 1945 comme canonnier de la 5ᵉ division blindée. Blessé par un Allemand embusqué dans les bois près d'un village en Rhénanie, il était devenu le héros du jour. Sa section avait mis en fuite un groupe de SS qui avait abandonné un important butin de mitrailleuses et d'équipements divers. De Lattre en personne l'avait félicité pour sa bravoure. Quelques mois après, il apprenait qu'on le recherchait après avoir attribué, par erreur, sa croix de guerre à un homonyme dont les hauts faits rampaient plutôt dans les miasmes de la délation et du marché noir.

Toute la nuit, Delmas n'avait cessé de se réveiller avec cette question : s'agissait-il de la même personne ? Comment le fils d'un médecin de campagne timoré, d'ambition modérée pouvait-il se métamorphoser en un froid prédateur ? Il devait, en priorité, reconstituer le parcours manquant de Béchevelin depuis 1936, le seul fil apparent de cette pelote qui lui mettait les nerfs en boule.

L'hôtel Hannibal se dressait fièrement rue du Faubourg-Saint-Honoré, où le luxe ambiant semblait n'avoir jamais été perturbé par la guerre. Deux hommes, à casquette et long manteau, faisaient les cent pas sous une marquise considérable. Il pleuvait. Intimidé à l'idée de pénétrer dans ce monde qui lui était étranger, Delmas avait commencé par acheter *France-Soir* au kiosque tout proche. Puis, il s'était installé, à l'abri d'une porte cochère, en face de l'entrée du palace. Comment allait-il procéder ? Volontairement, il n'avait pas prévenu le directeur. Il faudrait montrer patte blanche, mais Delmas était surtout curieux d'échanger avec le lunatique sieur Poc. La pluie redoublait. Elle tombait dru et droit, prétexte commode pour repousser encore le moment de traverser la rue. Le temps d'une courte accalmie, il s'exécuta.

Son manteau dégoulinant, le chapeau à la main, il s'approcha d'un comptoir où s'affairait toute une armée d'hommes en uniforme. On le jaugea du regard, sans aménité. Delmas choisit de mettre fin à l'examen de passage en exhibant sa médaille de police et en demandant à voir le directeur. Non, il n'avait pas rendez-vous, mais il s'agissait d'une affaire grave. Celui qui passait pour le chef de l'escouade saisit le combiné et parlementa quelques minutes avant d'aboutir au saint des saints. L'homme s'était soudain raidi, comme au garde-à-vous.

— Il vous attend. Gilbert va vous accompagner.

Claquement de doigts du chef, Gilbert surgit, s'inclina en lui indiquant la direction. Ils traversèrent des couloirs, gravirent des escaliers, traversèrent un dernier corridor, pour se trouver devant une porte et un bouton avec un voyant lumineux rouge. Gilbert appuya sur le bouton. Le voyant vira au vert. Un homme plutôt affable surgit aussitôt.

— Merci, Gilbert. Retournez vite à votre tâche.

Le directeur tendit la main à Delmas.

— Bonjour, commissaire. Dire que je suis ravi de votre visite serait mentir, mais soyez le bienvenu. Asseyez-vous.

L'entretien fut cordial, mais bref. Le directeur se souvenait de Béchevelin.

— Je mets un point d'honneur à connaître les noms et prénoms de tout mon personnel.

Cependant, il ne pouvait guère en dire plus. C'était un employé modèle qui avait gravi rapidement les échelons jusqu'à devenir chef du personnel de réception. Puis, il avait démissionné sans crier gare.

— Parti sans laisser d'adresse ! Mais les existences sont ce qu'elles sont, n'est-ce pas ? Semées d'embûches et d'accidents qui vous font prendre des décisions bonnes et mauvaises. Pour ma part, je dois dire...

Delmas eut toutes les peines du monde pour interrompre l'autobiographie. Il arracha, enfin, l'autorisation de s'entretenir avec M. Poc. Pierre Poc, qui avait succédé à Armand Béchevelin. Le directeur philosophe prévint le susdit par téléphone, demanda à Gilbert de venir « réceptionner monsieur l'officier » et le raccompagna jusqu'à la porte en ajoutant :

— Ne soyez pas chagriné par les postures de monsieur Poc. Il a son caractère, mais c'est un brave homme. Il avait été très affecté par le départ subit de Béchevelin. D'autant plus qu'il a hérité de son poste. Je reste à votre disposition. Enfin, je ne vous l'ai pas demandé, mais…

— Vous pouvez compter sur ma discrétion ! lui répondit doctement Delmas.

Pierre Poc, homme de devoir, avait choisi de se plier aux ordres de la direction. Poignée de main et regard sans détour, les yeux dans les yeux.

— Veuillez me suivre, monsieur le policier.

Ils s'installèrent dans une pièce sans fenêtres, avec une table et deux chaises. Des étagères couraient sur les murs alignant les registres de consignation des clients classés par année. Cernés par ces grands livres, on avait l'impression de se trouver dans une bibliothèque chargée de la mémoire du palace. Le chef du personnel de réception de l'hôtel Hannibal s'installa, invita Delmas à faire de même et se tut. Tout en rondeur, visage poupin, M. Poc flirtait avec la cinquantaine. Certes, il ne faisait guère d'efforts d'amabilité, mais il ignorait que son directeur avait fourni, sans le savoir, un atout maître en lui précisant qu'il avait été très affecté par le départ subit de M. Béchevelin. Derrière l'apparence rugueuse du bonhomme, Delmas devinait, en effet, une certaine sensibilité. Il allait exploiter sans vergogne cette heureuse conjonction. Hésitant sur la tonalité de la petite musique qu'il s'apprêtait à interpréter, il choisit un mode mineur. Moins de vigueur, plus de pathos :

— Vous avez bien connu Armand Béchevelin... Vous étiez presque amis, d'après ce que monsieur le directeur a bien voulu m'indiquer.

Toujours rappeler la hiérarchie, excellent viatique contre les excès d'humeur. Le visage de Poc se détendit.

— En fait, on a débuté à l'hôtel Hannibal en même temps, à peu de chose près. Je l'ai précédé d'un mois, en septembre 1936. Il ne connaissait rien au métier. Moi, j'avais une petite expérience ; alors, je l'ai pris un peu sous mon aile.

Il avait prononcé ces mots avec un soupçon de regret, comme si cette attitude allait nuire à sa rudesse affichée.

— Un gars courageux, discret, mais très volontaire et intelligent. Il a vite été remarqué pour son sens de l'organisation. Bref, il est devenu le meilleur d'entre nous. Deux ans plus tard, il remplaçait le chef du personnel de réception qui venait de prendre sa retraite. Poc osa un sourire au souvenir de cette belle époque.

— Il savait entretenir une ambiance de travail avec fermeté, mais dans la bonne humeur. Il pouvait paraître dur, mais il était très apprécié par l'ensemble du personnel. Il se tenait toujours au courant des déboires, petits et grands, de chacun d'entre nous.

Delmas commençait à se lasser du panégyrique, certes touchant, de M. Poc qui correspondait tout à fait au type du soupe au lait à cœur d'artichaut. Le commissaire avait un faible pour ces personnalités paradoxales qui faisaient tout pour avoir l'air désagréable afin de cacher leur sensibilité excessive. Peine perdue.

— Mais pourquoi a-t-il démissionné ? Et pourquoi si brutalement ?

Un silence.

— Je n'ai jamais compris. Ça s'est passé bizarrement.

— Comment ça ?

— Il paraissait tellement satisfait de travailler à l'Hannibal. Quand on a la responsabilité de l'accueil dans un établissement comme le nôtre, il faut savoir être à l'écoute de nos clients et transmettre leurs attentes au personnel. Surtout auprès des fidèles. Pour eux, cet établissement est une seconde résidence, voire une résidence principale. Certains exigent toujours le même chauffeur de taxi quand ils se déplacent, d'autres, les journaux devant leur porte à la première heure, ou un bouquet de fleurs à dominante rouge changé chaque matin... Ils ont leurs habitudes. Armand aimait bien cette proximité avec nos clients. Il se faisait un point d'honneur à prévenir leurs moindres souhaits. Il avait même des relations quasi amicales avec certains. Surtout pendant l'Occupation. Il rendait des services avec la plus grande discrétion.

— Quel genre de services ?

— Il ne s'en est jamais vanté auprès de quiconque. Même à moi qui étais son plus proche collègue. Et puis, un beau matin, c'était en août 1944, deux jours avant la Libération de Paris... Il est sorti faire une course pour un client, je suppose, et il n'est jamais revenu.

— C'est tout ?

Pierre Poc regarda Delmas avec le masque farouche qu'il avait oublié durant quelques instants.

— Que voulez-vous que je vous dise ? Je croyais être un peu plus que son collègue...

Il baissa les yeux, visiblement ému.

« Il ne m'en dira plus guère », songea Delmas.

— J'ai une photo à vous montrer, monsieur Poc.

Il lui tendit le portrait volé à Genève.

— Elle est un peu floue. Il s'agit d'un recadrage, mais vous le reconnaissez ?

Poc saisit la photo, la posa sur la table et, se grattant la tête :

— Ça lui ressemble… On change avec les années… Il porte beau, dites donc ! Et puis, il a changé de standing, on dirait. Vous avez pris ça où ?

Il lui rendit la photo.

— Je ne peux pas vous répondre.

— Mais, enfin, c'est quoi, tout ce mystère !

Il s'énervait, pour finir.

— Je vous promets que je vous en dirai plus dès que possible.

Les deux hommes regagnèrent la sortie, sans dire un mot, par d'interminables couloirs, jusqu'à une porte de service située en face du kiosque où Delmas avait acheté son journal. Tandis qu'ils se serraient la main, Poc lui lança :

— Vous avez l'air d'un brave homme pour un policier !

— Merci pour le compliment, monsieur, répondit Delmas en souriant.

— Il faut que je vous dise : j'ai omis de vous préciser quelque chose de curieux. Ce fameux jour, Armand n'avait pas donné signe de vie depuis le matin. Alors, je suis allé frapper à la porte de sa chambre. Personne. Machinalement, j'ai tourné la poignée. La porte n'était pas verrouillée. Armand fermait toujours à clé. Je suis entré. Les portes de son armoire étaient grandes ouvertes. Tout avait disparu. J'ai aussitôt signalé la chose au directeur. Il m'a demandé de garder ça pour moi. Selon lui, Armand était parti précipitamment pour des raisons personnelles. Un point, c'est tout. Je n'ai rien dit à personne. Mais cela ne lui ressemblait pas.

— Qu'est-ce qui ne lui ressemblait pas ?

— De laisser les portes de l'armoire ouvertes. Il était du genre maniaque. Ce n'est pas lui.

Oscillant imperceptiblement la tête de gauche à droite, Poc semblait songeur, comme s'il revoyait la scène.

— Vous pensez que l'on a pris ses affaires pour faire croire à un départ volontaire ?

— Je ne pense rien, sinon que cela ne lui ressemble pas. C'est vous, le policier.

Il avait prononcé ces mots comme un fait. Rien de plus. Puis, il s'en était retourné, laissant son interlocuteur avec ses questions. Préoccupé, Delmas traversa la rue sans voir une auto qui arrivait à vive allure. Coup de klaxon retentissant.

— Peux pas faire attention, non !

— Ben, dites donc, vous vivez dangereusement ! plaisanta la vendeuse du kiosque à journaux. Vous êtes de la police ou quelque chose comme ça ? Je vous ai vu tout à l'heure à faire le guet en face de l'hôtel. Y a des affaires dans l'air ?

Delmas ne s'y ferait jamais. Cette faculté des quidams pour le repérer…

— Moi, ça fait vingt ans que je guette devant l'Hannibal ! J'en ai vu, des godelureaux, des jeunes et des moins jeunes, qui, quoi qu'il arrive, mènent la grande vie. Comme si rien ne pouvait les atteindre. Même les guerres ! Au contraire, l'argent semblait couler à flots pendant les années d'Occupation. Jamais vu autant de richesse. Approchez-vous.

Elle le saisit par le coude. Delmas se retrouva derrière le minuscule comptoir confiné tout contre la bonne femme replète, vêtue d'un manteau surmonté d'un châle en laine. Elle sentait le pain d'épice panaché de l'odeur entêtante de l'encre d'imprimerie.

— Là, vous avez l'entrée du palace, d'accord ? Et, plus intéressant, sur la droite, la porte de service que vous venez d'emprunter. Regardez bien : vous voyez le grand monsieur à chapeau qui sort à l'instant ? Eh bien, dans moins d'une minute, une créature va sortir par la petite porte et monter dans le taxi qui vient d'arriver.

Le monsieur au chapeau, le taxi, puis une femme au physique de starlette : tout ce petit monde interpréta le ballet bien réglé annoncé par la « chorégraphe » qui invita Delmas à manifester un signe d'admiration par un triomphant « Tout comme je vous avais dit ! »

Delmas apprécia la performance, mais réalisa surtout qu'il tenait là une observatrice exceptionnelle. Tout à trac, comme on lance une bouteille à la mer un jour de gros temps, il lança :

— Armand Béchevelin, ça vous dit quelque chose ?

— Armand Béchevelin, ça m'dit quelque chose ?…

Elle avait prononcé ces mots comme si Delmas venait de proférer une énormité.

— Ben, pas rien qu'un peu, môssieur le policier. Venait tous les matins pour les journaux étrangers demandés par ses clients. Un monsieur très consciencieux, très professionnel. Parlait de ses clients comme si c'était sa famille. Faut dire qu'il en avait pas, de famille.

— Je viens de discuter avec monsieur Poc. Il ne s'explique pas sa disparition soudaine en 44.

— Moi non plus, je ne m'explique pas, comme vous dites. Il aimait son métier, il était même plus ou moins ami avec certains habitués. Et puis, tout le monde l'aimait bien. De fait, sa famille, c'était l'hôtel ! Il en avait, des choses à raconter… Mais il les racontait pas trop.

— Quel genre de choses ?

— Le genre qui ne se raconte pas, tiens ! Le menu fretin, c'était le marché noir, l'introduction de denrées achetées une fortune pendant l'Occupation. Mais y avait aussi du plus sérieux, du gros, si vous voyez ce que j'veux dire.

Delmas fit une moue évasive en signe d'incompréhension.

— Du genre trafic d'œuvres d'art et compagnie. J'en ai vu, des caisses déchargées de fourgons, puis montées illico dans les suites de gros bonnets ! Justement, le jour de sa disparition, Béchevelin est venu, comme chaque matin, chercher les journaux, mais il avait l'air contrarié. Les derniers temps, se plaignait des « lubies » de certains pensionnaires. Il voulait dire « trafic », mais c'était sa manière de dire les choses, histoire de faire comme si de rien n'était tout en désapprouvant, vous voyez ? Il était comme ça, monsieur Béchevelin.

— Et ce matin-là, vous disiez ?

— Ce matin-là, un client lui avait demandé de l'accompagner pour jouer les porteurs. C'était pas dans ses habitudes, mais, pour une fois, il râlait franchement : « Vous vous rendez compte ? Il sait très bien que je ne peux pas refuser… Un marchand de tableaux pas très net, si vous voulez mon avis, mais un sacré homme d'affaires. »

Elle gloussa.

— Il terminait toutes ses phrases par « si voulez mon avis » ! Bon, toujours est-il que je l'ai vu embarquer dans une grosse limousine avec chauffeur. Le patron était à l'arrière avec sa tête d'important. Un fidèle de l'Hannibal depuis pas mal d'années. Se donnait des allures supérieures. On aurait dit un schleu ! Je vous arrête tout de suite : je connais pas son nom. Monsieur Béchevelin restait toujours très discret. J'ai seulement compris que ce client-là était un cas à part, pour lui. Bref, il est monté dans l'auto, et je l'ai jamais revu.

Saisi d'une intuition soudaine, Delmas lui tendit la photo volée de Genève.

— Le cliché est un peu flou, mais vous le reconnaissez ?

Elle n'hésita pas une seconde :

— Oui, c'est bien lui, le même nez en chou-fleur aplati

sans trou de nez. Me suis toujours demandé comment il respirait.

— Mais vous reconnaissez qui ? Lui, qui ?

— Ben, le schleu ! lui répondit-elle, agacée. Quand il était en boule – ça lui arrivait rarement –, monsieur Béchevelin disait qu'il ne pouvait pas le sentir, et je trouvais ça drôle, vu qu'il avait le même nez !

Puis, elle se mit à rire aux larmes, sortant un grand mouchoir à pois. Aussitôt, Delmas prit la bonne femme par les épaules et l'embrassa sur les deux joues.

— Non, mais ça va pas, la police ! brailla-t-elle en le repoussant.

— Ne vous méprenez pas, chère madame, mais vous venez de me livrer une information d'une importance capitale. Je vous expliquerai une autre fois. Excusez-moi !

Delmas se précipita vers l'hôtel. Il devait absolument revoir M. Poc.

XXX

Certains jours, la vie s'écoule en douce, avec facilité, comme si on se trouvait au bon moment, au bon endroit, avec l'humeur adéquate, sans excès ni retenue. Un état proche du meilleur possible qui éloigne provisoirement les tourments et vous confère une meilleure disposition à vivre la vie comme elle vient. Il en résultait une clairvoyance que Delmas considérait comme de la banale intuition.

Cet air de famille entre Armand Béchevelin et le pensionnaire de l'hôtel Bristol éclairait d'un autre jour l'affaire Martha Lidac. Quand il montra pour la seconde fois la photographie volée à Poc, mais en lui demandant, cette fois, si cette tête ne lui rappelait pas celle d'un client de l'hôtel, la réaction fut décevante :

— Mais vous m'avez dit que c'était une photo d'Armand ! Et maintenant, vous me dites que c'est quelqu'un d'autre. Faudrait savoir. D'abord, elle est floue, votre photo. Après tout, ça peut être n'importe qui.

Il avait raison, M. Poc : le flou donne les contours d'une personne, mais il laisse le soin à celui qui regarde la photo de la décoder et de reconnaître ce qu'il veut bien voir. En lui demandant, la première fois, s'il reconnaissait Béchevelin, puis, la seconde, s'il s'agissait d'un client, Delmas avait

275

orienté sa réponse. Et puis, le recadrage ne permettait pas de distinguer la lueur du regard. Or, sans le regard, le lien entre le visage et l'âme qui l'anime est rompu. Difficile dans ces conditions, et en dépit de la ressemblance, de distinguer un juste d'un chacal.

Cependant, Delmas n'était pas décidé à lâcher le fil. La bonne femme du kiosque avait réagi à la photographie sans que, cette fois-ci, son regard soit induit par une présentation maladroite. Restait à identifier le « marchand de tableaux pas très net », selon l'avis de Béchevelin. Quand il lui demanda l'autorisation de consulter les registres de l'année 1944, Poc leva les yeux au ciel, mais consentit. Après tout, monsieur le directeur lui avait recommandé de collaborer sans réserve avec la police…

Les grands livres aux allures de grimoires nécessitèrent une initiation. Ces colonnes de dates et de noms obéissaient à une certaine logique pour les clients de passage : arrivées et départs pouvaient se suivre sur la même page. Mais, concernant les « pensionnaires », ou presque, c'était une autre affaire. Le chef du personnel d'accueil lui expliqua, de mauvaise grâce, que pour les longs séjours on faisait le point le 25 du mois avec la mention « RE » comme « report », suivie du numéro de la page, voire du volume, où figurait le jour d'arrivée.

Delmas se mit à la chasse aux « RE » afin d'établir une liste des « longs séjours » avec le secret espoir de retrouver le nom de l'un des administrateurs gourmands relevés, lors de son expédition avec Mons, dans les archives du CQJ. À commencer par le nommé Villedieu et sa trentaine d'entreprises aryanisées. Le « boche », comme le surnommait Valmont ; le « schleu », comme disait la bonne femme du kiosque, et peut-être le « Kaiser », dixit Valmont… Grâce à son témoignage, sans compter sa réaction en voyant la photo, il suffisait de vérifier si le départ subit de Béchevelin coïncidait avec la disparition du « marchand de tableaux pas très net ». Ainsi, les pièces du puzzle trouvaient leur place : le « Kaiser » supprime Béchevelin pour lui voler son identité. La proximité de la Libération et les règlements de compte auxquels il faut s'attendre lui donnent le bourdon, mais il y a aussi une providence pour les canailles. Ce type sans famille, le rapport de servilité conférant une autorité du premier sur le second et la ressemblance entre les deux hommes sont une aubaine inespérée. En se substituant à Béchevelin, il s'offre une dignité sans trop de risques. Personne ne s'inquiétera du départ d'un modeste chef du personnel. Par ailleurs, la disparition du chacal ne surprendra guère non plus. Ils seront des dizaines à prendre la fuite, souvent en Amérique du Sud, pour éviter de se faire lyncher.

Il était dit que ce serait une belle journée. En date du 23 août 1944, un nommé Charles Villedieu avait quitté la suite qu'il occupait depuis le 12 juin. Poc se souvenait très vaguement de lui comme « un être distant, voire antipathique ; c'est tout ».

Encore un effort, et Delmas allait pouvoir demander au juge l'autorisation d'une confrontation entre le soi-disant Armand Béchevelin de Genève et M. Poc. Mais, avant cela, il fallait tenter de reconstituer la substitution. Au vu de l'habileté du « Kaiser », la simple confrontation ne suffirait pas. Ce serait sa parole contre celle de Poc. Delmas voulait mettre un maximum d'atouts de son côté avant d'engager le duel.

Une demi-heure plus tard, en attendant son train, Delmas téléphonait d'une cabine, en gare de Lyon, pour prévenir son équipe. Mais, au bout du fil, Prévost lui annonçait, la mort dans l'âme, qu'une piste de plus s'évanouissait :

il avait retrouvé la trace de Villedieu, mais ce dernier n'avouerait jamais quoi que ce soit. Le prédateur s'était suicidé d'une chevrotine en pleine face. Il ne voulait pas se rater !

Delmas accusa le coup.

— Allo ! Patron, vous êtes là ?

— Je rentre par le train de nuit. Je veux tout le monde sur le pont demain à neuf heures !

XXXI

Delmas s'installa dans un compartiment vide. Il éteignit la lumière, mais laissa la veilleuse allumée au-dessus de sa couchette. Depuis l'appel téléphonique de Prévost, il ressassait sans arrêt : « Villedieu s'est suicidé », « Villedieu s'est suicidé »... Mais, plus ils résonnaient dans sa tête, plus ces mots lui semblaient dénués de sens. Ce suicide, sept années après sa disparition soigneusement organisée..., cela ne collait pas. De deux choses l'une : ou le corps n'était pas celui de Villedieu ou bien... Les percussions du train ballotté par les rails maintenaient Delmas dans cet état intermédiaire. Comme s'il était soudain dans l'impossibilité de penser autrement. Si Béchevelin n'avait pas été supprimé dès août 1944, il fallait se rendre à l'évidence : Villedieu l'avait utilisé comme identité de rechange le temps d'échapper à l'épuration.

Dès l'été 1944, des exécutions sommaires de collaborateurs, ou supposés tels, avaient été signalées à la police. En six mois à peine, on évaluait à deux mille le nombre d'exécutions plus ou moins sauvages. Villedieu avait toutes les raisons de s'inquiéter. Par ailleurs, on prononça mille cinq cents condamnations à mort. Il aurait été du nombre, forcément. Mais, avec la complicité de Béchevelin, il avait réussi à passer entre les mailles de l'épuration judiciaire qui suivit dès l'automne 1944. Si, comme le pensait Delmas, ce n'était pas le corps de Villedieu suicidé qui avait été retrouvé, cela pouvait être celui de Béchevelin assassiné. Maintenant que tout s'était apaisé (même l'ignoble Bousquet avait été relaxé récemment), Villedieu pouvait réapparaître tout en livrant « son » cadavre à la postérité.

Mais, dans cette hypothèse, Béchevelin avait survécu jusqu'au faux suicide. Avait-il joué un rôle de doublure chargée de poursuivre le trafic d'œuvres d'art de Villedieu, le temps que l'épuration s'épuise ? Le temps que s'achèvent les démarches de restitution par des survivants des camps ? Dans cette hypothèse, ce n'était ni plus ni moins qu'une adaptation du système des ventes en bois dont lui avait parlé Marianne. Ces pseudo-ventes par des hommes d'affaires juifs à des prête-noms aryens durant l'Occupation. Ces derniers chargés de gérer au mieux l'entreprise en attendant la défaite des nazis, les propriétaires légitimes récupéraient ensuite leur bien. Si, comme le pensait Delmas, ce n'était pas le corps de Villedieu suicidé qui avait été retrouvé, mais bien celui de Béchevelin assassiné, ce tour de passe-passe était aussi un coup de maître. Villedieu avait, en quelque sorte, « perfectionné » la méthode. Et son heure avait donc sonné ?

Officiellement, en effet, il n'y avait plus de demandes de restitutions recevables depuis l'année précédente. Par ailleurs, il s'était débarrassé de Martha Lidac qui représentait un réel danger.

Enfin, l'amnistie toute récente éliminait la dernière épée de Damoclès qui menaçait Villedieu. Ce faisceau de faits concordants était-il suffisant pour décider Villedieu à refaire surface ? Pour le malheur de son complice ? Quand il prit la décision de se cramponner, coûte que coûte à cette hypothèse, Delmas put enfin s'accorder quelques heures de répit et dormir un peu.

— Le corps du présumé Villedieu a été trouvé, il y a une semaine, par la bonne qui revenait d'un congé, expliqua Prévost en consultant ses notes. Avant d'alerter des secours, elle est restée prostrée plusieurs minutes à la vue de ce corps défiguré et des morceaux de chair spongieuse qui maculaient le mur. Comme il se doit, une enquête a été diligentée. Mais le suicide ne faisait aucun doute. Il était mort depuis trois ou quatre jours, selon le médecin. L'arme, un fusil de chasse à chevrotine chargée de grenaille, se trouvait à plus de deux mètres du bureau sur lequel elle avait été installée (l'effet du recul). Villedieu avait noué une cordelette sur la détente. La tête a littéralement explosé.

— Pas de lettre pour expliquer son geste ?

Marchant semblait sceptique.

— Si. C'est d'ailleurs comme ça qu'on l'a identifié. Il avait de faux papiers et vivait sous le nom de Victor Fleurot. Dans cette lettre maculée de sang et de cervelle, signée Charles Villedieu, il se déclare coupable d'escroqueries multiples en tant qu'administrateur de biens juifs, dont il avait dénoncé les propriétaires. Il se sent responsable de la mort de dizaines de personnes et, écoutez bien, de meurtres récents de rescapés des camps qui risquaient de le dénoncer et réclamer leurs biens. Il regrette et demande pardon, etc.

— Bon, passons sur la crise de conscience posthume, s'agaça Delmas. Personne n'a rien entendu ?

— Non, la maison est relativement isolée. Bref, l'enquête consécutive au suicide va être close rapidement.

— Mais qui s'occupe de cette affaire ? Pourquoi n'a-t-on pas été prévenus ? demanda Delmas, irrité.

— C'est le commissaire Plassard. Il dit qu'il n'a pas fait le rapprochement avec notre enquête.

— Vous allez voir de plus près cette affaire de vol. Épluchez-moi ce dossier bâclé. En plus d'être un sale type, Plassard est un fumiste. Je voudrais que vous repreniez l'enquête de voisinage à zéro. Les gens n'ont peut-être rien entendu, mais tâchez de recueillir des renseignements sur le bonhomme. Certains l'ont peut-être vu revenir de Paris avec Béchevelin. De mon côté, je vais demander au service de police technique s'il leur paraît envisageable de vérifier l'identité du cadavre avec certitude.

— Pourquoi ? Ce n'est pas Villedieu, le suicidé ?

Delmas ne répondit pas à la question de Prévost.

— On se retrouve ici ce soir pour faire le point, indiqua-t-il. Si tout se présente bien, je demande la confrontation entre Béchevelin et Poc. Il faut en finir. Allez, au boulot !

Selon les têtes d'œuf de ce service *chargé de rechercher et d'utiliser les méthodes scientifiques propres à l'identification des délinquants*, comme précisé sur l'annuaire interne, on avait une chance de vérifier avec certitude l'identité du cadavre s'il avait fait l'objet d'un signalement anthropométrique. En d'autres termes, il fallait que Villedieu ait fréquenté, au moins une fois, un poste de police avec un motif assez grave pour avoir subi l'épreuve des neuf mesures dans une salle de pose du service d'identification : de l'envergure à la longueur du médius gauche en passant par la largeur de la tête. Sinon, il faudrait se contenter d'un visage en bouillie et de la taille du cadavre qui correspondait à celle indiquée sur ses papiers d'identité. De toute manière, le rapport d'autopsie, de pure forme, avait été vite ficelé, d'autant que Plassard avait conclu au suicide sans le moindre doute.

Fébrile, priant pour que les ondes favorables de la veille circulent toujours dans l'air du jour, Delmas décida de se rendre en personne au fichier du laboratoire et du service anthropométrique, où le nombre de dossiers individuels dépassait le million ! En comparaison, les archives du CQJ ressemblaient à la bibliothèque d'un petit instituteur de province. Des longueurs interminables de rayonnages sur une hauteur de quatre mètres, au moins, envahissaient les murs de ce bâtiment sans fenêtres. Comme s'il conservait à l'abri des regards les franges corrompues de la société. Dans ce concentré d'histoires de personnages aux destins de misère, de cruauté, de laideur et de violence, Delmas trouva une bonne centaine de Villedieu avec la particularité que ce patronyme semblait voué à se conjuguer avec le prénom Charles. Allez savoir pourquoi, près de la moitié des délinquants nommés Villedieu se prénommaient Charles. Cet embarras du choix était-il le signe d'ondes positives ? Le signalement anthropométrique du présumé « Kaiser » était la seule chance d'obtenir du juge d'instruction un permis d'exhumer et une autopsie plus fouillée. Resterait ensuite à démontrer qu'il s'agissait du corps de Béchevelin, le vrai, qui, outre sa ressemblance avec Villedieu, avait une corpulence similaire.

Delmas eut tout juste le temps d'examiner les fiches au nom de Charles Villedieu avant qu'un fonctionnaire en blouse grise vienne l'aviser de l'heure de fermeture. Rien. Juste un petit tressaillement sur la photographie d'un type au « nez en chou-fleur » accusé d'avoir étranglé sa femme. Mais la fiche datée de 1931 montrait un quinquagénaire bien avancé. L'âge de cet assassin tardif, s'il était toujours en vie, dépassait les soixante-quinze ans à ce jour.

Fichu. C'était fichu. Une fois de plus, le sort semblait protéger Villedieu. Le juge n'accepterait jamais une seconde autopsie sans raison valable. À moins que la confrontation entre Béchevelin et Poc ne donne quelque chose…

Abattu, Delmas prit un taxi pour retourner au commissariat.

XXXII

Un silence déprimant rôdait dans les bureaux avoisinants. Apparemment, tout le monde était sur le front. Une constante en cette période de Noël, qui mettait les humeurs à rude épreuve, particulièrement pour les plus esseulés, les plus fragiles. En attendant le retour de son équipe, Delmas entreprit de relire le rapport de Prévost sur Villedieu, alias Béchevelin, à Annemasse. Selon les rumeurs, les activités du « Kaiser » flirtaient avec l'illégalité, mais il ne s'était jamais fait prendre. Ses relations, diverses et prestigieuses, étaient bien utiles, selon le récit de Prévost : « Il possède pas mal d'appuis dans les milieux politiques et d'affaires. Il achète des œuvres pour des millionnaires se découvrant l'âme de collectionneurs, il les conseille pour soustraire quelque menue monnaie au fisc et passe pour un expert en placements juteux grâce à son solide réseau de connaissances à l'Helvète d'investissement. »

L'homme était prudent et habile. Il était connu également pour avoir des gestes de générosité notamment en faveur d'associations d'anciens déportés. Il apparut une fois de plus à Delmas qu'il fallait à tout prix éviter d'éveiller ses soupçons. S'il percevait le moindre signe d'intérêt de la part de la police, Villedieu s'empresserait de dresser une muraille défensive encore plus infranchissable.

— Bonjour, patron, on est presque au complet. Manque plus que Mons.

Delmas fit signe à Marchant et Prévost d'entrer. La mine défaite du commissaire sautait aux yeux. Les deux policiers se regardèrent sans oser prononcer un mot. Un silence lourd emplissait tout l'espace. Petit à petit, les regards convergèrent vers la photographie de Martha Lidac. L'empathie pour les victimes était un poison pour le policier promis au constat d'échec. Et le regard du commissaire vers le tableau de bord de l'enquête en disait long sur son état d'esprit – de l'instant…

— Pour moi, Villedieu a pris la place de Béchevelin après avoir supprimé ce dernier. C'est clair.

Delmas avait prononcé ces mots comme s'il pensait tout haut sans se soucier de la présence de ses hommes qui se regardèrent, incrédules.

— Dans ce contexte, poursuivit Delmas, à qui les regards échangés n'avaient pas échappé, je vais reprendre contact avec le commissaire Lavanant.

— Vous êtes sûr de votre coup, patron ?

Delmas répondit par un hochement de tête et un regard d'une tristesse insondable, que Marchant avait rarement vu chez lui. Il pensa qu'il valait mieux ne pas insister.

— Bon.

Delmas frappa la table du plat de la main comme pour sortir de cet état sans ressources.

— Marchant, racontez-nous plutôt ce que vous avez recueilli sur notre soi-disant suicidé.

— J'ai rarement vu une enquête de voisinage aussi pauvre. Il faut dire que Villedieu ne fréquentait guère sa maison. Si l'on en croit les habitants les plus anciens du quartier, elle ne lui appartenait pas.

— J'ai vérifié, ajouta Prévost. Un bail a été signé en septembre 1944 au nom de Victor Fleurot. Il la louait à un patron des BTP, un nommé Barrier. Pour l'anecdote, le nommé Barrier possède la moitié des maisons et appartements dans un rayon de cinq kilomètres à la ronde. Il a fait fortune en participant à la construction du mur de l'Atlantique facturée au prix fort et payée, si l'on peut dire, par les nazis qui puisaient dans les frais d'occupation versés à l'Allemagne par l'État français !

— Ce n'est pas le seul, mon pauvre Prévost. Ce sont les mêmes qui se sont engraissés et continuent de le faire en facturant la reconstruction du pays.

— Vois-tu, bien des fois qu'arrive que, malgré ses sous, un homme riche ne soye quand même qu'un pauvre homme, commenta Marchant.

— Certes, mais on n'y peut rien. Concentrons-nous sur notre enquête, s'il vous plaît.

— En dépit de la collaboration limitée des habitants du quartier, nous avons tout de même recueilli un témoignage qui va vous intéresser, je crois.

Mons lança un regard à Prévost afin de lui laisser le soin de prendre le relais.

— Après bien des visites sans intérêt (rien vu, rien entendu, connais pas…) sans compter les portes closes et claquées au nez, nous sommes tombés sur madame Verneuil, une vieille dame rescapée de Buchenwald. Dénoncée en 43, elle a perdu toute sa famille : mari et enfants. Après la libération du camp par les Américains en avril 45, elle n'a pas pu récupérer son hôtel particulier et loue un modeste logement sur cour. Avant l'arrestation de sa famille par la police française, elle connaissait les activités de Villedieu. Elle a tout de suite reconnu le bonhomme quand il a emménagé dans le quartier sous le nom de Fleurot. Sa famille possédait, de longue date, une belle collection de peintres français du dix-huitième siècle. Elle nous a cité des noms comme Boucher, Greuze, Liotard, Nattier... Je ne connais pas, mais, apparemment, il s'agit de grands maîtres de cette époque. Bref, le nommé Villedieu est venu rendre visite à son époux, quelque temps avant leur déportation. Se présentant comme marchand de tableaux et intermédiaire de grands collectionneurs américains, il avait fait une offre conséquente. Comme monsieur Verneuil avait le projet de tenter de fuir la France avec sa famille, il avait besoin d'argent, de beaucoup d'argent. Ils étaient parvenus à passer entre les mailles des filets de la police en ne se déclarant pas quand la loi de décembre 42 étendait en zone non occupée l'obligation de faire enregistrer la mention « Juif » sur les cartes d'identité. Mais il ne fallait pas tenter le diable, disait son mari. Toujours est-il que monsieur Verneuil n'a pas accepté tout de suite la proposition de Villedieu afin de vérifier à qui il avait affaire. Les témoignages abondaient de familles juives abusées par des négociateurs qui dénonçaient ensuite les vendeurs pour les spolier par voie légale. Et il ne fut pas déçu. Selon madame Verneuil, qui rapporte les propos de son défunt mari, Villedieu était un rabatteur de l'ERR.

— Autrement dit, l'Einsatzstab Reichsleiter Rosenberg, commenta Mons dans un allemand impeccable, ce qui veut dire : « équipe d'intervention du gouverneur du Reich Rosenberg ».

— Merci, Mons, continuez, Prévost, intervint Delmas tandis que Marchant, agacé, levait les yeux au ciel.

— L'ERR, notamment sous la direction d'Hermann Goering, a rapatrié en Allemagne des milliers d'œuvres repérées par un réseau de spécialistes allemands, mais aussi français. En général, ces repérages étaient suivis de l'arrestation des propriétaires suivie du pillage. La crème des œuvres pillées en France était ensuite centralisée au Jeu de paume, à Paris, puis transportée à Berlin.

— Ce scénario ne correspond pas à l'histoire de monsieur Verneuil.

— Non. Il semble que Villedieu ait d'abord tenté de négocier l'achat pour son propre compte. Ne voyant rien venir, il a transmis l'affaire à l'ERR. Et ça n'a pas traîné. La famille Verneuil a été déportée un peu moins d'un mois après la tentative de Villedieu.

— Pourquoi madame Verneuil n'a rien dit quand elle a reconnu Villedieu ? demanda Delmas.

— Pour une très bonne raison, répondit Prévost en consultant ses notes : « J'avais choisi de rester dans le silence de ma mémoire oublieuse pour continuer de vivre. Je ne pouvais pas faire autrement. » Voilà ce qu'elle a répondu mot pour mot.

Les policiers échangèrent des regards entendus. Delmas crut bon de recentrer la réunion avant que les affects prennent le dessus sur la rigueur et la distance nécessaire.

— On comprend mieux pourquoi cette crapule a changé d'identité, conclut Delmas. Je n'aurais pas parié cher sur l'espérance de vie des rabatteurs de l'ERR à la Libération. Ensuite, les lois d'amnistie rendaient de plus en plus délicates, voire impossibles, les procédures à son encontre pour ces motifs. En revanche, le meurtre de Martha démontre que ses vieux démons ne l'avaient pas quitté.

— Sauf s'il s'est vraiment suicidé, risqua Marchant.

— Non, je n'y crois pas une seconde. Je reste persuadé que l'homme que nous avons vu à Genève est le véritable Villedieu.

— Mais alors, qui est le suicidé ? C'est bien Victor Fleurot et donc Villedieu ? Prévost avait contre-attaqué un peu vivement.

— Mais réfléchissez une seconde, répondit Delmas sur un ton encore plus vif. En 44, Villedieu se voit déjà lynché par la milice. Que fait-il ? Il ne veut pas disparaître en Amérique du Sud comme certains de ses pairs. Il a trop à perdre. Sa fortune comporte des numéraires, mais surtout des œuvres d'art. Impossible d'évacuer son trésor... de guerre. Alors, il s'offre une nouvelle identité sous le nom de Victor Fleurot, mais demande à Béchevelin de poursuivre, à visage découvert, ses activités. Béchevelin, qui lui ressemble tant, sera aussi sa marionnette, son double en affaires. De son côté, Béchevelin ne manque pas d'ambition et considère cette aubaine comme une revanche sur le destin qui ne l'a pas gâté. Tout va comme sur des roulettes jusqu'en octobre dernier. Martha Lidac reconnaît Germeaux, dont il a utilisé les services pour dénoncer sa famille. Villedieu apprend ensuite que la jeune fille a le projet d'engager une procédure pour récupérer ses biens. Mais, ce qu'il craint le plus, c'est qu'elle révèle son changement d'identité après l'avoir vu en compagnie de Germeaux à la salle Rameau. Il doit donc la supprimer. Germeaux s'en charge ; vous connaissez la suite. Tout s'enchaîne !

— Sauf que Villedieu, alias Fleurot, est pris de remords et se suicide, conclut Prévost sur le ton de l'évidence.

— Non ! Je crois, au contraire, que Villedieu a tué son double afin de livrer un coupable posthume pour le meurtre de Martha Lidac. Du même coup, il récupère ses biens, ni vu ni connu, et bénéficie d'une identité en béton.

Le poêle s'était assoupi depuis un moment. Tout le monde avait déjà enfilé son manteau dans la pièce, où la température ne devait guère dépasser 12 °C. Delmas supportait mal l'incrédulité de son équipe. Une incrédulité soudain muette. Tout le monde avait compris que Delmas n'en démordrait pas. Ce n'était pas la première fois que leur patron choisissait un point de vue improbable, contre l'avis de tous. Souvent avec raison. Mais cette fois… Delmas regarda sa montre : presque vingt heures. Il frappa des deux mains comme un maître d'école pour libérer ses élèves.

— Bon, ça ira pour aujourd'hui. Marchant, vous m'accompagnerez demain. Nous allons à Annemasse, sauf si Lesage s'y oppose. Catherine vous tiendra au courant. Prévost, vous irez avec Mons à Saint-Romain-du-Val. Fouillez encore dans le passé de Béchevelin. Faites le tour des bars, des mamies bavardes. Je compte sur vous pour mieux cerner ce type. En attendant, allez, ouste ! Rentrez vous mettre au chaud !

Une fois seul, sous la photo de Villedieu, alias Béchevelin, punaisée sur le tableau, Delmas écrivit : *ERR, tableaux volés ?* Puis, il fixa le flou des yeux de cet homme à l'apparence banale. La banalité des êtres sans vergogne parce que la honte leur est étrangère, parce qu'ils s'estiment d'une autre trempe que le commun des mortels, ce qui leur confère tous les droits. Il descendit ensuite l'escalier, le pas traînant de lassitude. Le froid vif le saisit sans dissiper l'accablement.

Puis, il perçut, plus qu'il ne vit, un foyer de réconfort, un chatoiement dans la grisaille de l'hiver. Marianne, telle une apparition à travers les vitres embuées de la Brasserie des dauphins, ménageait un hublot d'espérance avec les moufles rouges qu'elle avait tricotées durant l'été dernier sur une plage de Dunkerque.

George Bailey fascinait les Delmas. Surtout quand le monde environnant les décevait ; autant dire souvent. Contrairement à la logique dominante qui amplifiait les inégalités, George Bailey considérait qu'on se devait de ne prêter qu'aux pauvres.

En France, la morosité régnait. On vivait plus mal que pendant l'Occupation. Les plus pauvres (toujours trop nombreux) comptaient pour se nourrir. Les prix des produits essentiels ne cessaient d'augmenter. Pendant ce temps-là, une frange de la population engrangeait par millions les bénéfices du coût de la reconstruction d'après-guerre. Et Villedieu, antithèse de Job, régnait sur son tas d'or avec la bénédiction du sort !

Marianne ne lui avait pas laissé le temps de se réchauffer aux Dauphins. Le temps qu'il traverse la rue, elle avait enfilé son manteau pour l'accueillir sur le trottoir par un baiser, comme sur le quai d'une gare après une longue absence. Le temps pressait. Dans moins de dix minutes, on présentait l'un de leurs films fétiches dans une salle paroissiale située à deux pas de la brasserie.

— *La vie est belle* ! lui avait-elle susurré à l'oreille.

Il avait murmuré :

— Non ! Je ne te crois pas !

Incrédule, il avait réglé son pas sur le sien. Il ressentit un doux sourire intérieur dissipant son masque de détresse, quand il aperçut l'affiche du film, bouleversant et joyeux, de Frank Capra, qu'ils avaient déjà vu trois fois depuis sa sortie en France en décembre 1947. Cette fable, que Delmas rêvait réalité, raconte le parcours de George Bailey, interprété par James Stewart. Son père meurt subitement. Il doit lui succéder à la tête d'une banque, pas comme les autres, qui aide les plus démunis. Mais un membre de l'organisation veut profiter du manque d'expérience de George Bailey pour s'enrichir en le discréditant, au point de le pousser au suicide. Raté. L'ange gardien de George surgit. Il parvient à dissuader son protégé en lui montrant qu'il a sauvé, durant sa vie, bien des existences de la détresse absolue sans le savoir lui-même. George se sent pousser des ailes et reprend finalement le flambeau.

Une fois encore, Delmas fut troublé par cette impensable connivence qui le reliait à Marianne. Comme si, extralucide, elle avait ressenti son découragement du moment avant même qu'il ne le suggère par une mine de caniche accablé. Prêt à renoncer, moins de deux heures à peine, Marianne, son ange gardien, lui inoculait encore ce vaccin contre la résignation. Rien ne l'autorisait à tourner le dos aux principes qui avaient guidé sa vie, plutôt belle, en dépit des années de guerre. Flottant dans un univers hors de saison (la méchanceté et l'hiver), ils décidèrent de prolonger l'ivresse de ce bien-être avec des vapeurs d'alcool aux Dauphins. Les flocons de neige dansaient comme ceux de la nuit de Noël de *La vie est belle*. Ils marchaient sans hâte en dépit de la fraîcheur humide.

— Ça ne t'a pas frappé, la voix de James Stewart ?

Ils venaient de découvrir le film en version originale sous-titrée.

— Le même timbre que toi. Une douceur plaintive assortie d'une rondeur séduisante, sans agressivité creuse, même quand il hausse le ton.

Delmas éclata de rire.

— Qui a dit que l'amour rend aveugle ? Il rend donc dur d'oreille aussi ?

Il l'embrassa tout en se pressant contre elle, bras dessus, bras dessous.

XXXIII

Lesage consentit son accord assorti tout de même d'un délai de rigueur :

— Je vous autorise ce déplacement, mais pour trois jours seulement. Je vous veux avec votre rapport jeudi dans mon bureau.

Delmas avait emporté l'adhésion de Lesage en émettant l'idée de filmer Béchevelin à son insu et de montrer ces images à Poc et à la marchande de journaux. Le commissaire principal avait été séduit par le côté « moderne, innovant » de ce projet qui pourrait éventuellement le mettre en valeur auprès de sa hiérarchie. De deux choses l'une : soit les témoins ne reconnaissaient pas Villedieu, et Delmas admettrait son échec (momentané), mais sans alerter sa cible ; soit cette confrontation virtuelle s'avérait positive, et il passait à l'offensive avec une garde à vue. Marchant se chargerait de réaliser ces images volées.

Lavanant accueillit Delmas et Marchant avec empressement.

— Enfin, un peu d'animation en ces tristes tropiques frontaliers ! Outre le fait que la délinquance ordinaire n'est pas d'une intensité étourdissante et vu que la délinquance financière, via les valises d'argent sale qui entrent et sortent, nous échappe, je ne peux pas dire que nous soyons débordés de travail.

— Comment ça, « vous échappe » ?

Lavanant ricana en douce.

—Mon cher commissaire à l'âme pure de prince Vaillant, le jour de ma mutation en ce beau pays sans histoires, je me suis entendu dire par mon vénéré patron que les activités des acteurs du secteur bancaire et consorts ne nous regardaient pas. Alors, je lui ai demandé ce qu'il entendait par les acteurs du secteur bancaire ! « Très mauvaise question, m'a-t-il répondu sans rire. Nous avons un pays à reconstruire, et ça ne se fera pas avec des bons sentiments. L'argent existe, il faut le saisir là où il est allé se réfugier pendant l'Occupation et le ramener au bercail pour que les entreprises puissent prendre leur part à la reconstruction. En d'autres termes, mon cher, je vous engage à voir plus loin que le bout de votre nez bien-pensant. »

— Alors ? Qu'est-ce que tu as répondu ?

— Rien ou presque. J'ai dit : « Bien, monsieur le directeur », et j'ai pris congé, ma fierté enfouie sous mon mouchoir, tout au fond de ma poche et le poing serré par-dessus.

La grande carcasse d'un mètre quatre-vingt-dix de Lavanant s'était crispée de bas en haut au souvenir de cet échange inconvenant.

— Tout ça pour te dire que ton client ne faisait pas partie de mes priorités. Maintenant, vu les soupçons qui pèsent sur lui, je ne suis pas fâché de me pencher sur son cas.

— Sa réputation n'est plus à faire ?

— Justement, sa réputation est – comment dire ? – paradoxale. Depuis que tu m'as envoyé l'un de tes inspecteurs, très sympathique d'ailleurs, je me suis intéressé un peu plus aux commérages locaux. Ça ne manque pas dans ce milieu où collectionneurs d'œuvres d'art, spéculateurs et banquiers fricotent en toute quiétude de part et d'autre de la frontière. Mais assez parlé. Je vais d'abord vous accompagner jusqu'à votre hôtel, puis nous dresserons notre plan de bataille.

Delmas prit une douche et se changea. Il troqua son costume gris et son lourd manteau contre un pantalon de velours, une chemise à carreaux et une canadienne. Tenue de combattant pour explorer un monde qui lui paraissait complètement exotique. Les espaces frontaliers lui faisaient toujours cet effet, mais la ligne de démarcation entre son pays encore convalescent et cette nation gardienne de l'argent des Juifs spoliés et aussi des trafiquants en col blanc le perturbait plus que de raison. Prince Vaillant n'avait jamais brillé par son sens de la résignation nécessaire.

Pourtant, contrairement à ce qu'il présumait, l'atmosphère doucereusement délétère ne le préoccupa pas plus que cela. Par ailleurs, Marchant semblait tout exalté à l'idée de sa mission de cinéaste espion. Leur expédition s'annonçait bien.

En revanche, les informations collectées auprès de l'entourage de leur cible et ses activités aussi diverses que déconcertantes laissèrent Delmas dans une expectative sans fond. Bref, au soir d'une première journée de chasse rigoureuse, le dossier à charge de Béchevelin-Villedieu restait bien maigre, pour ne pas dire inexistant. Certes, les bruits selon lesquels il excellait dans le commerce d'œuvres d'art aux origines pas toujours avérées circulaient dans le milieu. Mais c'était le cas de la plupart des acteurs de cette confrérie, où tout le monde se jalousait et s'épanchait en médisances. Les ragots étaient peut-être plus virulents, dans la mesure où il était installé dans la région depuis cinq ou six ans seulement. Ici comme ailleurs, on n'aime guère les nouveaux venus. Comme tous ses collègues, il travaillait au profit d'une clientèle de richissimes collectionneurs, dont le principal objectif consistait en une diversification de leurs actifs. Bon professionnel, il leur proposait même la location de vastes chambres fortes, où ses clients pouvaient admirer leur trésor qu'ils ne tenaient pas à exposer au vu et au su de quiconque. Mais rien d'intéressant, de légalement répréhensible.

De son côté, Marchant n'avait pas enregistré une seule image exploitable. Bien renseigné par Lavanant sur les habitudes de son sujet, il ne trouvait pas le moyen de le filmer sans risquer de se faire remarquer…

— Mais j'ai ma petite idée, avait-il annoncé.

Après une nuit agitée, Delmas échangea sa panoplie de baroudeur contre un costume strict. Lavanant avait obtenu une série de rendez-vous avec des directeurs de banque. Naturellement, il n'attendait pas des révélations croustillantes au pays du secret bancaire, mais qui sait ? Il ne fut pas déçu. La réponse était à peu près toujours la même :

— Je ne puis vous renseigner sur les montants, encore moins sur les origines et destinations des fonds de nos clients. Vous connaissez la règle ! En revanche (et ce, toujours sur le même ton onctueux de l'évidence), je peux vous garantir que tout est absolument légal et correct.

Après trois entretiens de la même veine, Delmas, n'y tenant plus, demanda grâce avant le dernier rendez-vous avec un représentant de l'Helvétique d'investissement. Ils se promenèrent une vingtaine de minutes, en silence, le long du lac Léman. Mais, le pire, du point de vue de Delmas, les attendait. Reçus par une caricature de banquier (Delmas reconnut l'un des occupants de la loge numéro quatre le soir du concert de Kathleen Ferrier), ils encaissèrent, tel un coup de grâce, les informations suivantes : non seulement Villedieu, alias Béchevelin, ne se consacrait pas à des activités purement spéculatives « ce qui n'est nullement interdit, soit dit en passant », mais « sans trahir le secret auquel je suis tenu, je peux vous affirmer que monsieur Béchevelin consacre une partie de sa fortune, certes non négligeable, au soutien de plusieurs associations de secours aux anciens déportés. Sans parler d'autres actions sur lesquelles je ne puis m'étendre, mais qui sont tout à son honneur, croyez-moi ». C'en était trop. Delmas envoya un signal de détresse à Lavanant, sous le regard amusé du banquier. Ils prirent congé, sans fioritures, et franchirent, tête basse, le seuil de l'immeuble cossu de l'Hélvète d'investissement. À en croire les habitants de cette planète, Béchevelin-Villedieu était un bienfaiteur de l'humanité.

— Je vous avais prévenu, Delmas : ces gens-là sont solidaires. Une solidarité infaillible fondée sur des intérêts communs. Les rumeurs, anonymes, par définition, s'évaporent dès que vous cherchez à les confirmer par des témoignages.

Delmas fulminait intérieurement, et ce n'était pas son habitude. Les rares moments d'abattement précédaient toujours des sursauts d'énergie. Cette fois, il était en panne.

— Franchement, Lavanant, vous y croyez, vous, à ce panégyrique sans faille ? Ils se foutent de nous, oui !

Lavanant semblait désolé.

— Vous avez fait ce que vous pouviez… Rentrons plutôt à l'hôtel. Je vous paie un verre. Nous attendrons votre inspecteur cinéaste.

Delmas fit la moue, l'air de dire : « Je n'y crois plus… »

— C'est dans la boîte, patron !

Marchant fit irruption dans le hall de l'hôtel, hilare.

— Vous connaissez Cartier-Bresson, le photographe ?

Delmas et Lavanant firent non de la tête avec un bel ensemble.

— Il a pris des photos, installé dans un magasin, l'objectif vers l'extérieur. Il y a toute une série de clichés où on voit un grand tableau – un nu – exposé dans la vitrine, et la bobine des passants qui s'approchent pour mieux jouir du spectacle ou, au contraire, manifester leur réprobation par des mimiques impayables.

Delmas saisit son verre, but une rasade de l'excellent cognac commandé par Lavanant et demanda, avec toute la placidité dont il était encore capable, d'en venir au fait.

Marchant, un rien offensé, obtempéra :

— Comme vous voudrez. Avant de partir pour Annemasse, j'avais passé une bonne partie de la nuit à lire le rapport de Prévost.

— C'est tout à votre honneur, commenta Delmas, histoire de réparer l'outrage. Les rapports de notre cher Prévost sont toujours précis, mais interminables.

— Comme vous dites, apprécia Marchant. Mais j'en ai tiré des informations, a priori anodines, qui m'ont rendu un fier service. Ainsi, Prévost, qui est aussi le roi de la filature, a passé deux journées de suite à suivre Béchevelin ou, peut-être, enfin, je veux dire Villedieu, patron ! se rattrapa-t-il.

Delmas esquissa un sourire bienveillant.

— Et il a bien fait, Prévost. Parce que notre bonhomme est du genre à avoir ses petites habitudes. Ainsi, en fin de matinée, il se rend à Genève pour déjeuner après une rapide visite dans sa galerie. Ensuite, il s'offre une promenade digestive. Les deux fois, le même parcours. Il fait le tour de la concurrence dans les deux rues environnantes, où les galeries se succèdent. J'ai donc suivi notre client hier après-midi. Il a bien effectué le parcours indiqué par Prévost, mais, comme je vous l'ai dit, impossible de le filmer de face… Au bout d'une demi-heure, je l'ai laissé repartir chez lui et j'ai rebroussé chemin. En passant devant l'une des galeries, qu'est-ce que je vois en vitrine ? Une photo de la série de Cartier-Bresson. Je ne fais ni une ni deux et j'entre. Un type agréable et souriant m'accueille. Je me dis : « C'est pas ordinaire, dans une galerie. Ils ont toujours l'air en colère ou d'un sérieux d'une tristesse à faire fuir. » Bref, je me lance et lui parle de la photo. Il rigole, tout content de voir que le clin d'œil a été apprécié. En effet, la photo est dans un petit cadre posé sur le côté et, juste au-dessus, le galeriste a installé un nu de la même veine que celui de la photo. Dans l'euphorie, je lui raconte que je suis moi-même photographe et cinéaste, et que je prépare une série dans l'esprit de celle de Cartier-Bresson. Il trouve l'idée intéressante et m'autorise illico à utiliser sa galerie. Je me suis présenté dès l'ouverture, cet après-midi, pour me mettre en place. Visiblement amateur de photo, mais ignorant du matériel de prise de vue, il ne s'est pas inquiété lorsque j'ai installé mon trépied surmonté de ma Keystone K477. Faut dire qu'elle ressemble à un gros appareil photo et qu'elle est très silencieuse. J'ai commencé à faire semblant de déclencher quand les premiers passants se sont postés devant la vitrine. Puis, le galeriste est allé vaquer à ses occupations. À quatorze heures cinquante, grosso modo comme la veille, notre client s'est posté devant la vitrine. La lumière extérieure était parfaite. Il est resté, montre en main, près de deux minutes en tournant la tête de droite et de gauche et, à un certain moment, il a même retiré son chapeau ! J'ai cadré en plan serré. Aucune facette du visage n'aura échappé à ma Keystone. Soit dit en passant, il ne m'a pas semblé bien épanoui. L'argent ne fait pas le bonheur, dites donc !

L'enthousiasme de Marchant réchauffa le cœur de Delmas. Ce plan de quelques minutes allait peut-être changer le cours des choses. Et puis, il lui restait la matinée du lendemain pour boucler les rendez-vous pris par Lavanant. Un collègue de la brigade financière, spécialiste des affaires de trafic d'œuvres volées. Delmas espérait qu'il lui brosserait un portrait un peu moins lisse de ce Béchevelin trop exemplaire pour être honnête.

XXXIV

— Vous savez, c'est un monde assez opaque avec des gens souvent très intelligents, plus brillants que la moyenne. Ils vous voient venir... C'est pas facile tous les jours.

En guise d'entrée en matière, il y avait plus engageant. Delmas se dit que ce bonhomme assez avenant, mais au dynamisme d'un chien assoupi dans son panier au coin du feu, n'allait pas être d'un grand secours. Michel Bouvard, inspecteur détaché de la brigade financière, se lança dans une sorte de synthèse avec le ton lancinant d'un professeur blasé, aggravé par le port d'une paire de lorgnons d'un autre âge :

— Laissons de côté les comptes en déshérences et stocks d'or détenus par les banques. La plupart des banques suisses, les entreprises d'assurances, sociétés cotées en Bourse, ont blanchi de l'argent nazi et ont accueilli à bras ouverts (avec la complicité d'études notariales véreuses) les fortunes amassées par tout un tas d'hommes d'affaires spécialisés dans la spoliation d'entreprises juives durant la guerre. On compte environ soixante mille aryanisations économiques...

— C'est impressionnant, en effet, l'interrompit Delmas. Mais je crois que votre branche est plutôt dans le domaine des œuvres d'art, n'est-ce pas ?

— Oui, consentit Bouvard à l'adresse de ce policier inconvenant qui venait de briser son élan pédagogique. Mais l'opacité s'avère encore plus subtile dans le monde de l'art. Il existe des professionnels d'une honnêteté absolue, naturellement. Cependant, la guerre a favorisé l'émergence de commerçants d'un genre nouveau. Ils ont amassé en peu de temps des stocks impressionnants. Trois sources principales ! lança Bouvard en haussant le ton comme s'il s'adressait à des élèves inattentifs. D'abord, les œuvres spoliées par les voies dites légales, ensuite, par des voies, disons, non conventionnelles. Cas le plus fréquent, des dénonciateurs quasi professionnels sont payés en nature : tableaux, sculptures prélevés sur les butins. Plus de cent mille œuvres ont été confisquées en France par les Allemands, c'est vous dire. Enfin, il y a les transactions sous le manteau avec des négociants allemands qui revendent leurs prises à des galeries en France.

— Mais, à la Libération, des rescapés des camps ont demandé la restitution de leurs biens.

— Certes. Cependant, la restitution de biens culturels spoliés est un véritable parcours du combattant. En plus, depuis l'an dernier, les dossiers sont gérés par le ministère des Affaires étrangères. Autant il était facile de spolier, quand il s'agit de récupérer, les exigences de justification de propriété sont très sévères, et les délais, très longs. Vous me direz, c'est bien normal : il y a toujours des petits futés mal intentionnés, n'est-ce pas ?

— Vous avez bien raison. Et concernant monsieur Béchevelin, tenta Delmas, avez-vous quelques informations qui pourraient m'être utiles ?

— J'ai bien peur que non. Suite au coup de fil de l'excellent Lavanant, je me suis penché sur la question. En fait, nos services ont lorgné sur votre homme quand il est arrivé dans la région en 45. Il avait repris l'unique galerie d'Annemasse, qui périclitait, d'ailleurs. Peu de temps après, il a racheté une autre galerie à Genève.

— Mais avec quel argent ?

— Je crois vous avoir déjà suggéré le caractère opaque de la finance helvète, le gronda Bouvard. Apparemment, monsieur Béchevelin a bénéficié de financements complexes via des circuits inextricables, comme de coutume. Nous nous cassons les dents régulièrement contre ce système aussi ancien que solide. Pour ma part, j'ai vocation à contrôler la provenance des œuvres achetées et mises en vente. C'est déjà beaucoup. Et je suis au regret de vous dire que je n'ai rien trouvé de suspect dans les transactions de ce monsieur. Sa progression exponentielle a bien fait des jaloux qui ne se gênent pas pour faire circuler des rumeurs. Mais, selon moi, il ne doit ce succès qu'à une série de très jolis coups, où il y a forcément des perdants, mais c'est la dure loi du commerce. Par ailleurs, son idée de construire des locaux de conservation d'œuvres pour ses clients investisseurs marche fort bien.

— Cela consiste en quoi, précisément ?

— En collaboration avec la banque d'affaires l'Helvète d'investissement, il propose ces sortes de coffres géants bénéficiant du secret bancaire. Les investisseurs, qui ont parfois une âme, voire une âme de collectionneur, peuvent ainsi jouir du spectacle de leurs trésors à l'abri du regard… et du fisc sans le moindre souci. C'est limite sur le plan de la probité, je vous l'accorde. Mais la loi le permet, c'est ainsi.

— Je sais, je sais, commenta Delmas, agacé. En d'autres termes, monsieur Béchevelin est blanc comme neige ?

— Je ne dirais pas ça, répondit Bouvard avec un air matois. Objectivement, les conditions de son enrichissement restent douteuses, et je suis incapable d'affirmer que toutes les œuvres achetées et vendues par ses soins ne souffrent d'aucune irrégularité, ni que la totalité de son activité est réellement déclarée. Mais, à mon avis, vous ne trouverez rien à lui reprocher sur le plan strictement légal. Ces gens-là bénéficient d'un environnement très, très favorable.

Le placide et suffisant Bouvard lui portait le coup de grâce. Villedieu était décidément un orfèvre et élevait, il devait en convenir, les activités criminelles à l'aune des beaux-arts. Pour confondre ce type, Il lui fallait prouver le maquillage de l'assassinat de Béchevelin en suicide en obtenant l'exhumation du corps et une seconde autopsie. Pour cela, il ne restait plus à Delmas qu'une carte à jouer : la confrontation de Villedieu avec Poc et la marchande de journaux. Dans cette bérézina, il se félicita tout de même d'avoir pensé à la confrontation par le film. Une confrontation directe aurait nécessité la garde à vue qu'il n'aurait d'ailleurs pas obtenue en absence de charges avérées. Pour l'instant.

XXXV

Avec les fêtes de Noël qui engourdissaient toute activité, il fallut patienter avant le développement de la pellicule. Marchant avait fait des merveilles. Pas peu fier, il projeta son film devant toute l'équipe au commissariat. On voyait distinctement le visage de Villedieu, ce nez si disgracieux et une sorte de morgue qui le rendait immédiatement antipathique. La séquence durait une minute et quarante-sept secondes. Amplement suffisant pour apprécier les contours de son visage. Le hasard bienveillant voulut que le galeriste avait renouvelé pas mal d'objets exposés depuis la veille. Du coup, Villedieu prenait le temps d'examiner la vitrine dans ses moindres recoins. Les photogrammes tirés du film étaient impressionnants. Delmas délégua Marchant et Prévost pour se rendre à Paris. Il pensa qu'il valait mieux ne pas reparaître afin de donner un caractère le plus neutre possible à cette confrontation d'un genre un peu spécial. Ils prendraient le premier train du matin. Rendez-vous était pris avec M. Poc et la marchande de journaux dans l'après-midi. Delmas attendrait leur appel téléphonique au commissariat. Si au moins l'un des deux reconnaissait Villedieu, il préviendrait aussitôt le juge Viallat afin d'obtenir une commission rogatoire. On passerait alors aux choses sérieuses !

Une autre nuit s'écoula sans que Delmas pût vraiment trouver un sommeil profond. Il n'avait jamais ressenti de tels tourments au cours d'une enquête. Les rares moments d'endormissement étaient troublés par les visages de Martha Lidac et de Villedieu. Angoissé, il finit par s'habiller et sortit. Il faisait encore nuit. Il était cinq heures du matin. Pas âme qui vive. Delmas marchait d'un pas lent. Il ne sentait pas le froid vif et regardait droit devant lui l'ombre des arbres dans le brouillard à peine gêné par la lumière des réverbères. Quand le jour fit mine de dissiper la nuit, Delmas se retrouva devant la Brasserie des dauphins. Il eut la sensation d'émerger d'un songe. Il regarda sa montre : il avait marché près de deux heures, sans le souvenir du chemin emprunté, pour parvenir finalement près de son bureau. L'attente allait être longue avant de recevoir l'appel de Marchant. Delmas poussa la porte de la brasserie, où un groupe d'éboueurs dévoraient leur casse-croûte matinal. Quatre grands gaillards et un cinquième tout petit qui racontait une histoire désopilante, à en juger les éclats de rire de ses collègues. Delmas les salua et se rendit jusqu'à « sa » table. Il commanda un grand bol de café et un sandwich. Le patron lui servit une tranche généreuse de jambon à l'os garnie de cornichons dans un beau morceau de couronne à la croûte épaisse et bien noire. Il posa aussi un grand verre de vin blanc.

— Vous le boirez à ma santé ! Un beau jambon comme ça avec du café, c'est péché !

Delmas perçut le regard compatissant du brave homme et le remercia d'un mouvement de tête assorti d'un triste sourire. La journée s'annonçait languissante.

Vers dix-sept heures, le téléphone sonna trois fois avant que Delmas ne se décide à décrocher. Rien qu'au son de la voix de Marchant quand il s'annonça par un « Allo, patron ? », Delmas comprit que c'était foutu.

— Pas un pour rattraper l'autre, patron. Conformément à ce que vous m'aviez demandé, je leur ai montré les images séparément en leur demandant s'ils reconnaissaient quelqu'un. Mais ils ont réagi pareil. Du genre : « Là, il ressemblerait plutôt à monsieur Béchevelin… » « Là, ce serait plutôt monsieur Villedieu… » J'ai noté leurs conclusions. Pour Poc : « Je ne retrouve aucun des deux. Il y a une ressemblance, c'est sûr, mais je sais pas quoi vous dire… C'est comme si c'était ni l'un ni l'autre. » Quant à la femme du kiosque, c'est pas mieux : « C'est bizarre, il a comme qui dirait un air de famille avec les deux. Mais, pour moi, c'est ni l'un ni l'autre. Comprenez, ces deux zozos, je les ai vus que dans le cadre de l'hôtel. Ce type en manteau devant une vitrine, là… C'est trop difficile. Et puis, je les ai jamais revus depuis 45 ! C'est de la préhistoire, monsieur l'agent. » Voilà, c'est tout, patron.

Delmas ne disait rien.

— On est désolés, patron.

— Pas grave, Marchant. On se retrouve demain. Vous avez fait ce que vous avez pu.

Delmas se remémora les propos de Dambron, le bricoleur de portraits-robots : « Votre bonhomme a le malheur de présenter une caractéristique physique marquante : ce nez écrasé. Et, du coup, l'observateur moyen ne voit que cela. » Il se leva, prit son manteau et sortit. Marianne ne tarderait pas. Il avait besoin de se retrouver chez lui, de s'écrouler dans son fauteuil, près du poêle, et d'entendre Marianne lui raconter ses joies et déconvenues du jour avec ses élèves. Il avait retiré la photo de Martha du tableau et l'avait rangée dans son portefeuille en cuir tout fripé – celui que son père lui avait donné pour ses dix-huit ans.

Comme il s'engageait dans la montée de la Butte, il aperçut les fenêtres éclairées. Marianne était rentrée. Il sonna ; elle ouvrit la porte, rayonnante. Ils échangèrent un baiser tout léger. Elle l'interrogea du regard. Il répondit non de la tête. Elle lui prit la main, l'entraîna jusqu'au salon et se rendit dans la cuisine pour faire chauffer de l'eau et préparer une tisane. Delmas s'employa à faire démarrer le poêle qui bientôt ronronna pianissimo. La douce mélopée du feu de bois assoupit sa mélancolie, et, comme hypnotisé par les flammes, il s'abandonna aux songes. Quand le téléphone sonna, il aperçut Marianne qui lisait, sa tasse de tisane encore fumante.

— Quel dommage ! Tu venais de t'assoupir. Ne bouge pas, je vais répondre.

La conversation dura quelques secondes. Elle lui tendit un papier. C'était Catherine.

— Mons a cherché à te joindre sans succès au commissariat et demande que tu le rappelles à ce numéro.

Delmas se leva un peu groggy et saisit le combiné.

— Allo, Mons ? C'est Delmas. Que se passe-t-il ?

Une voix apprêtée de baryton-basse légèrement offusquée répondit :

— Monsieur demande Jean de Mons ou monsieur Guy de Mons ?

Delmas se sentit tout penaud.

— Guy de Mons, s'il vous plaît.

— Veuillez patienter, je vous prie, je vais voir si monsieur Guy de Mons souhaite s'entretenir avec vous.

Le temps parut long. Puis, il entendit enfin un pas précipité sur un parquet sonore.

— Allo, monsieur ? Merci de me rappeler.

Delmas sourit en se promettant de raconter à Marianne ces quelques instants sous le sceau des étiquettes sociales qui se percutent.

— Que se passe-t-il, Mons ?

— J'ai peut-être trouvé un moyen de confondre Villedieu, monsieur. Nous avons fait le tour des cafés de Saint-Romain-du-Val, comme vous nous l'aviez demandé. Sans succès. Nous avons rencontré un certain Antoine, avec lequel vous vous êtes entretenu, mais il ne nous a rien appris de neuf. En revanche, j'ai eu l'idée de me rendre à l'église. Un vieux curé m'a reçu non sans retenue. Il connaissait très bien les Béchevelin. Surtout madame Béchevelin qui venait tous les jours à la messe. Il se souvient aussi du fils. Un garçon assez renfermé, selon lui, et plutôt solitaire. Il m'a appris, et c'est là que cela devient intéressant, qu'Armand Béchevelin avait eu un grave accident. Enfant, il aidait parfois les paysans du coin. Un jour, le cheval qu'il tenait par la bride s'est emballé et lui a échappé, tirant un tombereau qui lui est passé sur le corps. Faute de perdre la vie, il a perdu un rein. Vous voyez où je veux en venir, monsieur ?

— Oh oui, Mons, je vois très bien ! Merci pour cette excellente nouvelle. J'en avais bien besoin. Je téléphone dès demain au juge Viallat pour obtenir une autopsie complémentaire. Bonne soirée et mes salutations à votre majordome.

— Il ne vous pas reçu correctement ?

— Pas du tout, plaisanta Delmas, pas du tout. Beau travail, Mons.

Dès le lendemain, Delmas prévint le juge Viallat, qui ordonna aussitôt l'exhumation et la seconde autopsie.

— C'est bien parce que c'est vous, commissaire, et aussi parce que *votre* corps est sans famille. Vous n'ignorez pas le traumatisme que cela représente pour les proches. La veille de Noël, en plus ! ajouta-t-il en riant.

Mais le jeune juge fit des miracles. Deux jours plus tard, le corps était exhumé. Le 2 janvier, Delmas se rendait à l'institut médico-légal, où Jules Favre procédait à l'autopsie du soi-disant corps de Villedieu suicidé que le commissaire considérait comme celui de Béchevelin assassiné. Il aurait pu assister à l'opération, mais Delmas ne prisait guère le spectacle. Il attendit dans le couloir, entre excitation et inquiétude. Des employés de l'institut se souhaitaient la bonne année. L'attente fut brève, finalement.

— Alors ? demanda Delmas tandis que Favre l'entraî-nait vers son bureau.

— Alors, tu vas être surpris, mon cher. Peut-être déçu aussi.

Il l'invita à s'asseoir. Delmas le fixa d'un regard noir.

— Ton bonhomme a ses deux reins. Ce n'est donc pas Béchevelin.

Delmas ferma les yeux en soufflant très fort.

— Mais, tiens-toi bien : ton bonhomme ne s'est pas suicidé. Il est mort étouffé. En d'autres termes, il s'agit d'un meurtre déguisé en suicide. Bravo, mon vieux. Tu avais raison d'insister. C'est mon collègue qui ne va pas apprécier d'être passé à côté de ce… détail, ricana Favre. Bien fait, c'est un sale con.

Delmas, bouleversé, se leva et sortit en marmonnant un vague au revoir.

XXXVI

La suite se déroula comme dans un autre monde. Accompagné de Lavanant et de son équipe au complet, Delmas se retrouva face à Armand Béchevelin sur le pas de la porte monumentale de sa vaste demeure, prononçant des mots qu'il endura :

— Monsieur, vous êtes soupçonné du meurtre de Charles Villedieu. Je vous prie de nous suivre. Vous resterez en garde à vue dans nos locaux pour subir un interrogatoire. Vous pouvez prendre un bagage.

Le présumé assassin ne protesta pas et les accueillit même avec un semblant de sourire qui pouvait s'entendre comme un « Je vous attendais ».

— J'ai entendu le son de sa voix pour la première fois quand il a décliné son identité, la date et le lieu de sa naissance. Un timbre sans aspérité, pas très grave, sur un ton modulé, presque dénué de tout affect. La voix semblait raconter une histoire subie plutôt que vécue ; encore moins jouée. Tout a commencé en août 44. Villedieu lui demande de l'accompagner pour transporter des tableaux qu'il stockait dans sa suite à l'hôtel. Rien de surprenant. Béchevelin lui rendait des services contre de généreuses rétributions. Ils n'étaient pas amis, mais plutôt complices, d'une certaine manière. La ressemblance physique l'amusait beaucoup. Il connaissait la maison où il stockait ses trésors de guerre. Pour l'essentiel, des œuvres volées à des Juifs. Ce jour-là, Villedieu lui propose ce qu'il considère comme la chance de sa vie. Dans quelques jours, l'engrenage de la Libération va s'enclencher. Villedieu, agent de l'ERR, va y passer. Il doit disparaître au plus vite. Mais pas question de fuir en Amérique du Sud. Son trésor n'est pas monnayable rapidement, à moins de subir d'énormes pertes. L'idée est simple : adapter la pratique de la vente en bois à son profit. Mais, en l'espèce, il s'agira pour Béchevelin de gérer ses trésors, voire de les faire fructifier le temps que l'épuration se calme définitivement. Pendant ce temps, Villedieu vivrait une existence sans histoires sous le nom de Victor Fleurot. Il avait prévu que l'épuration perdrait de son intensité au bout de deux ou trois ans, car de Gaulle, selon lui, ferait tout pour rétablir l'union nationale. Il ne s'est guère trompé, à quelques années près. Le moment venu, Villedieu, alias Fleurot, prendrait la place de Béchevelin, son presque sosie ; il lui verserait un joli pactole avec lequel Béchevelin s'installerait au Brésil sous le nom de… Victor Fleurot. Et le tour était joué.

Mais il y a un mois, environ, Béchevelin reçoit un coup de téléphone de Villedieu. C'était inhabituel. Ils avaient un protocole compliqué pour établir leurs contacts, car nul ne devait établir le moindre lien entre eux. Villedieu lui demande de le rejoindre dès que possible à une adresse que Béchevelin ne connaît pas. Il obtempère, l'autre l'accueille. Béchevelin le suit à l'étage. Villedieu ferme la porte derrière lui et saisit un fusil déposé sur son bureau. Il le braque vers lui et annonce qu'il va le tuer. Il rit. Le temps est venu pour lui de reprendre possession de sa fortune. Mais le « Villedieu en fuite » doit disparaître définitivement, cette fois. Il explique qu'il a dû commettre quelques meurtres pour assurer ses arrières. Notamment à cause d'une gamine rescapée des camps qui l'a reconnu et qui voulait récupérer ses biens. Il lui montre la photo de la jeune femme en gueulant : « C'est la faute de cette misérable Juive ! » Béchevelin est paralysé par la peur. À un certain moment, Villedieu rit de plus belle en expliquant combien il a apprécié sa parfaite docilité. Il a écrit une lettre dans laquelle il explique que, saisi par les remords après tant de crimes, il a décidé de se suicider. Mais c'est son corps à lui, Béchevelin, qu'on va trouver la tête explosée par la chevrotine. Il rit encore. Ce rire de trop le rend aussi moins attentif une fraction de seconde. Suffisante pour arracher le fusil qui vole d'un côté tandis que Béchevelin parvient à faire chuter son adversaire. Il saisit le coussin posé sur la chaise du bureau couvre le visage de Villedieu, groggy, et l'étouffe. Ses forces sont décuplées par la terreur. Puis, sans réfléchir une seconde, comme une évidence, il installe Villedieu à sa table, dispose le fusil avec la cordelette qu'il avait préparée et exécute le plan prévu. Béchevelin a ajouté : « Enfin, c'est une manière de dire les choses. » Ensuite, il a souri. Pauvre sourire ; le même que le jour de son arrestation, mais avec deux larmes qui ont coulé sur ses joues. Je n'ai plus entendu le son de sa voix.

Marianne aussi resta sans voix.

— Il risque sa tête, sauf si les jurés retiennent les circonstances du meurtre et son caractère non prémédité.

Delmas regardait une rangée de platanes qui défilaient devant la fenêtre de la 402.

— Quel drôle de type !… Prévost a eu accès aux relevés bancaires de Béchevelin. Il a versé plusieurs millions à l'association française Buchenwald. Dans son portefeuille, on a trouvé la photo de Martha Lidac. On la voit marchant sur un trottoir, vêtue de son manteau gris. Elle a l'air mélancolique.

Marianne accéléra pour dépasser une Novaquatre, dont le pot d'échappement écumait des nuages de fumée noire. Dans moins de cinq heures, ils seraient à Palavas-les-Flots.

REMERCIEMENTS

Ce roman n'existerait pas sans Michèle, mon épouse et première lectrice, qui a su m'initier à la confiance.
Merci à Béatrice et Brigitte pour leurs avis et corrections.
Merci à Véronique, libraire, et Gérard C., journaliste, pour leurs conseils.

NOTE DE L'AUTEUR

Certaines formules proférées par Marchant sont tirées de *La plaisante sagesse lyonnaise*, recueil de maximes collectées par Justin Godart (1871-1956) sous le pseudonyme de Catherin Bugnard.